JN136382

編集工房ノア

渡部兼直全詩集 2

編集工房ノア

渡部兼直全詩集　2　目次

プレヴェル詩集 1995

ボオドレエル　悪の華

レオ　フエレの作曲　かつ
自ら歌へる十二の詩篇　2007

ぽえむかれんだあ　2002

続ぽえむかれんだあ　2012

夜半翁へのオオド　1994

地球訪問　2008

装幀　森本良成

プレヴェル詩集

1995

ジヤツク　プレヴエルへのオマジユ

レイモン　クノオ

詩でもつて　シヤンソンでもつて
ジヤツク　プレヴエル　狩りをする
鯨捕りを捕える
給仕を捕える
船長を捕える
中隊長を捕える
大司教を捕える
坊主を捕える
闇将軍を捕える

宗教団体を捕える
頭の食事を捕える
軍隊食を捕える
インテリの判断を捕える
文部省を捕える
容赦なく
ただ詩でもつて
詩でもつて　シャンソンでもつて
釣りに行く　誰よりも上手に
ほほえむ月を釣る
よい子の太陽を釣る
夢を釣る
あらゆる色彩を釣る
やさしい海で

緑の原つぱ《プレヴェル》で
しあわせを釣る
緑の食べもの　ありあまり
番人やナワバリなど要らない

ジヤツク　プレヴエル　こんにちは

詩集「マンドリンを鳴らす犬」（一九六五）より

「パロル」より

馬の物語

さて　おたちあい
馬の骨のしがないくりごと
いささかつらい身上話
手前いとけなき日よりすでにみなし児
ハイドウ　右へならえ
ある日　それとも深夜か
将軍閣下
二頭の馬を殺すべし
命ぜられたのであります

二頭の馬　つまり
ハイドウ　右へならえ
この世はまことにつらいもの
手前の親父つまり種馬
あわれなおふくろであつたのであります
あわれな二頭
閣下のベッドの下にかくされたのであります
して閣下
最前線ではなくはるか後方
南フランスのベッドの中
身をかくしておられたのであります
将軍《ゼネラル》は申されました
この世はおし《アン》なべ《ゼネラル》て辛いものじやのう
かくして

手前の親父つまり種馬
手前のおふくろ
死に至つた次第であります
ハイドウ　右へならえ
手前の家庭はあえなくホウカイ
明るい食卓にさらば
一目散に都会をめざし走つたのであります
ひかりかがやく都へ
全速力でサビ　アン　パロ
オユルシあれ　馬の骨風情のラテン語
朝まだきパリの街角
手前ドタ靴はいて到着
裸一貫身を立てん
百獣の王に面会を申しこむのであります

あにはからんや
鼻に梶棒の一撃をくらつたのであります
つまりは戦争が続いておつたからであります
かくして目隠張られ
動員されたのであります
戦争がつづけばつづくほど
命はますます大切になるのであります
食べものもますます大切になるのであります
食べものがしだいにとぼしくなつて
人間サマは　手前を
へんな目付で見るようになつたのであります
歯をカチカチ
手前をビイフステエキと呼ぶのであります
ははん　こりや英語であるなと感じたのであります

ハイドウ　右へならえ
生き残つた連中は
手前をテイチヨウに撫でるのであります
こりやあ　手前の死ぬのを待つてるな
こう思つた次第であります
この晩　馬小屋で寝ておりますと
あやしき物音をきいたのであります
きき覚えのある声であります
かのなつかしき将軍の声でありました
マツカアサア元帥のごとく帰つてこられたので
　あります
忠良なる副官をともなつて
両閣下は　手前がてつきり寝ていると思つて
声をひそめて語られました

もはや粥はうんざりじゃ
肉を食おうではないか
明朝こいつを片つけるべし
この時手前
全身の血が木馬のごとく廻転したのであります
手前ただちに
馬小屋とびだし
森の奥へ身をひそめたのであります

いまや　戦争は終りました
老将軍はオナクナリになりました
ベッドの中
軍服に身をかため大往生をとげられたのであり
ます

けれど
手前は生きております　これは肝心なことです
閣下
オヤスミナサイ
いつまでもオタツシヤに

アリカンテ

テエブルの上オレンヂひとつ
オマエの着ものはゆかの上
オマエはボクのベツドのなか
今《プレザン》のやさしいおくりもの《プレザン》
よるのすずしさ
いのちのあつさ

恋びとよ　オマエのために

ボクは行つた　鳥の市場に
　そして鳥を買つた
　　恋びとよ
オマエのために

ボクは行つた　花の市場に
　そして花を買つた
　　恋びとよ
オマエのために

ボクは行つた　金物市場に
　そして鎖を買つた
　　重い鎖を
　　　恋びとよ
　　　　オマエのために

さて　ボクは行つた　奴隷の市場へ
　そしてオマエをさがした
けどオマエは見つからなかつた
　　恋びとよ

天にマシマス

天にマシマスわれらの父よ
天にとどまりタマエ
ボクら地上にとどまります
地上は時にはすてきです
ニユヨオクの不思議
パリの不思議
三位一体に勝るとも劣りません
ウルクの小さい運河
万里の長城

モルレの小川
カンブレの薄荷糖
太平洋
チユイルリの二つの泉
いい子とわるい子
この世のすばらしさのすべて
地上にあります
そつくりそのまま
すべてのひとのため
いたるところ
ばらまかれております
裸のかわいい娘　裸を見せまいとする
すばらしさに　自分でもうつとり
けど知らんふりしています

また　この世のぞつとする不幸もある
それは軍隊
その兵隊
拷問係
支配者
大僧正　ペテン師　乱暴者
めぐる季節
ながれる歳月
きれいな娘とマヌケ野郎
貧乏の麦藁は大砲のなかで腐つて行くのです

劣等生

頭を横にふり　ノン
心のなか　ウイ
愛するものには　ウイ
先生には　ノン
劣等生立つている
質問ぜめにされ
質問はそれだけか
突然かれはバカ笑い
かれは消す　なにもかも

数字も　言葉も
年代も　人名も
文章も　罠も
先生おどかしても
優等生バカにしても
かれは画く
あらゆる色のチヨオクをとつて
不しあわせの黒板に
しあわせの顔

かたつむり夫妻葬式へ行く

かたつむり夫妻
枯葉の葬式へ行く
黒い殻
角には喪章
秋のうるわしい夕ぐれ
暗くなってから出かけます
やっと到着
なんとまあ　もう春です
死んだ葉っぱ

生きかえっている
かたつむり夫妻の
間の悪さ
でも　春の太陽
やさしく話しかけてくれます
どうぞ　どうぞ
らくになさい
ビイルを　どうぞ
よろしかったら
パリの鳩バス　いかがです
パリのすべてを見物なさい
でも喪服だけはやめなさい
あえて言いますが
喪服は目を暗くします

故人の思い出にしみをつけます
喪服は好んで着るものではありません
あなたの色に着換えなさい
いのちの色に着換えなさい
すると　動物たちも
木々も　草たちも
いっせいに歌いだす
声はりあげて
まことのいのちの歌を
夏の歌を
みんなで宴会
みんなで乾盃
実にすてきな夕
すてきな夏の夕

かたつむり夫妻
そろそろ失礼
すっかり感激
ひどくしあわせ
さんざん飲んで
いささか千鳥足
おっとどっこい　だいじょうぶ
高い空から　月さん
足もと照らしてくれてます

家庭的

カアさん編物する
息子は戦争する
カアさん思う　これが世の中
トウさんは何をする
トウさんは事業する
かないは編物
せがれは戦争
わしは事業じゃ
トウさん思う　これが世間じゃ

せがれは何んと思う
せがれは何んとも思わない　ちいつとも
せがれつぶやく
おふくろは編物　親父は事業　ボクチヤン戦争
戦争がおわつたら
親父の会社に入れてもらおつと
戦争つづく　おふくろつづく　編物する
親父つづく　事業する
息子戦死する　息子つづかず
トウさんカアさん墓参り
これもやつぱり世間のつとめ
生活つづく　編物つづく
戦争つづく　事業つづく
事業と戦争　編物と戦争

事業　事業　事業　あくまで事業
墓場の生活

わたしはわたしよ

わたしはわたしよ
これがわたしよ
笑いたければ
ぱっと笑うわ
愛してくれれば
わたしも愛するわ
同じひとでないのは
わたしのせいか知ら
わたしはわたしよ

これがわたしよ
もんくないでしよ
もんくないわね

男に好かれるわたしなの
しようがないでしよ
ヒイルはすつきり
ウエストくつきり
おつぱいぽつたり
ひとみはうつとり
もつとあるわよ
どうしてほしいの
わたしはわたしよ
どうしてほしいの

そうよ
たしかにあるひと愛したわ
そのひとわたしを愛したわ
子どもみたいに愛しあつたの
ひたすら愛し
愛し　愛し　愛し
いつたい何が言いたいの
あなたのためにわたしはいるのよ
わたしはわたしよ
これがわたしよ

この愛

この愛
こんなにはげしく
こんなによわく
こんなにやさしく
こんなに絶望的
この愛
真昼のようにうるわしく
時間のように意地悪
この愛　こんなにほんとで

この愛　こんなにうるわしい
こんなにしあわせ
こんなにうれしい
ある時は　闇の中の子どものように
たよりなく
ある時は　闇の中のおとなのように
自信に満ちてる
この愛　人をおそれさせ
しゃべらせ
青ざめさせる
この愛　監視されている
なぜなら　ボクらが愛を監視するから
この愛　追いつめられ　傷つけられ　踏んづ
　けられ　殺され　否定され　忘れられ

なぜなら　ボクらが愛を　追いつめ　傷つけ
　踏んづけ　殺し　否定し　忘れるから
この愛　完全なる
こんなに生まれかわり
太陽にみたされ
この愛　オマエのもので
この愛　ボクのもので
この愛　いつも新しいもの
不変のもの
樹木とともに真実で
鳥とともにふるえる
夏のように熱く　あふれ
ボクら　ふたりが全くひとつになつて
行つたり　帰つたりできる

忘れたり　眠ったりできる
めざめ　苦しみ　年をとり
また眠り
死を夢み
めざめ　ほほえみ　笑い
若がえる
ボクらの愛は　ここにある
驢馬のように頑固に
欲望のように新鮮に
記憶のように残酷に
後悔のように馬鹿に
想い出のようにやさしく
大理石のようにつめたく
真昼のようにうるわしく

子どものようによわよわしく
愛は　ほほえみながらボクらを見守り
言葉なしに話しかけてくれる
ボクらふるえながら愛の言うことを聴く
ボクは叫ぶ
ボクは叫ぶ　オマエのために
ボクは叫ぶ　ボクのために
ボクは願う
オマエのために　ボクのために　愛しあってる
　すべての人たちのため
そして　愛しあったことのある人たちのため
そう　ボクは叫ぶ
オマエのため　ボクのため　ボクの知らな
　いすべての人のため

愛よ　そこにじっとしていてくれ
そこのところに
前にいてくれたところに
そこにいてくれ
動かないでくれ
行ってしまわないでくれ
愛されているボクら
ボクら愛を忘れても
ボクらを忘れないでくれ
ボクらにあるものは愛だけ
ボクらが凍えるままにほっておかないでくれ
いつでも　どんな遠くでも
どこでも
生きるしるしを与えてくれ

いつか　はるかな日
記憶の森の　樹かげから
跳びだして
ボクらをつかまえてくれ
ボクらを救つてくれ

教科書

2タス2ハ4
4タス4ハ8
8タス8ハ16
ハイもういちど
2タス2ハ4
4タス4ハ8
8タス8ハ16
この時　琴鳥
空をかすめる

子どもは小鳥を見る
小鳥を聴く
小鳥を呼ぶ
ボクをたすけて
ボクとあそんで
小鳥！
小鳥はやってきて
子どもとあそぶ
2タス2ハ4
ハイもういちど
子どもはあそぶ
小鳥はあそぶ
4タス4ハ8
8タス8ハ16

16タス16ハ　いくつですか？
いくつといってもいくつでもないや
とくに32じゃないや
子どもは小鳥を
机にかくす
すると皆んな
小鳥の歌を聴く
小鳥の音楽を聴く
8タス8が逃げだす
4タス4も2タス2も
つぎつぎ脱走する
1タス1は1でもないし2でもなく
1モク3そろって脱走
琴鳥あそぶ

子ども歌う
先生どなる
いいかげんにしなさい
子どもたちは
音楽を聴く
すると　教室の壁
音もなく崩れる
ガラスは砂に帰る
インクは水に帰る
机は森に帰る
白ボクは崖に帰る
ペンは鳥に帰る

朝食

あのひと
コヒイいれた
ミルクいれた
砂糖いれた
スプンとつた
かきまぜた
あのひと
コヒイのんだ
カツプおいた

なにも言わず
タバコに火をつけた
煙で輪をつくつた
灰皿に
灰おとした
だまつて
ふりむかず
あのひと
椅子からたつて
帽子かむつた
レインコオト着た
雨が降つてたから
それから
あのひと

出て行つた
雨の中に
だまつて
ふりむかず
それからわたしは
両手で顔ふさぐ
泣いた

絶望がベンチに坐つている

辻公園のベンチに
ひとりの男坐つている
鼻眼鏡　古くさい灰色の背広
細身の葉巻をふかしながら
通りかかるキミたちを　呼び止める
または　ちよつと手招きする
この男を見てはいけない
声を聞いてはいけない
足早に通りすぎること

見なかつたふりして
聞かなかつたふりして
足早に通りすぎること
もし　この男を見てしまつたら
男は手招きして　キミは
この男の隣に　坐らぬわけにいかなくなる
男はキミをじつと見つめ　にやりとする
するとキミはぞつとして　肩で息をする
男はますますにやりとする
きみもつられてにやりとする
そつくりそのまま
残忍に
にやりとしては　肩で息をし
肩で息をしては　ますますにやりとする

もはや　手遅れ
キミはベンチに金しばりになり
残忍に　にやりとする
キミのすぐそば
子どもたち遊んでいる
ひとびとはしずかに散歩している
小鳥たちが枝から枝へ飛びまわる
けど　キミ
じつとベンチに釘づけになつて
キミにはわかつている　わかつている
もはやけつして
子どもにかえれない
キミには　わかつている
もはやけつして

しずかに散歩できない
あのひとたちのように
もはやけつして
枝から枝へ飛びまわれない
あの小鳥たちのように

流れる砂

魔法と神秘
風と潮
海は遠くに引いてゆく
オマエ
風にやさしくゆすられ
海藻になつて砂のベツドの夢のなか
魔法と神秘
風と潮
海は遠くに引いてゆく

かすかにひらくオマエの目
かわいい波が二つある
魔法と神秘
風と潮
ボクの溺れる二つの波

解放区

戦闘帽は鳥籠に入れ
鳥を頭にのせて　ボクは外出した
おいこら
敬礼せんのか
司令官がとがめる
鳥が答える
はい
もう敬礼はしませんよ
うむ　なるほど

これは失敬　癖になつとるでな
どうイタしまして　誤ちは人の常ですからね
鳥　答える

ヨオロツパ新秩序

太陽埋葬され
赤葡萄酒の壜割れている
アル中に罹つた建物
路に崩れている
かろうじて残つたポオチの下
娘がのびている
娘のそばに　男ひざまずき
止めを刺す
傷口を短剣でえぐる

心臓から血があふれる
男が勝鬨を挙げる
狂つた孔雀の叫び声
狂つた声は　夜のなか
時間の外へ　生命の外へ　消える
埃まみれの男
自暴自棄の男
すくつと立ち上がり
ハイル　ヒトラア！
絶望の叫び声
焼け落ちた商店の瓦礫の中
額縁入りの青ざめた老人の肖像
ものわかりのよい表情
じつとできごとを見守つている

軍服にも軍帽にも　やたら
星がきらめいている
子どもたちの柩の上の
かがやくクリスマス　ツリイ
かの突撃隊員
ちらつと色刷ポスタアを見ると
一家団欒を思い浮べるが
そこはスジガネイリの
ヨオロツパ新秩序の精神
短剣をサヤにおさめると
まつすぐに立ち去る
国家悪によつて調子の狂つた
ヨオロツパ新秩序のロボツト
さよなら　リリイ　マルレエン

足音と歌声が闇に消えた
さて　青ざめた老人の肖像
残骸の中に残つている
ひとりぼつち　にやり
瓦礫のおそろしい静けさのなか
おいぼれの自信たつぷり

でっかい　赤い

でっかい　赤い
冬の太陽
グラン　パレの上
現れ
やがて消える
太陽とともにボクの心臓も消える
ボクの血液も行ってしまう
オマエを探しに
恋びとよ

うるわしいひとよ
やがてボクはオマエを探しだす
オマエがいまいるその場所に

シャンソン

今日は何ん日
今日は毎日です
恋びとよ
今日は一生です
恋びとよ
ボクら愛しあつて生きて
ボクら生きて愛しあつて
ボクら人生なんて知らないよ
ボクら月日なんて知らないよ
ボクら愛なんて知らないよ

牢屋番のシヤンソン

すてきな牢屋番　どこ行くの
血のついた鍵を持つて
ボクは愛するひとを釈放しに行く
まだ時間があるのなら
ボクはあのひとを閉じこめていた
やさしくむごく
ボクの秘密の欲望のなか
ボクのふかい苦悩のなか
未来の嘘のなか

馬鹿な誓のなか
ボクはあのひとを釈放したい
あのひとを自由にしたい
ボクを忘れても
行つてしまつても
帰つてきても
もういちど愛しても
ほかの男を愛しても
ほかの男が愛しても
あのひとが行つてしまつて
ボクがひとり残つても
ボクはひとりで守つていよう
いつまでも守つていよう
ボクの両手のくぼみのなかに

この世のはてまでも
愛でふくらんだほのかな乳房を

祭の露天

しあわせ　急流をさかのぼる鱒の気分
しあわせ　地球の中心にいる
地球の　血の噴水のある場所
しあわせ　手回しオルガン
レモンの声色
うなつている　埃のなか
下町言葉　なつかしい繰返し
脚韻不要　理屈無用
しあわせ　恋びとたち

ジェツトコオスタに乗つて
しあわせ　赤毛の娘
白馬に乗つて
しあわせ　茶つ毛のニイチヤン
にこにこ　順番を待つ
しあわせ　このオジサンは喪中
ゴンドラから眺めている
しあわせ　デブの奥さん
風船持つて
しあわせ　おつとテキ屋のオツサン
皿をこわしてしまつた
しあわせ　旅芸人の箱馬車に
ちつちやい子ども
不しあわせ　新兵たち

射的場をうろついて
ゴランの通り　地球の中心
ゴランの通り　はだかの心
きらめくほほえみにかこまれ
ゴランの通り　地球の中心

庭

何千万年かかっても
いいつくせはしない
あの永遠の一瞬
オマエがボクを抱き
ボクがオマエを抱いた
冬の朝の光のなか
モンスリ公園で
パリで
地上で
小さな星で

パリの夜

三本のマッチ一本ずつ擦る
最初のは　オマエの顔をそつくり見るため
二本目は　オマエの眼を見るため
最後のは　オマエの唇を見るため
くら闇は　オマエを抱いて
オマエのすべてを思い出すため

バルバラ

想い出してくれ　バルバラ
あの日　ブレストは雨がこやみなく降っていた
オマエが歩いていた　につこり
花やかに　うつとり　きらめき
雨に濡れ
想い出してくれ　バルバラ
ブレストは雨がこやみなく降っていた
ボクはオマエとシヤム通りですれちがつている
オマエ　につこりした

ボクもつられてにつこりした
想い出してくれ　バルバラ
ボクの知らないオマエ
ボクを知らないオマエ
想い出してくれ
想い出してくれ　ぜひともあの日のことを
忘れないでくれ
ひとりの男がポオチで雨やどりしていた
男がオマエの名を呼んだ
バルバラ！
オマエはかれをめがけ走つて行つた
きらめき　うつとり　花やかに
雨に濡れて
オマエはかれの腕に身を投げた

想い出してくれ　このことを　バルバラ
ボクが〈オマエ呼び〉しても　気を悪くしないでくれ
ボクは愛する人を　オマエ呼びする
たとえ一度しか見てない人でも
ボクは愛しあう人たちを　オマエ呼びする
たとえ知らない人たちでも
想い出してくれ　バルバラ
忘れないでくれ
あのおだやかなしあわせな雨
しあわせなオマエの頬に
しあわせな街に
あの雨は　海に
倉庫に
ウエサン島の渡し船に

おお　バルバラ
戦争のなんたるむごさ
オマエはどうなつたのか
あの鋼と火と血の雨の下
そして　オマエをいとしく抱いた
あの男は
死んだのか　行方不明か　生きているのか
おお　バルバラ
ブレストに雨が降つている
あの日に降つていたように
だが　すつかり変わつてしまつた
なにもかも破壊されてしまつた
これはとむらいの雨
すさんだ　ぞつとする　とむらいの雨

もはや鋼と火と血の嵐でさえなく
ただ　雲だけ
水ぶくれの犬になつて
流され
腐つて行く
ブレストから遠く　はるか遠く
もう　なにもない

オシリス　あるいは　エジプトへの逃走

夏が来たのに　戦争ダ
街はすさんでひとりぼっち
けれども
やっぱり街はほほえむ
ほほえむ　ほほえむ
愛しあう子たちのため
夏のやさしい目なざし
夏が来たのに　戦争ダ
ひとりの女とひとりの男

美術館に入る
すさんだ美術館のなか
生きているのは二人の足音だけ
ここはルウヴル
ここはパリ
世界中の爽やかなものは
すっかりひそんでしまった
守衛がおどろき目をさます
ボタンを押してまたねむる
さて厨子の中から
エジプトの神秘が輝く
オシリスが死の森の中から立ちあらわれる
パリ中の教会の神は死んでしまったのに
オシリスが　もう一度死ぬため

生きかえる
すると
恋びとたちキスする
オシリスが恋びとたちを結婚させる
それから　ゆつくり
自分だけが生きている死の世界へ
かえつてゆく

ピカソの散歩

きわめてリアルな皿の上
リンゴがひとつポオズする
リアルな画伯
まじめな顔して
ありのままにリンゴを描かんと
空しい努力
リンゴとしては　そうはトンヤがおろしません
リンゴにはリンゴの言い分がある
腹には一物あるのです

きわめてリアルな皿の上
リンゴはやさしくじつとしているが
リンゴの心は食えない
ギイズ公でさえガス燈に化ける《デギィズ》のです
リンゴはみごとな果物のふりをして
本心は見せない
意思に反して描かれるからね
さて
レアリストの画伯
レアリスムの困難に立ち向かう
リンゴのすべての表情が画伯にさからつているではないか
あげくは
みじめな貧乏人が　恵み深くも空恐ろしいどんな慈善団体からも　思いのままにされているのに　愕然気付くように

みじめなレアリストの画伯は　数限りない連想観念の餌食になっ
　ている自分に気付く
リンゴは丸い　リンゴは廻る
リンゴはリンゴの樹を連想させる
エデンの園　イヴとアダム
如露　果樹園　農学博士　ハシゴ
カナダ　ヘスペリデスの黄金のリンゴ　ノルマンジイ
　レネツトリンゴ　アピリンゴ
テニスコオトの蛇　リンゴジユスの誓い
それから
原罪
はたまた
芸術の起原
ウイリアム　テルのスイス

さらには
アイザック　ニュトン　万有引力博覧会での連続受賞
ああ　画伯は茫然
ついにモデルを失つて
眠つてしまう
おりしも　ピカソ
いつでも
どこでも
自分の家と同じに
通りかかる
リンゴと皿と眠れる画伯をみて
なんとくだらん
リンゴをひとつ描こうなんて
ピカソはリンゴをぱくり

リンゴはピカソに　ありがとう
ピカソは皿を割つて笑いながら
通りすぎる
画伯は夢から抜歯され
未完成の絵を前に
孤独な自分を発見する
割られた皿の真ん中
恐るべきレアリテの種子

「ものがたり」より

五月のシャンソン

ロバ
王様
ボク
明日はみんな死ぬ
ロバは飢えて
王様は退屈して
ボクは恋のため

白墨の指が

日々の石盤に
ボクたちの名前を描く
ポプラの風が
ボクたちに名前をつける
ロバ
王様
民衆

太陽が真黒なぼろぎれになつて
ボクたちの名前はもう消えた
牧場の涼しい水
砂時計の砂
バラ色のバラの咲くバラの木
小学生の道草

ロバ
王様
ボク
明日はみんな死ぬ
ロバは飢えて
王様は退屈して
ボクは恋のため
五月の空のもと

いのちはサクランボ
死はサクランボの核《たね》
恋はサクランボのなる樹

川

橋の下を
大量の水が流れています
大量の血が流れています
愛の足もとには
大きな空つぽの川が流れているのです
月の庭では
毎日が祭です
月の川は
歌いながら眠りながら流れているのです

月はつまりボクの頭です
青い太陽のまわりをめぐつています
青い太陽はつまりアナタの目です

「見世物」より

地方色

なんとすばらしい　この風景
断崖が二つ　樹が何本
そして　水　岸辺
なんとすばらしい
ここちよい風　かすかなそよぎ
それから　水がたつぷり
これがブルタニユの風景
遠くから見ると
手のひらに　そつくりはいつてしまう

だが　近よつたらかえつて
見えなくなることもある
岩にぶつかり
樹にぶつかり
痛いめにあつて　気の毒
ものによつては　手でさわつていいものと
うんと遠くから眺めていいものとある
けど　愛らしさにかわりはない
バラの赤　矢車草の青
金盞花の黄色　リスの灰色
これら　すべて
やさしいしつとりした魔法です
極楽鳥の　きらめく笑い声
それから　中国人がいて

とても楽しく悲しくやさしくて
いや　実は
これはブルタニュの風景だから
バラの赤のない風景
リスのいない灰色の風景
中国人も極楽鳥もいない風景
でも　ボクはこの風景が好きです
ありつたけの贈物をしたい
たいしたことはできないが
風景は贈物をよろこんでくれるだろう
なんにも持ちあわせがないから
世界一の女をこの風景に置こう
女は風景を見るだろう
かの女は風景が好きになるだろう

光りがかの女をかがやかし
かの女の影ができる
かの女と同じ寸法で
それから
かの女は腰をおろす
かの女のそばに
ボクも腰をおろす
ボクらのまわりに　犬と猫がやつてくる
馬も
熊も　タンバリンを持つて
そのほか沢山の動物
みんな　とてもやさしいので名前なんか忘れてしまう
それから　祭です
電灯と提灯の花飾り

熊がタンバリンにあわせタップ踏む
世界中が踊りだす
世界中が歌いだす

明りを消せ

明りの中
二羽の燕
首をかしいで
夜を聴く
夜は真白
月は薄闇
月世界の住人もやつぱり
うごめきあつている
雪だるま

あわただしく
月の扉を叩いている
明りを消せ
ヴイクトアル広場で
恋びとたちが愛をしている
明りを消せ
ふたりが見えてしまうから
ボクはたまたま通つたのです
そしたらふたりにつまずいた
女はスカアトを下ろし
男は眼をつむつた
けれど
男が女を見つめる眼は
二つの火の石であつたよ

明りの中
二羽の燕
首をかしいで
夜を聴く

サンギイヌ

オマエの腰を　ファスナアの光がすべり
くらやみの中心で突然
オマエのからだのしあわせの嵐　きらめく
オマエの着物がフロアに落ちる
オレンヂの皮が絨毯に落ちたほどの音もなく
ボクらが着物を踏むと
真珠貝のボタンが種子ほどの音をたてた
サンギイヌ
かわいい果物

オマエの乳房の尖が
ボクのてのひらのくぼみに　あたらしく
幸福の運命腺をえがく
サンギイヌ
かわいい果物
夜の太陽

あの男わたしのまわりをまわつてた

あの男わたしのまわりをまわつてた
何か月も　何日も　何時間も
わたしの乳房に手をあてて
ボクのちつちやなハアト　ですつて
あの男わたしから約束を引つこ抜いた
土から花を引つこ抜くように
あの男約束を後生大事に守つてた
温室で花を守るように
わたし約束なんてへつちやら

花はすぐに萎れたわ
あの男目ン玉飛び出し
にらみつけ
ののしるの
別の男がやってきた　かれは何も求めないで
穴のあくほどわたしをみつめた
頭から爪のさきまでまるみえに
かれが着物をぬがせる時
わたしされるまま
かれがなにをするのか　なんにもわからなかつた

愛しあう子たち

愛しあう子たち　夜の扉にすがつて
立つたまま　愛をしている
通行人が指さしする
愛しあう子たち
他人のためにいるのではない
夜のなかでふるえているのは
ふたりの影だけ
通行人はアタマにくる
かれらの怒り　かれらの蔑み

かれらの笑い　かれらの嫉み
愛しあう子たち　他人のためにいるのではない
ふたりがいるのは　夜より遠く
昼より高く
はじめての愛のまぶしいくるめきのなか

ロス　オルヴイダドス

このまえルイス　ブニユエルに会つたのは
一九三八年ニユヨオクであつた
おとといの夜カンヌで
ブニユエルに会つた
うんと遠くで　うんと近くで
かれはちつとも年をとつていなかつた

ルイス　ブニユエルは　暗黒の映画をひけらかす人でない
説教じみた暗黒

涙頂戴の暗黒
殉教者気取りの暗黒
そんなものとはかれは無縁である
この時代の虐殺が
かれを傷つけかれを反逆させる
明白に
高潔に
かれは
オエラ方が虐殺を正当化し　罪を償うために
犠牲者を祭つてみせても
決してゆるさない
ルイス　ブニユエルは　暗黒の映画をひけらかす人でない
むしろ　太陽の映画をひけらかす
しかし

この太陽は血だらけ
かれは　この太陽をひけらかす
虚心に
オルヴイダドス
ロス　オルヴイダドス
人間が言葉を知らなかつた時代は
木の幸福を信じることができた
ロス　オルヴイダドス
オリイヴ　プラタナス

ロス　オルヴイダドス
メキシコシテイを
放浪する若い木木
母のオナカから引き抜かれ

大地のオナカから引き抜かれ
ロス　オルヴイダドス
あまりにも速くおとなになつた子どもたち
忘れられた子どもたち
流刑された子どもたち
終身刑の子どもたち
ロス　オルヴイダドス
愛撫されることのなかつた子どもたちはそのまま
生活に飛込む決意をする
飛出しナイフの生活
おとなと産業の社会が造つたナイフはいきなり
子どもたちの心臓を突刺す
子どもたちの心臓は
絢爛豪華に気高く鼓動する

ナイフは
子どものあまりにも速く凍りついた胸から
抜かれ
ほんのすこし温もりを求めて
子どもたちのしでかす犯罪に
あぶなつかしくふりまわされる
子どもたちは倒れる
死を刻印された太陽のまつただなか
ロス　オルヴイダドス
愛したのに愛されない子どもたち
殺し殺される子どもたち
けど
祭の露天で
買物に迷つて

行つたり来たり
にこつとほほえむ
子どもたちのほほえみは太陽である
太陽は子どもたちといつしよに眠りいつしよに起きる
太陽に飾られ
ほほえみにきらめく
おおつぴらの祭騒ぎ
オエラ方にとつては　おもしろくない
一瞬息をのみ
うらやましく
顔をそむける

このまえルイス　ブニユエルに会つたのは
カンヌの夜

カンヌの夜とメキシコシテイの悲惨との小さな交差点ができた
子どもたちはスクリンのなかでむごたらしく死んでいつたが
映画を視た人の心のなかで子どもたちは生きている

原注　この詩は、一九五一年カンヌで、ブニユエルの「ロス　オルヴイダドス（忘れられた子たち）」を観たあとで書かれた。

演習場で

真つ昼間眠りながら
ボクは演習場にまぎれこんだ
人びとが死ぬ訓練をやつている
軍旗にくるまれ眠るンダ
ボクはよろめきいい気持ち
幽霊が出たあ！　司令官が叫ぶ
いや　脱走兵ですよ　大尉が答える
いざ実戦となつたらぞろぞろ出ますよ
中尉が補足する

それにしても服装が正規でありませんな
なに　脱走兵じやと
脱走兵の正規の軍服は棺桶じや
司令官がノタマウ
脱走兵は
棺桶の軍服を着て本隊に復帰するのじや
これが軍規じや

失礼
ボクはつい通りがかつただけ
動員令のラツパが鳴つた日
ボクはいい夢を見ていました
戦争中ずつと
いい夢見ているのです

司令官が命令を下す
奴に　馬　斧　大砲《カノン》　火焔放射機を支給せよ
奴に　軍隊の義務をしこんでやれ

ボク義務なんて知らないよ
勉強なんて知らないよ
けど　馬ならください
川につれて行ってやります
葡萄酒《カノン》ならください
友だちといっしょに飲みます

ボクは
あなたがたにとやかく言いません

ボクは正規の人間じゃありません
射的《パイプ》はぼくの仕事じゃありません

ボクは小さいパイプがあれば満足です
土で作つたパイプです
失礼
ボクの行きたいところへ行きます
パイプをふかしながら

ボクは正規の人間じゃありません
戦場の栄光の道は通りません
ボクはパイプをふかします
インデイアンのパイプです
インデイアンはアラソイ好きでない

失礼
ハラをたてると体にさわります
いや灰皿はいりません

＊土で作った——refractaire「焼けない」の意のほかに、「権力に従わない」、「徴兵忌避」の意味がある。

ナルシス

ナルシスが水浴びする
かわいい裸の娘たち　ナルシス　みに行く
ナルシスは水から出て　娘たちに近寄る
すると気づく　今までの自分とちがつている
どこか変つている
かれはわれとわが身を愛撫して
びつくりする　望んだのでなく知識もなかつたのに
まるで若い馬ほど
大きくなつた男性のしるし

はずかしさよりうつとりして
かれは水にはいる
娘たちを眺めては
水の中のからだをみてみる
おや
水の屈折作用で
棒が折れた
かれは溺死する
子どもつぽい絶望にうちひしがれて

「雨と天気」より

みつめる権利

あなたがた
ボクはあなたがたをみつめない
ボクのいのちはもつとあなたがたをみつめない
ボクは愛するものを愛する
愛するものだけが
ボクをみつめ
ボクに目をかけてくれる
ボクは愛するものを愛する
ボクは愛するものをみつめる

愛するものが
見つめる権利をくれる

裏切られた恋びとたち

ボクは持つていた　ランプ
オマエは持つていた　ひかり
火を売り渡したのは　どちら？

あなたのためのシャンソン

――フロランスへ

黒髪　黒髪
波になでられ
黒髪　黒髪
風にほどかれ
九月の霧
樹の間をただよう
太陽は青いレモン
からっぽの車
苦しみをのせ

三人の金髪の子どもが引つぱつて
廃墟を横切り
海へ行く
黒髪　黒髪
波になでられ
黒髪　黒髪
風にほどかれ
ドラムカンたくさん
鉄筋コンクリトのがれきたくさん
死んだ犬
蹠を風に吹かれ
海軍司令長官の筏
座礁している
黒髪　黒髪

波になでられ
黒髪　黒髪
風にほどかれ
太陽
時間が運ぶ青いレモン
人魚の呼び声
きいてゴラン
子どもの声です

三月の太陽

――セシル　ミゲルへ

オレンジの木の　オレンジ
レモンの木の　レモン
オリイヴの木の　オリイヴ
叢の　木苺
身近にあつて贅沢な不思議

いのちはうるわしいわ
あなたに告げたら死ぬわ
こういつてから

花は死ぬ
けど
返事もしないで
男は庭を横切り
森を横切った
犬にも言葉をかけないで

緑の生存者

ザクロはじける
のどがかわいて
イチヂク落ちる
飢えて
薊の花

朝の空のまん中
薄紫の軽蔑の声をあげる
ひたすら色彩のため
ひたすら絵のため

完璧な神秘
人びとのための博物誌

セシル　ミゲルの宇宙

かの女そこにいる
熱い光のなか
たちあらわれる
風景がかの女のなかに身を投げる

風景がいう
あなたすてき
セシル　ミゲル答える
わたしあなたを愛しているわ　ほんとよ
するとキャンバスのなか
アルプス　マリテイムの地下水ささやく
ボクこそあなたが好き

リブモンの旅行記

ペンやクレヨンが紙の上を走って
風景に語りかける
すると　風景が耳を傾ける
それは　リブモンが風景を喜ばせるから
風景は　つぎからつぎへ
出て来る言葉に　耳を傾ける

風景　風景
視ることのできる風景《ペイサアジュ》

賢い木々の国《ペイ》
おろかな草の国
風景　風景
最も身近な親友
ボクら呼ぶ　リブモンを
かれは　季節とともに
やってくる
季節の腰に咲きほこる花々のため
季節の中の家々の瓦のため
風景の好意を受けとるだけで何も求めぬ旅人に
風景は応えてくれる
風景は好意を与え　好意を忘れる
おびただしい好意
花の味　果物の香り

動物の沈黙
樹々の音
雲の中の青空
道の石
庭の壁
太陽眠る　夜めざめる

リブモン　リブモン
ボクらの家はキミの家
リブモン　リブモン
最も身近な親友
季節ごとの親友

月日は永遠の旅人

いい時があるが悪い時もある
風景は磨かれ　値段をつけられ
ニスを塗られ
男奴隷と女奴隷にされる
しかし
神秘の園はつぎつぎ解放され
甦る
麝香草の鏡のなか
紙の鏡のなか
月桂樹の　葡萄の　オリヴの鏡のなか
見棄てられ
焼かれ　灰となつた樹の鏡のなか
抜かれた花の鏡のなか
見棄てられ　消され　金銭に縛られた花の鏡のなか

抜かれた根の鏡のなか
やがて
新しい枝に新しい葉が　鏡のなか
新しい芽が身構える
やがて夜が更け
画廊をたずねる人
樹の葉のそよぎを耳にする
めくらの駝鳥と
つんぼの鶚と　シナの皇帝
リブモン　デセニユといつしよに旅をする
サン　ジヤネへ向かつて

「もの　そのほか」より

花束

オマエのため　ボクのため
ボクから遠く　オマエのそばに
オマエとともに　ボクとは逆に
ボクの心臓の鼓動は
オマエの血液で育てられた花
鼓動の全部がオマエのもの
鼓動の全部がボクのもの
いつでも　どんな時でも
ふたりいっしょの時間でも
ふたり別べつの時間でも

いのちは園芸師
死は庭師
けど
園芸師は悲しくないのさ
庭師はいぢわるではないのさ
花束はとても赤く
血液はとても元気
園芸師はほほえみ
庭師は待つている
どうぞゆつくり
ボクの心臓の鼓動は
血液で育てられた花
オマエの血液で　ボクの血液で
ふたりの血液で

プレヴエル（ジヤツク）（一九〇〇ヌイユ　シユル　セエヌ〜一九七七オモンヴイル　ラ　プチト）

最も容赦しない、最もアナルシストの、最も偶像破壊の詩人。もちろん、シヤンソン、映画などかれの選んだ表現方法においても、嘲笑する皮肉《イロニイ》の調子においても、最も民衆《ポピユレエル》の詩人である。

かれの最初の詩集「パロル」（一九四六）は、たちまち広い社会の心をひきつけ、かれの人がらの妥協のない、ひそかな誠実さを明らかにしたが、かれの断罪する才能は、シユルレアリスム運動の一翼を担つた。

シユルレアリストのうちの、シヤトオ街グルウプ（かれは、イヴ　タンギイ、マルセル　デユアメルらと、一九二五から一九二八まで、この街に住んだ）。かれの二十代には、作品の発表をほとんどしなかつたが、意表を突くするどさや、語呂合せなどの言葉遊びによつて、たつぷり豊かにされた言葉の反逆を鍛えていた。

やがて、アンドレ　ブルトンと爆発的に衝突して、シュルレアリストグルウプを離れる（かれは、ブルトン反対のパンフレット「死骸」〈一九三〇〉の署名者のひとりである）、この頃、かれは、人民戦線における、行動的な開かれた劇場の仲間「十月グルウプ」のために、いくつかの寸劇を作つた。

弟ピエルと共に、多くのシナリオとデイアロオグを書いたが、シュルレアリスムの意識が失われてはいなかつた。「事業ますますハンジョウ」（一九三二）、「ランジュ氏の犯罪」（一九三五）、「奇妙な劇」（一九三七）、「悪魔は夜来る」（一九四二）、「天井桟敷の子たち」（一九四四）ほか。

固定した秩序に対する拒否、社会から排除された人びとへの共感、人間存在の混乱に直面した笑い、思いもよらぬ出会い、など、かれの作品（映画であろうと詩であろうと）の内容をなす。「見世物」（一九五一）、「雨と天気」（一九五五）、「物そのほか」（一九七二）、「夜の太陽」（一九八〇）、「五番目の季節」（一九八四）、これらの詩集は、幸運まかせの、手あたりしだいの構成になつているが、ここにはかれの持ち味、ポピュレエルな言葉、表現のかざりけなさ、ユモア、やさしさ、しあわせを妨害するすべての者たちへの反逆の怒りがある。

かれは、また、コラジュの作者でもある。「Fatras」（一九六六）、「週刊駱駝《エブドロマデエル》」（一九七二）。これらの絵の技法は、かれの言葉の内容にある「言葉遊び」に支えられている。
　プレヴエルは、べつに研究せずとも、子どもたちの心を探し出すことを知っている。そのわけは、プレヴエルは、子どもたちの目なざしを、子どもたちのびっくり仰天できる才能を、子どもたちの非妥協を、いつも全力で守っているからである。

（ラルウス文学事典一九九二）

ボオドレエル　悪の華

レオ　フエレの作曲　かつ
自ら歌へる十二の詩篇

2007

人間論的にみた場合ボードレールの存在は、しかし、エリオットの存在と同じように偉大であるのか、それともその反対にキザな安価な単なる都会の洒落者であったのか私に永久にとけない謎である。けれどもうす気味の悪い不可解な存在である。シモンズも言っているように、「おそらくその人間は発見されることはないだろう」と思う。また「どんな観察者の眼をもちょろまかすような一つの異なった角度をもっている」と思う。没落天使セイタンかメフィストフィーレスのようなところがある。また微妙な魔術によって本心をかくす術を知っている。またその悪魔の笑いとしての諧謔を永遠にかくしていると思う。私は四十歳までのうちにボードレールの芸術の精神を私の詩の常識としたと思う。

西脇順三郎「ボードレールと私」

悪の華

レオ　フエレの作曲　かつ自ら歌へる十二の詩篇

I　夕べのアルモニイ

妙《たへ》なる時の訪れは　今し梢のさゆらぎに
花々は　香炉のけむりに溶け昇り
音も匂も　夕べの風にたゆたひ
もの憂きヴアルス　気懈き眩《くるめ》き

花々は　香炉のけむりに溶け昇り
ヴイオロンは　痛む心にわななき
もの憂きヴアルス　気懈き眩き
空は悲しく　あえかなる安息堂

ヴィオロンは　痛む心にわななき
やさしき心は　暗く広がる無を厭ひ
空は悲しく　あえかなる安息堂
太陽は　おのれの凝る血潮に溺れ

やさしき心は　暗く広がる無を厭ひ
往にし日の燦めく恋を　遺跡にひろひ
太陽は　おのれの凝る血潮に溺れ
いとしきひとのおもざしは聖体顕示ぞ　真輝ける

HARMONIE DU SOIR

Voici venir les temps où vibrant sur sa tige
Chaque fleur s'évapore ainsi qu'un encensoir ;
Les sons et les parfums tournent dans l'air du soir ;
Valse mélancolique et langoureux vertige !

Chaque fleur s'évapore ainsi qu'un encensoir ;
Le violon frémit comme un cœur qu'on afflige ;
Valse mélancolique et langoureux vertige !
Le ciel est triste et beau comme un grand reposoir.

Le violon frémit comme un cœur qu'on afflige,
Un cœur tendre, qui hait le méant vaste et noir !
Le ciel est triste et beau comme un grand reposoir ;
Le soleil s'est noyé dans son sang qui se fige.

Un cœur tendre, qui hait le néant vaste et noir,
Du passé lumineux recueille tout vestige !
Le soleil s'est noyé dans son sang qui se fige...
Ton souvenir en moi luit comme un ostensoir !

II　踊る蛇

わが目を溶かす　懶き女
　いともたへなる　そなたの体
揺らめく布より撓やか
　ほのかなる肌のまばゆさ

そなたの髪の底には
　ひりひりする香り
海のさすらひの匂ひ
　碧き波　栗色の波

朝まだき風
　醒《めざ》める船
夢みる魂ぞ 艤《ふなよそほひ》する
　渺《はる》かなる空をめざし

そなたの謎の瞳
　やさしさもにがさも啓示せぬ
金と鉄とを綯ひまぜし
　宝玉のまなざし

足どり軽ろやかなる調子
　しどけなき天女よ
そなたにみとれて嘆息す

棒の尖にて踊る蛇

気懈き重さに堪えかね
　そなたのいとけなき頭
揺れるたび　心ときめく
　ちひさき象のたゆたひ

体をしなり横たへ
　もつともかぼそき船
船端ゆすり沈みゆく
　帆先もみえぬ海の底

そなたの唇濡れまさり
　溶ける氷河のひしめき

地をどよめかし溢れきて
　息せき切りて涌きいづる
疑ひもなきボエミアのうま酒
　にがくも勝誇りて飲みほせば
体液の空一面　鏤める
　星の心

À te voir marcher en cadence,
    Belle d'abandon,
On dirait un serpent qui danse
    Au bout d'un bâton.

Sous le fardeau de ta paresse
    Ta tête d'enfant
Se balance avec la mollesse
    D'un jeune éléphant,

Et ton corps se penche et s'allonge
    Comme un fin vaisseau
Qui roule bord sur bord et plonge
    Ses vergues dans l'eau.

Comme un flot grossi par la fonte
    Des glaciers grondants,
Quand l'eau de ta bouche remonte
    Au bord de tes dents,

Je crois boire un vin de Bohême,
    Amer et vainqueur,
Un ciel liquide qui parsème
    D'étoiles mon cœur !

LE SERPENT QUI DANSE

Que j'aime voir, chère indolente,
    De ton corps si beau,
Comme une étoffe vacillante,
    Miroiter la peau !

Sur ta chevelure profonde
    Aux âcres parfums,
Mer odorante et vagabonde
    Aux flots bleus et bruns,

Comme un navire qui s'éveille
    Au vent du matin,
Mon âme rêveuse appareille
    Pour un ciel lointain.

Tes yeux, où rien ne se révèle
    De doux ni d'amer,
Sont deux bijoux froids où se mêle
    L'or avec le fer.

III　梟

香黒き紫松《いちひ》の隠れが
梟ひたり並びをり
異国の神の姿
赤きまなざし突きつけ　沈思黙考

微動だもせず待ちてをり
憂ひの時の到るを
やがて傾く太陽押退け
闇ぞどつかり居坐るらん

梟の態度　教訓を垂れぬ
知恵ある人よ　世にありて慎むべきは
喧騒と動揺なり

過ぎ去る幻に酔へる人
彼処《かしこ》へ行きたき欲望の
果てしなき刑罰を受くるのみ

LES HIBOUX

Sous les ifs noirs qui les abritent,
Les hiboux se tiennent rangés,
Ainsi que des dieux étrangers,
Dardant leur œil rouge. Ils méditent.

Sans remuer ils se tiendront
Jusqu'à l'heure mélancolique
Où,poussant le soleil oblique,
Les ténèbres s'établiront.

Leur attitude au sage enseigne
Qu'il faut en ce monde qu'il craigne
Le tumulte et le mouvement ;

L'homme ivre d'une ombre qui passe
Porte toujours le châtiment
D'avoir voulu changer de place.

IV　忘却の河《レテ》

わが心の上に来たれ　残酷かつ冷淡なる魂よ
愛らしき虎　しどけなき化生のもの
そなたの重き髪の厚み
わが震へる指先を　いつまでも涵してゐたし

そなたの匂ひ満ちたる裳の中
わが疼く頭を埋葬いたしたし
ここにてわれは息づくなり　萎れし花
死せる恋の名残りの匂ひを求め

眠りを！　生よりむしろ眠りを！
死の甘き眠りの中にて　われは
そなたの磨かれたる銅の体に
呵責なきくちづけを置かん

なだめられたる嗚咽を飲み下すには
そなたの寝床の深淵に　まさる処ぞなき
逞しき忘却　そなたの唇に宿り
忘却の河《レテ》　そなたのくちづけの中を流れたり

今よりのち　わが宿命こそわが快楽なれ
われ天命に従はん
従順なる殉教者　無実の罪人

この熱烈なる信仰　いやがうへにも処刑を煽る
わが憎悪を溺れさせんがため　そなたの
かつて心を監禁《とぢこ》めたることのなき息づく胸の
鋭《と》き乳首から
亡憂薬《ネパンテス》と毒薬を　こもごも啜らん

À mon destin, désormais mon délice,
J'obéirai comme un prédestiné ;
Martvr docile, innocent condamné,
Dont la ferveur attise le supplice.

Je sucerai, pour noyer ma rancœur,
Le népenthès et la bonne ciguë
Aux bouts charmants de cette gorge aiguë,
Qui n'a jamais emprisonné de cœur.

LE LÉTHÉ

Viens sur mon cœur, âme cruelle et sourde,
Tigre adoré monstre aux airs indolents ;
Je veux longtemps plonger mes doigts tremblants
Dans l'épaisseur de ta crinière lourde ;

Dans tes jupons remplis ton parfum
Ensevelir ma tête endolorie,
Et respirer, comme une fleur flétrie,
Le doux relent de mon amour défunt.

Je veux dormir ! dormir plutôt que vivre !
Dans un sommeil aussi doux que la mort,
J'étalerai mes baisers sans remord
Sur ton beau corps poli comme le cuivre.

Pour engloutir mes sanglots apaisés
Rien ne me vaut l'abîme de ta couche ;
L'oubli puissant habite sur ta bouche,
Et le Léthé coule dans tes baisers.

V　幽霊

黄ばめる眼《まなこ》の天使になり
われそなたの臥床に帰らん
そなたをめざし音もなく
夜陰に溶けて滑り入り

われそなたに与へん　栗色の女よ
月より冷たきくちづけ
さては墓穴を這ひずり廻る
蛇の愛撫を

程なく　ぞくぞくする鉛の朝来たり
そなたは　わが寝痕の虚ろなに気付かん
そこは夜になるまで冷ややかなるべし

ほかの者ならば　優しくも相手すらめ
そなたの生命《いのち》と若さに向かひ
このわれは　恐怖の君臨をせうぞ

LE REVENANT

Comme les anges à l'œil fauve,
Je reviendrai dans ton alcôve
Et vers toi glisserai sans bruit
Avec les ombres de la nuit ;

Et je te donnerai,ma brune,
Des baisers froids comme la lune
Et des caresses de serpent
Autour d'une fosse rampant.

Quand viendra le matin livide,
Tu trouveras ma place vide,
Où jusqu'au soir il fera froid.

Comme d'autres par la tendresse,
Sur ta vie et sur ta jeunesse,
Moi, je veux régner par l'effroi.

VI　愛しあふふたりの死

われら　寝間を軽ろやかなる香水にて満たさん
墓さながらに深き褥《しとね》を整へん
棚には　まだ視ぬ国の花々　われらのため
咲かんとす　この世ならぬ空に

われらの今際《いまは》の体温　互ひにせはしく尽きぬれば
われらの二つの心　二つの焔になり
二つの胸の　双児の鏡に
いく倍もの輝きにて　反射し合ふべし

夜は神秘なる薔薇色と青色を織りなし
われらの　告別の想ひに満てる長きため息
一つの電光に化すべし

ややありて　戸の透間より　天使
現れ　楽しくもまめやかに
曇れる鏡と死せる焔を甦へらすべし

LA MORT DES AMANTS

Nous aurons des lits pleins d'odeurs légères,
Des divans profonds comme des tombeaux,
Et d'étranges fleurs sur des étagères,
Écloses pour nous sous des cieux plus beaux.

Usant à l'envi leurs chaleurs dernières,
Nos deux cœurs seront deux vastes flambeaux,
Qui réfléchiront leurs doubles lumières
Dans nos deux esprits, ces miroirs jumeaux.

Un soir fait de rose et de bleu mystique,
Nous échangerons un éclair unique,
Comme un long sanglot, tout chargé d'adieux ;

Et plus tard un Ange, entr'ouvrant les portes,
Viendra ranimer, fidèle et joyeux,
Les miroirs ternis et les flammes mortes.

Ⅶ　旅への誘ひ

かはゆき子　いとしき妹
　夢みたまへ　かの国に
行き　ふたりして住むやさしさ
　のどかに愛し
　愛して死なん
そなたにさも似るかの国
　かぎらふ空
　うるむ陽は
わが魂にとり　そなたの

欺りの瞳
涙を貫き
きらめける神秘の魅力なり

かしこには　均整と美と
豪華　静寂　さらに快楽

年月に磨かれ
照り映ゆる調度
ふたりの部屋を飾らん
珍らかの花々
かぐはしく　龍涎の
おぼろの香りにまじらひ
きららの天井

底ひなき鏡
オリアントの綺羅荘厳　ことごとく
ここにて秘めやかに
魂に語りかくる
この国の甘き言葉

かしこには　均整と美と
豪華　静寂　さらに快楽

みたまへ　運河の
船の眠り
船は旅好みの体液なり
そなたのささやかなる
欲望を満たさんため

この世の涯より来たりぬ
　沈む陽は
　　野原を　運河を
街を　イヤサント　と　こがねに
　　粧ひ包み
　世界は眠れり
熱き光の只中に

かしこには　均整と美と
豪華　静寂　さらに快楽

Les riches plafonds,
Les miroirs profonds,
La splendeur orientale,
Tout y parlerait
À l'âme en secret
Sa douce langue natale.

Là, tout n'est qu'ordre et beauté,
Luxe, calme et volupté.

Vois sur ces canaux
Dormir ces vaisseaux
Dont l'humeur est vagabonde ;
C'est pour assouvir
Ton moindre désir
Qu'ils viennent du bout du monde.
— Les soleils couchants
Revêtent les champs,
Les canaux, la ville entière,
D'hyacinthe et d'or ;
Le monde s'endort
Dans une chaude lumière.

Là, tout n'est qu'ordre et beauté,
Luxe, calme et volupté.

L'INVITATION AU VOYAGE

Mon enfant, ma sœur,
Songe à la douceur
D'aller là-bas vivre ensemble !
Aimer à loisir,
Aimer et mourir
Au pays qui te ressemble !
Les soleils mouillés
De ces ciels brouillés
Pour mon esprit ont les charmes
Si mystérieux
De tes traîtres yeux,
Brillant à travers leurs larmes.

Là, tout n'est qu'ordre et beauté,
Luxe, calme et volupté.

Des meubles luisants,
Polis par les ans,
Décoreraient notre chambre ;
Les plus rares fleurs
Mêlant leurs odeurs
Aux vagues senteurs de l'ambre,

Ⅷ　吸血鬼の変身

さても　女は苺の唇
燠の上の蛇　身を撚ぢ
乳房を捩みあげつつ
麝香ひたせし言葉を洩らせり
――あたし　しつとりたる唇にて　古くさき良心をば
褥《しとね》の底に失はす科学《シアンス》を知つてをりまする
あたしの勝利の乳房の上にて　いかなる涙も乾かしてごらんにいれまする
老人にも子供の笑ひを与へてさしあげまする
あたしの裸は
月と太陽と空と星にもまさりまする

親愛なる先生　あたしときたら快楽の博士なの
あたしの強き腕にて男を締め窒息さする時
はたまた　あたしの胸を男に咬ませさしあぐる時
しとやかにてみだら　こはれんとしてたくまし
感極まりて眩ひする褥の上
不能の天使さへも　あたしのせゐにて地獄に落ちまする

さても女は　わが骨の髄まで吸ひ尽くし
われ　愛のくちづけ返へさんとて　懶く体を
ふり向けたる時　かしこには
膿あふるる粘つく革袋
はつと目を閉ぢ　冷めたき恐怖
再び　光の中に眼《まなこ》開けば　かたはらに
かの　血をなみなみたくはへ力こもりゐたる人型《ひとがた》は

おののく骨になり
冬の夜風にぶらつく看板
風見鶏のおぞましき金切声を叫ぶなり

Pour lui rendre un baiser d'amour, je ne vis plus
Qu'une outre aux flancs gluants, toute pleine de pus !
Je fermai les deux yeux, dans ma froide épouvante,
Et quand je les rouvris à la clarté vivante,
À mes côtés, au lieu du mannequin puissant
Qui semblait avoir fait provision de sang,
Tremblaient confusément des débris de squelette,
Qui d'eux-mêmes rendaient le cri d'une girouette
Ou d'une enseigne, au bout d'une tringle de fer,
Que balance le vent pendant les nuits d'hiver.

LES MÉTAMORPHOSES DU VAMPIRE

La femme cependant, de sa bouche de fraise,
En se tordant ainsi qu'un serpent sur la braise,
Et pétrissant ses seins sur le fer de son busc,
Laissait couler ces mots tout imprégnés de musc :
—«Moi, j'ai la lèvre humide, et je sais la science
De perdre au fond d'un lit l'antique conscience.
Je sèche tous les pleurs sur mes seins triomphants,
Et fais rire les vieux du rire des enfants.
Je remplace, pour qui me voit nue et sans voiles,
La lune, le soleil, le ciel et les étoiles !
Je suis, mon cher savant, si docte aux voluptés,
Lorsque j'étouffe un homme en mes bras redoutés,
Ou lorsque j'abandonne aux morsures mon buste,
Timide et libertine, et fragile et robuste,
Que sur ces matelas qui se pâment d'émoi,
Les anges impuissants se damneraient pour moi !»

Quand elle eut de mes os sucé toute la moelle,
Et que languissamment je me tournai vers elle

IX　あまりにも快活なる女に

そなたのおもざし　そなたの身振　そなたの気配
すばらしき風景よりさらにうるはし
ほほえみのそなたの表情にたはむれる
澄み切れる空より降る新鮮の微風なり

そなたの肩や腕より　光の
ほとばしるすこやかさ
悲しき通行人　擦れちがふのみにて
眩《めま》ひするなり

そなたの衣裳の撒きちらす
高き響きの色彩は
詩人の心に　花のバレエの
幻を投げこめり

狂ほしき上着　そなたの心
ありたけの色彩を好む徴《しるし》なり
男をめためたにする気違ひよ
恋しさ余りて憎さ百倍

うるはしき庭に　この腑甲斐なき肉体をば
ひきずり　散歩せる時
太陽のこの胸引き裂くを

われ皮肉に受けとるなり

春も　緑も
わが心を侮辱するゆゑ
われ　花をひきむしりて
自然の傲慢をば罰するなり

かくして　一夜　われ
快楽の鐘の高鳴る刻限
そなたの　女の宝を目指し
破廉恥漢になり　音もなく這寄り

そなたの悦ばしき肉体を懲らしめんがため
他人《ひと》に許せし乳房を傷つけんがため

驚く脇腹に　ぐさり
大いなる深き恥辱を与へ

この刹那　目の暉《くら》む甘き狂乱
燦びやかにもうるはしき
新らたに切られたる唇を通して　わが毒液
そなたの中に注がん　わが妹よ

Quelquefois dans un beau jardin
Où je traînais mon atonie,
J'ai senti,comme une ironie,
Le soleil déchirer mon sein ;

Et le printemps et la verdure
Ont tant humilié mon cœur,
Que j'ai puni sur une fleur
L'insolence de la Nature.

Ainsi je vondrais, une nuit,
Quand l'heure des voluptés sonne,
Vers les trésors de ta personne,
Comme un lâche, ramper sans bruit,

Pour châtier ta chair joyeuse,
Pour meurtrir ton sein pardonné,
Et faire à ton flanc étonné
Une blessure large et creuse,

Et, vertigineuse douceur !
À ravers ces lèvres nouvelles,
Plus éclatantes et plus belles,
T'infuser mon venin, ma sœur !

À CELLE QUI EST TROP GAIE

Ta tête,ton geste,ton air
Sont beaux comme un beau paysage ;
Le rire joue en ton visage
Comme un vent frais dans un ciel clair.

Le passant chagrin que tu frôles
Est ébloui par la santé
Qui jaillit comme une clarté
De tes bras et de tes épaules.

Les retentissantes couleurs
Dont tu parsèmes tes toilettes
Jettent dans l'esprit des poëtes
L'image d'un ballet de fleurs.

Ces robes folles sont l'enblème
De ton esprit bariolé ;
Folle dont je suis affolé,
Je te hais autant que je t'aime !

X　前世

余は　久しくも　宏荘たる柱廊のもとに暮らしゐたりき
柱廊をば　海の太陽　焰に染めあげたりき
厳かにそそり立つ大円柱
夕されば　玄武洞に変じたりき

大涛のうねりは大空のイマジュを転がし
豊かなる海の音楽の全能の演奏をば
余が眼《まなこ》に映ずる落日の絢爛へ
神秘かつ厳粛なる儀式の裡に　融合したりき

余の　静かなる快楽に包まれ生きてゐたりしは彼処《かしこ》
碧空と波涛と栄光の只中
しかして　香水を滲ませし裸形《らぎやう》の奴隷に侍かれ

奴隷ども　余が熱き額を冷まさんとて　棕櫚の団扇《うちは》
ゆすれども　さて　このうるさきまでの熱心なる傅《かしづ》きさへも
余を憔悴させる憂鬱なる神秘をば　更に深刻にするのみ

LA VIE ANTÉRIEURE

J'ai longtemps habité sous de vastes portiques
Que les soleils marins teignaient de mille feux,
Et que leurs grands piliers,droits et majestueux,
Rendaient pareils,le soir,aux grottes basaltiques.

Les houles,en roulant les images des cieux,
Mêlaient d'une façon solennelle et mystique
Les tout-puissants accords de leur riche musique
Aux couleurs du couchant reflété par mes yeux.

C'eat là que j'ai vécu dans les voluptés calmes,
Au milieu de l'azur, des vagues, des splendeurs
Et des esclaves uns, tout imprégnés d'odeurs,

Qui me refraîchissaient le front avec des palmes,
Et dont l'unique soin était d'approfondir
Le secret douloureux qui me faisait languir.

XI　ピプ

われ作家のピプなり
アビシニア女かカフル女か
か黒きわが鼻面をごらんぜよ
主人の大いに煙草好きと合点なさるべし

主人の苦悩の極みにある時
われ盛んに煙を揚ぐ
野良帰りの百姓を待ち
夕餉の煙吹上ぐる藁屋なり

わが真赤なる口より立ち昇る
青くゆらめく蜘蛛の巣にて
主人の魂をとらまへ　揺つてさしあげん

強烈なる香りを振りまき
主人の心を魔法にかけ
頭脳の疲労を癒してさしあげん

LA PIPE

Je suis la pipe d'un auteur ;
On voit, à contempler ma mine
D'Abyssinienne ou de Cafrine,
Que mon maître est un grand fumeur.

Quand il est comblé de douleur,
Je fume comme la chaumine
Où se prépare la cuisine
Pour le retour du laboureur.

J'enlace et je berce son âme
Dans le réseau mobile et bleu
Qui monte de ma bouche en feu,

Et je roule un puissant dictame
Qui charme son cœur et guérit
De ses fatigues son esprit.

Ⅻ　霧と雨

おお　秋の終り　冬　泥まみれの春
眠むたき季節らよ　かくまでもわが心臓と脳髄を
湿れる経帷子にて　おぼろの墓にて
包みてたまはる汝らを　われ愛しかつ讃ふ

凍れる疾風の戯れるこの曠野を
夜もすがら　風見鶏　嗄れ声に叫べり
春甦へるなまぬるき霞よりも　更に広びろ
わが魂　鳥の翼を拡げん

来たる年も来たる月も　霜のみ降積り
不吉なる事どものみ満ち満ちてある喪の心にとりて
おお　鈍き袈裟色の季節らよ　われらが風土の女王らよ　汝らの
青白き永遠の墓ほど　わが好みに適ふものはあらざるなり
——もしも　ふたりきり　月なき夜　望みなき褥《しとね》の中に
苦悩を眠らすること　かなはぬならば

BRUMES ET PLUIES

Ô fins d'automne, hivers, printemps trempés de boue,
Endormeuses saisons ! je vous aime et vous loue
D'envelopper ainsi mon cœur et mon cerveau
D'un linceul vaporeux et d'un vague tombeau.

Dans cette grande plaine où l'autan froid se joue,
Où par les longues nuits la girouette s'enroue,
Mon âme mieux qu'au temps du tiède renouveau
Ouvrira largement ses ailes de corbeau.

Rien n'est plus doux au cœur plein de choses funèbres,
Et sur qui dès longtemps descendent les frimas,
Ô blafardes saisons, reines de nos climats,

Que l'aspect permanent de vos pâles ténèbres,
— Si ce n'est, par un soir sans lune, deux à deux,
D'endormir la douleur sur un lit hasardeux.

ノオト

レオ　フエレ作曲「ボオドレエル：悪の華」(エンジエル　レコオド HV1030E）を聴くために訳した。よく聴くには、自分の日本語に訳してみないと、詩句が十分になつとくできないからである。

♪

この訳詩篇を、故岩城範明にデデイケエトしたい。

ボオドレエルの存在を教えられたのは、岩城範明からであるから──一九四六年（大日本帝国無条件降伏の翌年である）、中学二年か三年生の時、文芸部の内外で、範明が「現代文学を知るには、まずボオドレエルを読まねばならない」と何度か発言、田舎の先生も生徒も、視たことも聴いたことも、考えたこともない別世界なので、あつけにとられ、まごつき、岩城少年の発言は、平穏無事なる生活を乱す好ましからざる逸脱思想として警戒された。岩城少年は気の毒であつた。

今を去る六十年前の夜郎国の民は、別世界を知る度量がないので、毛唐、鬼畜、非国民、狂人、チンプンカンとして嘲笑して安心した。少年岩城のこの発言が、確実で内容のあるものであることは、今日では異をとなえる人はほとんどない。まさしくボオドレエルは最初の現代詩人であつて、今日、ボオドレエルの世界は四方八方に通じている。

♪

九三年七月十八日、朝日新聞が、レオ　フエレの死去を報じた（ＡＦＰ時事）。参照しつつ、いくらかのことがらを記しておきたい――

レオ　フエレは、一九九三年七月十四日、イタリア中部シエナ近郊の自宅で死去。満七十六歳であつた。

一九一六年、モナコに生まれた。作曲家、指揮者、歌手、詩人。交響曲ほかの作品がある。

ボオドレエル、ラムボオ、ラフオルグ、ヴアレリ、アポリネエル、アラゴン、多くの詩人を作曲している。

八七年に初来日している。

レイモン　クノオ　ひとつの詩の技術のために

2005

ノリイ

レナ

ジヨン-クロオド　ロシニユ

アランとアンヌ-マリ　ケルヴエルン

に

想出と感謝をこめて

ひとつの詩の技術のために

Pour un art poétique

1

一篇のポエム　これはとつてもちつぽけなモノ
とてもかなわぬ　アンチル諸島のシクロン
シナ海の台風
台湾の地震

揚子江の洪水
こりや　キミイ　中国人が十万人溺れる　一撃のもと
ドカツ

これをもつてしては　とてもポエムの主題にならぬ
とつてもちつぽけなモノ

われわれちつちやい村で　けつこう楽しくやつている
新しい学校を建て
新しい村長を選び　市の立つ日を変更する
世界の中心にいると思つているが　はたと気づく
　大地を嚙む激流大洋のすぐそばにいる

一篇のポエム　これはとつてもちつぽけなモノ

1

Un poème c'est bien peu de chose
à peine plus qu'un cyclone aux Antilles
qu'un typhon dans la mer de Chine
un tremblement de terre à Formose

Une inondation du Yang Tse Kiang
ça vous noie cent mille Chinois d'un seul coup
vlan
ça ne fait même pas le sujet d'un poème
Bien peu de chose

On s'amuse bien dans notre petit village
on va bâtir une nouvelle école
on va élire un nouveau maire et changer les jours de
[marché
on était au centre du monde on se trouve maintenant
près du fleuve océan qui ronge l'horizon

Un poème c'est bien peu de chose

2

さよなら　ボクのまるい大地
さよなら　ボクの緑の樹
ボクは墓にはいります
詩句《ヴェル》にこんにちはを告げるため
——まわりの詩人はみな
テキトウにうまく詩句を作れます
ボクとしては　ロウソクを消し
一杯《ヴェル》飲みにでかけます

＊詩句《ヴェル》―掛言葉《エキヴォク》。四行目の ver は、みみず、うじ虫。
八行目の verre はコップ、コップ一杯の酒。

2

Adieu ma terre ronde
adieu mes arbres verts
je m'en vais dans la tombe
dire bonjour aux vers
— tout poète à la ronde
peut saboter un vers
moi j'éteins la calbombe
et m'en vais boire un verre

3

よくえらばれ　よく置かれる
いくつかの単語がポエジを作る
ポエムを書くためには
いくつかの単語を愛するだけでいい
ひよいとポエジが生まれる時
なにを書いているのかさつぱりわからなくても
あとで　いい内容《テム》の
タイトルを探してやればいいのさ
けれども　時には　ポエジを書きながら
泣いたり　笑つたり
ポエジは　つねに　窮極のナニモノカ
一篇のポエム

3

Bien placés bien choisis
quelques mots font une poésie
les mots il suffit qu'on les aime
pour écrire un poème
on sait pas toujours ce qu'on dit
lorsque nait la poésie
faut ensuite rechercher le thème
pour intituler le poème
mais d'autres fois on pleure on rit
en écrivant la poésie
ça a toujours kékchose d'extrême
un poème

4

われらの名　われらの単語　われらの草
めいめいの語　彙《ヴオカブユレエル》のなかで乾燥する
語彙は　牧場の乳飲む小牛に舐められる
われらの風　われらのベエモ　われらの山
軽い厚い　それとも　重い　けど緑
こうするうちにも　役場の掲示が黄ばみ
死者の憎悪が褪せ
古い日時計の鼻の穴の太陽
元気なクレソンの自然をふくらませ

なにごとぞ　縞馬《ゼブル》喘ぎつつ　でたらめに走りまわる
羽根の生えた話へむかって　昔より今日まで
赤茶けた《ラルス》辞書によって名づけられた酸葉《すいば》の茎へむかって
はるかなる瀕死の辞書に形をあたえるために

われらの名　われらの単語　われらの悪しき草《マレルブ》

＊ベエモ―河馬と鰐の合体（ヨブ記）。
＊赤茶けた―la rousse―Larouse（辞書と掛言葉）。
＊酸葉―インク消しを連想させる。
＊瀕死の―掛言葉。「辞書の最後に載せる」
＊マレルブ―フランソワ　ドウ　マレルブは、ルネサンス文学の不純と無秩序とを整理し、フランス的用法でない一切のものを国語から除去することにあった。作詩法は、かれによって幾何学的に均整化され、フランス古典主義の最初の理論として、後にボワロをして「ついにマレルブ来たれり」といわしめた。（「原典による世界文学史」河出書房　一九五一）

4

Nos noms nos mots nos herbes
sèchent en un vovabulaire
que lèche un veau qui a bu la prairie
nos airs nos béhémoths nos monts
épais légers ou lourds mais verts
tandis que grisonne l'affiche à la mairie
que toujours embuent les haines des morts
et que le soleil dans les narines du gnomon
insuffle la nature du haut cresson
à travers quoi courent haletants les zèbres
à la parole ailée à la patte d'oseille
depuis toujours par la rousse baptisés
pour figurer là-bas en bas du dictionnaire

nos noms nos mots et nos malherbes

5

コンチクショウ　なにとぞヘボなポエムをひとつ書きたい
ほら　あそこ　たしかにひとつ　とんで行く
ヘボな　ヘボな　ヘボな
ここまでおいで　ボクがキミを　ひっぱりこんであげる
ボクのちがつたポエムの首飾りの糸のなかに
ここまでおいで　ボクがキミを　ペテンにかけてあげる
ボクの全詩集の頓服のなかに
ここまでおいで　ボクがキミを　弁舌さわやかにしてあげる
さらには　キミを　脚韻《リイム》のなかに入れてあげる

さらには　キミを　韻律《リトム》のなかに
さらには　キミを　抒情のなかに
さらには　キミを　天馬空を駆かしめん
さらには　キミを　暗黒界のなかに
さらには　キミを　散文のなかに

性悪女《ヴァシュ》
ポエムは軍隊《かれ》づらかる

＊天馬―ペガソス。メドウサの血から生まれた有翼の神馬。ひづめのひとけりでヒツポクレネの泉を湧き出させ、これがムウサの泉になり、ポエジの源。
＊性悪女《ヴァシュ》―掛言葉「ああたまらん」。

5

Bon dieu de bon dieu que j'ai envie d'écrire un petit
[poème
Tiens en voilà justement un qui passe
Petit petit petit
viens ici que je t'enfile
sur le fil du collier de mes autres poèmes
viens ici que je t'entube
dans le comprimé de mes œuvres complètes
viens ici que je t'enpapouète
et que je t'enrime
et que je t'enrythme
et que je t'enlyre
et que je t'enpégase
et qeu je t'enverse
et que je t'enprose

la vache
il a foutu le camp

6

黒いインク壺　月の明かり
黒いインク壺　月の明かり
月の明かり　黒いインク壺
月の明かり　黒いインク壺
まずしき詩人にペンあげる
まずしき詩人にペンあげる
今夜はやや涼しい
月の明かり　黒いインク壺
白い紙　ペン走る

ペン走る禅の幽《くら》き一喝
白い月　暗いインク壺
生まれてくる子のための父と母
白い月　暗いインク壺

6

L'encrier noir au clair de lune
l'encrier noir au clair de lune
au clair de la lune un encrier noir
au clair de la lune un encrier noir
au pauvre poète a prêté sa plume
au pauvre poète a prêté sa plume
il fait un peu frais ce soir
au clair de la lune un encrier noir
sur le papier blanc a couru la plume

la plume a couru zen petits traits noirs
une lune blanche un sombre encrier
sont les père et mère de ce nouveau-né
une lune blanche un sombre encrier

7

詩人のユウウツになるやいなやひ
らめくはペンをとつて書く一篇のポ
エムすなわちこれをもつて知るなりう
んざりすることこそポエジ　ポ
エジのかすかなるもとになるなり

7

Quand les poètes s'ennuient alors il leur ar-
Rive de prendre une plume et d'écrire un po-
Ème on comprend dans ces conditions que ça bar-
Be un peu quelque fois la poésie la po-
Ésie

8

ボクのポエムのための帳簿　いずこにありや
ボクの切に求め……
紙なく　ペンなく
いわんやポエムにおいておや
ボクのまわりは無
完全なる無
キヨム
あ　あ　なんと形而上学気分のすることよ
詩法のための
火なくロウソクなし

8

Ousqu'est mon registre à poèmes
moi qui voulais...
pas de papier pas de plume
plus de poème
me voici en face de rien
de rien du tout
du néant
ah que je me sens métaphysique
sans feu ni chandelle
pour la poétique

9

今夜　もし
後世のために
一篇のポエムを書くとする？

ソウハイカノキンタマ
アキレタ

ボク　自信満々
つっぱしる

さて

後
世に
むかい
ボクことわつておく　くそくらえ　くそくそくらえ
くそくそくそくらえ
後世
もつともらしき　ひよんてこな顔して
かれらのポエムを待つている

烏呼　しかれども

9

Ce soir
si j'écrivais un poème
pour la postérité ?

fichtre
la belle idée

je me sens sûr de moi
j'y vas
et

à
la
postérité
j'y dis merde et remerde
et reremerde
drôlement feintée
la postérité
qui attendait son poème

ah mais

10

サベル　木の　藁の　草の　粉の
鉄砲　穴あけた接骨木《にわとこ》の　大砲　順応の柳の
もろもろの武器こぞつて　待つている
こどもを　産めよふやせよ

影　重み　涙　汗
鼻汁と小便壺のヒキガネの寝床
埃の羊のむれのあいだ　重荷をしよわされた椅子のあいだ
うろうろして
ひとつの存在　産声あげる　メエメエ
とつてもとつても　ちつちやなこども

連中　同意した　空　同意した
厳粛な髭　半ズボンの尻
同意した　腹一杯白熱した暖炉
煙もなく同意した

連中　同意した　じいさん
これまた　うなずいた
こどもに向かつて　ノタマウ
サベル　木の　藁の　草の　粉の
鉄砲かついで　鉄帽のせて

かくして　こども
負け犬

学校
に
はいる

ややあつて
こども
卒
業

さて
かれ
ポエム
書く
時たま

読者にとっても
ポエムに
価する
主題
のもとに

黒丸ふたつ《ドゥポアン》　くだんのごとし
サベル　木の
サベル　木の
サベル　木の
サベル　木の　藁の　草の　粉の

＊半ズボンの尻—学校を連想させる。
＊黒丸ふたつ《ドゥポアン》—句読点のひとつ。引用、説明など。10：30（時間）そのほか。英語はコロン。

entre
à
l'école

plus tard
il
en
sort

il
écrit
des
poèmes
alors
parfois

sur un sujet
qui
en
vaut
bien
un autre

un comme celui-là deux points
sabre de bois
sabre de bois
sabre de bois
sabre de bois de poille et d'herbe et de farine

10

Sabre de bois de paille et d'herbe et de farine
fusils de sureau creux et canons d'osier brut
toute cette armée attend la naissance
des petits enfants

ombres et poids et larmes et suées
le lit percuté par la morve et les pots
se trainant à travers les moutons de poussière
errant entre les pieds des chaises lourdement chargées
un être est là bêlant
un enfant un tout petit enfant

les autres ont compris et le ciel a compris
et les moustaches austères et les fonds de culotte
ont compris et les poêles gonflés à blanc à bloc
qui soufflent sans fumer ont compris

ils ont compris les autres et le grand-papa
qui a compris zossi
pour l'enfant dit
sabre de bois de paille et d'herbe et de farine
fusil sur l'épaule et casque en tête

et l'enfant
vaincu

11

汽車が真夜中汽笛を鳴らす
これはポエジの主題になる
汽車がポエムの野を走り汽笛を鳴らす
これはこれでポエムの主題になる

汽車が調子《メロド》よく汽笛を鳴らす
タナカラボタモチ　オドができる
汽車が椋鳥《サンソネ》の鳴声で汽笛を鳴らす
これはつごうよく　ソネの主題になる

さて汽車が針鼠になつて汽笛を鳴らす
これは叙事詩にぴつたり
汽車が真夜中ひとりぼつちになつて汽笛を鳴らす
ポエジの主題にぴつたり

＊針鼠《エリソン》—気難かしいひと。hérisser やたらに引用句や方言、学術語などを用いる。style hérissé ごつごつした文体。

11

Un train qui siffle dans la nuit
C’est un sujet de poésie
Un train qui siffle en Bohême
C’est la le sujet d’un poème

Un train qui siffle mélod’
Ieusement c’est pour une ode
Un train qui siffle comme un sansonnet
C’est bien un sujet de sonnet

Et un train qui siffle comme un hérisson
Ça fait tout un poème épique
Seul un train sifflant dans la unit
Fait un sujet de poésie

砂漠に行こう

砂漠に行こう
決して会えぬ花のところに行こう
塩からい草を通り
光りの合図をくぐれば
汗まみれの骸骨がいる

砂漠に行こう
はるかなる地平線目指し
地平線まで三十哩

井戸まで三十哩

砂漠に行こう
隊商がしだいに振りまわされる
右に左に
突然たどり着く
砂丘の裏ただそれだけ

砂漠に行こう変幻自在の火は
窮極のオアジスの幻
椰子まで三十哩
水源まで三十哩

砂漠に行こう

人それぞれの道がある
三十哩の決定的地平線をたどり
変幻自在の火をたどり
つかみどころのないオアジスに行こう
大空
大地

＊変幻自在の火—蜃気楼。

trente mille points d'eau

à partir du désert
on prend sa route
à partir des oasis diverses
vers l'unité de trente mille horizons
vers le feu qui transforme
le ciel
le terre

A PARTIR DU DÉSERT

à partir du désert
à partir des fleurs qui ne croissent pas
où passe le signe de la lumière
entre les herbes salées
les squelettes qui nagent

à partir du désert
qui veut la ligne des horizons
trente mille horizons
trente mille points d'eau

à partir du désert
la caravane oscille lentement
à droite à gauche
tout vient d'un coup
plus rien derrière les dunes

à partir du désert le feu qui transforme
diversité de la dernière oasis
trente mille palmiers

病気のよき使用

大竈のなかの火焰獣《サラマンドル》の腕
女隠亡のなまぬるい死体
死者の小便で味つけた野菜
これらのものども　赤犬の激怒のなかに踊る

初苺の死んで生まれる価値のため
虱を生贄にする者を除きて
断崖の牢獄の闇に坐るべし
愛の諸悪が宴会のうちに発酵する

青い梅毒　毛皮裏外套
伝来の嚢腫の焼串
キミらの貧しさの障害あろうとも
黒い愛撫に対してはメルキュルの塗薬をぬらなかつたのか

やさしさのほかなにも求めぬ
陶器職人の火に照らされ
病人たちは　細密陶器と
できたてのパンの魔術により　楽しめり

Traumbedeutung が怪獣《シメエル》を食べ
乳房の花　うぶ毛　肉体
裂け目　唇　に輝きを与え

医者どもの涙の腕をへし折る

＊よき使用―掛言葉。*Le Bon Usage* は、現代フランス語の慣用語句のグラメル。著者は Maurice Grevisse（一八九五―一九八〇）。

＊サラマンドル―山椒魚。火のなかに住む山椒魚。砲火をくぐる軍人。バンザイ突撃。

＊愛の諸悪―性病。

＊毛皮裏外套―コンドオム。

＊メルキユル―ヘルメス（ギリシヤ）。商業、盗賊、雄弁、詐欺、旅、買収、賭博、数、天文、音楽、度量衡の神。恋の使者。水星。水銀。

＊ Traumbedeutung―夢の意味。この複合語のなかに、いくつかの単語がひそんでいると思われる。

＊シメエル―キマイラ（ギリシヤ）。獅子頭、羊身、龍尾、火を噴く。得体の知れぬもの。首尾一貫しないもの。

LE BON USAGE DES MALADIES

Pattes de salamandres dans la fournaise
brûleuse de cadavres mous
les herbes épicées par l'urine des morts
dansent dans la rage du chien roux

Assis à l'ombre des murs de la falaise
hormis celui qui sacrifiait ses poux
aux valeurs mort-nées des premières fraises
les maux de l'amour cuvent leurs festins

Verte vérole anglaise pelisse
et la brochett de kystes anciens
que n'avez-vous pris sous vos haies pauvres
le mercure mastic des caresses noires

Colorées aux feux d'un céramiste
qui ne cherchait que l'honnêteté
les maladies ont pris l'air enchanté
des miniatures et du pain frais

La Traumbedeutung mange les chimères
donne son éclat aux fleurs de ces seins
aux devets aux chairs anx fentes aux lèvres
et casse les bras des pleurs médecins

もしも　オマエがおもつていたら

もしも　オマエがおもつていたら
もしも　オマエがおもつていたら
むすめつこ　むすめつこ
もしも　オマエがおもつていたら
コ　コ　コ
恋
恋の季節
イ　イ　イ
いつまでも　いつまでも

これは　自分をだましてる
これは　自分をだましてる

もしも　オマエが信じていたら　かわいいこ
もしも　オマエが信じていたら　あ　あ
オマエのバラの肌
オマエの蜂の腰
オマエのやさしい首
オマエのエナメルの爪
オマエの妖精の腿
オマエの羽根の足
もしも　オマエが信じていたら　かわいいこ
イ　イ　イ
いつまでも　いつまでも

これは　自分をだましてる
むすめつこ　むすめつこ
これは　自分をだましてる

うるわしき日は過ぎる
うるわしき祭
太陽　星
ぐるり　まわる
けどオマエ　かわいいこ
まつすぐ行く
オマエの見たくもないとこへ
すばやいしわ
重たいヒマン
三重アゴ

たるんだからだ
腹黒くやってくる
ですから　ですから　摘みなさい　摘みなさい
バラを　バラを
いのちのバラを
はなびらの
しあわせの海のすべてをひらきなさい
さあ　摘みなさい　摘みなさい
もしも　オマエがしないなら
これは　自分をだましてる
むすめっこ　むすめっこ
これは　自分をだましてる

ce que tu te goures
fillette fillette
ce que tu te goures

les beaux jours s'en vont
les beaux jours de fête
soleils et planètes
tournent tous en rond
mais toi ma petite
tu marches tout droit
vers sque tu vois pas
très sournois s'approchent
la ride véloce
la pesante graisse
le menton triplé
le muscle avachi
allons cueille cueille
les roses les roses
roses de la vie
et que leurs pétales
soient la mer étale
de tous les bonheurs
allons cueille cueille
si tu le fais pas
ce que tu te goures
fillette fillette
ce que tu te goures

SI TU T'IMAGINES

Si tu t'imagines
si tu t'imagines
fillette fillette
si tu t'imagines
xa va xa va xa
va durer toujours
la saison des za
la saison des za
saison des amours
ce que tu te goures
fillette fillette
ce que tu te goures

Si tu crois petite
si tu crois ah ah
que ton teint de rose
ta taille de guêpe
tes mignons biceps
tes ongles d'émail
ta cuisse de nymphe
et ton pied léger
si tu crois petite
xa va xa va xa
va durer toujours

人類

人類はボクにくれた
死者になる権利
文明人たるべき義務
ヒトたる意識
眼ふたつよくは効かねど
顔のまんなかに鼻
足二本　手二本
ことば
人類はボクにくれた

父と母
どこにいるやら　多分兄弟姉妹
シャベル一杯いとこたち
さらに　ひいじいさんたち
人類はボクにくれた
三つの才能　ほどほどの
感性　知性　意志
人類はボクにくれた
歯三十二本　心臓ひとつ　肝臓ひとつ
ほかにも内臓　指十本
人類はボクにくれた
あやしげな自己満足

l'espèce humaine m'a donné
de quoi se dire satisfait

L'ESPÈCE HUMAINE

L'espèce humaine m'a donné
le droit d'être mortel
le devoir d'être civilisé
la conscience humaine
deux yeux qui d'ailleurs ne fonctionnent pas très bien
le nez au milieu du visage
deux pieds deux mains
le langage
l'espèce humaine m'a donné
mon père et ma mère
peut-être des frères on ne sait
des cousins à pelletées
et des arrière-grands-pères
l'espèce humaine m'a donné
ses trois facultés
le sentiment l'intelligence et la volonté
chaque chose de façon modérée
l'espèce humaine m'a donné
trente-deux dents un cœur un foie
d'autres viscères et dix doigts

レイモン　クノオ　RAYMOND QUENEAU

（一九〇三　ル　アヴル――一九七六　パリ）

かれの作品は、分別することが不可能であつて、遊び《リュディク》と古典《クラシック》が、ほほえみと厳粛が、厳密さへの要求と奇妙なおかしさが、博学とポピュレエルが共存しており、シュルレアリスム、参加の文学、ヌヴォ　ロマンを体験して来たが、深刻に同意することなく、エコルに調和する好意的意識を持たなかつた。

かれの個人の人生とガリマアル書店の編集者の

QUENEAU (Raymond), écrivain français (Le Havre 1903 - Paris 1976). Son œuvre inclassable, ludique et classique, souriante et grave, exigeante et cocasse, érudite et populaire, a traversé le surréalisme, la littérature engagée et le nouveau roman sans se plier au sérieux ni à la bonne conscience qui accompagnent les écoles. En dépit d'une vie personnelle et d'une carrière d'éditeur (chez Gallimard) assez lisses, cet homme plein de mystère,

実績とは、ともにとても滑らかであるにもかかわらず、謎と過激な反順応主義《アンチコンフォルミスム》に満ちているこの人間は、時代に対する不満にとりつかれていて、知のあらゆる領域に対するかれの飽くなき好奇心を、分析し生かす企てを、一九三二年このかた、ひきつづき持ちつづけている。クノオは、宗教、エゾテイリスム、東洋哲学に強い関心をいだき、同時に数学、特に素数の数学に強い関心を持ち、フランス数学協会の会員になり、いくつもの課題を出版（「縁《ボル》」一九六三）し、《クノオの級数《スユイト》》を発見している。かれの百科全書としての整然たる配置（一九三〇から三七に至る）は、異説検討の作業に専念することになり、「泥から生まれた子

d'un anticonformisme radical, est habité par une insatisfaction chronique qui le conduit en 1932 à entreprendre une analyse et anime sa curiosité insatiable pour tous les domaines de la connaissance. Queneau est passionné par les religions, l'ésotérisme, les philosophies orientales, mais aussi par les mathématiques, notamment l'arithmétique des nombres premiers : membre de la Société mathématique de France, il publie des articles (*Bords,* 1963) et invente les « Suites de Queneau ». Cette disposition encyclopédique (de 1930 à 1937, il s'est livré à un travail d'érudition hétérodoxe transposé dans l'*Encyclopédie des sciences inexactes* des *Enfants du limon,* 1938) l'amène en 1954 à diri-

どもたちの不確実の科学全書」（一九三八）に発展し、さらに、一九五四の「プレイアド百科全書」の監修に展開している。

書くことは、クノオにとつて、根元的元素《エレマンテエル》であるひとつのモラル——多くの通則《レグル》の集合——であり、これはもろもろ要素の結合関係を基にし、同時に慎み深さ、率直さ、クラシシスムを基にしている。

クノオは一時、シュルレアリスト　グルウプのひとりであつたが、激しく離脱する（一九二九）、ひとつには人間の不一致、また、無意志的創作の価値づけに対する不信が原因であつた。

「オデイル」（一九三七）は、《話されるフラン

ger l'Encyclopédie de la Pléiade.

L'écriture est pour Queneau une morale — un ensemble de règles — élémentaire, car fondée sur une combinatoire d'éléments mais aussi sur la modestie, la simplicité, le classicisme. Il fait un temps partie du groupe surréaliste mais rompt brutalement (1929) en raison de divergences personnelles et de sa méfiance envers la valorisation de l'inspiration involontaire. *Odile* (1937) raconte sa prise de conscience de l'importance du « français parlé » et des valeurs formelles d'harmonie et de

ス語》の重要さ、アルモニの明確なる価値、いづれにおいても古典主義である構成、これらの強い意識をはっきりのべている。

この頃、シュルレアリスムから自由になるために、ギリシヤに旅行する(「ギリシヤへの旅」(一九七三)、発表は一九三七—四〇)。この時、「方法叙説」を書き改めようとする独自の企てが生まれて、かれの最初のロマン「シアンダン(Le Chiendent)」(一九三三)になる。ここにあるのは、《どつちつかず》の否定、言語への注意の持続、《だらしなさジヤンル》に反対し《ロマンに対する意識的テクニク》に注意をそそぐ宣言なのである。

composition qui sont celles du classicisme, lors d'un voyage en Grèce qui l'a libéré des surréalistes (*le Voyage en Grèce,* 1973, articles de 1937-1940). Né du projet singulier de réécrire le *Discours de la méthode,* son premier roman, *le Chiendent* (1933), manifeste donc sans ambiguïté l'attention qu'il porte au langage et son souci d'une « technique consciente du roman » opposée au « laisser-aller » du genre.

L'interrogation sur le langage est au cœur de l'œuvre de Queneau, qui formule sa défense du « néo-français » et ses propositions, sérieuses et

言語への問いかけこそがクノオの作品の中心をなしており、これは「棒　数字　文字」（一九五〇）と「工作遊び（Meccano）」（一九六六）のなかにある《ネオ　フランセ》に対する擁護の確たる表明と、深刻であろうと深刻でなかろうと、表記と構文の再形成への提起がある。

《ことばのぴつたりしたつながり》を決定するために、クノオは個人語を造りあげる。そこでは、擬古的言い回しと才気ある言い回しが、隠語《アルゴ》[*1]と日常会話の決り文句に融合する。かれは、変幻きわまりない言語のあらゆる水準の熟練において遊ぶのであり、文学の使用（単純過去、接続法半過去）が、語呂合わせによつて、地口や俗語（ロラ

＊1　argot——
中世、乞食、泥棒、浮浪者の仲間うちだけで通用した隠語。現代、ある社会集団（学校、軍隊、工場など）で用いる特殊な通用語、隠語。

moins sérieuses, de réforme de l'orthographe et de la syntaxe dans *Bâtons, chiffres et lettres* (1950) et *Meccano* (1966). Décidé à « botter le train au langage », il crée un idiolecte où les tournures archaïques et précieuses se mêlent à l'argot et aux syntagmes figés du parler quotidien. Il joue en virtuose des niveaux de langue les plus divers et du télescopage des usages littéraires (passé simple, imparfait du subjonctif) avec les approximations, calembours et vulgarités (le « mon cul » baptisé par

ン　バルトの名づけた《ザジの殺し文句》——《mon cul》[*2]と激突してめりこむ。個人語の変容と道化《ピュレスク》の自由自在は、拡大し、クノオは発声を重んじた表記《houature》[*3]また《achélême》[*4]、また、身振りと結合した語《Doukipudonktan》[*5]を発明する。

クノオは、一九五〇、パタフイジツク（想像《イマジネエル》と融合し、逆行するものの和解する科学）[*6]学会員になり、一九六〇、ウリポ（L'Oulipo——L'Ouvroir de littérature potentielle）[*7]の発起人のひとりになり、かれは、制約の効率を、ひとしなみに推せんする。たとえ遊《リュディク》びであり、かつ、詩とロマンを構築し産み出すために、非情な論理を

＊2　mon cul——
英訳では《my arse》（'Zazie in the metro' バアバラ　ライト訳、ペンギン　1960）。けつ、まぬけ、のろま。

＊3　houature——
voiture、自動車。

＊4　achélême——
HLM（habitation a loyer modere）適正家賃住居。

＊5　Doukipudonktan——
D'ou qu'il pue donc tant？ひどく鼻持ちならぬ臭いをふりまくのはどこのどいつだ？

＊6　pataphysique——
épi-metaphysique を、アルフレッド　ジヤリが、おどけて pata-physique に表記した（1911）。

＊7　L'Oulipo——
潜在力文学の作業場。

Barthes « clausule zazique ») du langage populaire, multiplie les déformations et transformations burlesques des vocables, invente des orthographes phonétiques (« houature » ou « achélème ») et des agglutinations mimétiques (« Doukipudonktan »).

Membre du Collège de pataphysique (« science des solutions imaginaires et de la conciliation des contraires ») en 1950 et membre fondateur de l'Oulipo en 1960, Queneau prône également l'utilisation des contraintes, toujours ludiques mais obéissant à une logique implacable, pour structurer et engendrer romans et poèmes. *Exercices de style*

遵守するのである。

「文体の練習」（一九四七）は、《未来文学によるウリポ作品》であり、バッハのフウガの技術にひらめきを得て、とるにたらぬひとつの立ち話を、99の特有の言い回しで、こくめいに語ることによつて、表現の潜在力を追求している。

「百兆篇の詩」（一九六一）は、分野を異にする詩と数字が、時代に先駆け相互行為する十篇のソネが集められていて、各詩句がそれぞれ細い帯に印刷されている。これらの詩句は、脚韻と独自の構文による構築がよく備わつているので、相互に交換でき、10^{14}通りの組み合わせを産みだす。

クノオは、多様なエセイを書き、また、シヤン

(1947), œuvre « oulipienne par anticipation » inspirée par *l'Art de la fugue* de Bach, explore les potentialités de l'énonciation en racontant de 99 façons une anecdote insignifiante. *Cent Mille Milliards de poèmes* (1961) est le recueil, interactif avant l'heure, de dix sonnets dont les vers, inscrits sur des bandelettes, sont interchangeables car pourvus de rimes et de constructions syntaxiques identiques, ce qui produit 10^{14} combinaisons.

Queneau a écrit des essais très variés mais aussi des chansons, a été scénariste (*Monsieur Ripois* de

ソンを書き、シナリオを書いている（ルネ　クレマンの「リポア氏」、ルイス　ブニュエルの「この庭での死」ほか）、さらに、場合によっては、映画に登場している。

一九三三から一九七五の間に、クノオは、千篇以上の詩と十五篇のロマンを書いている。これらの詩集もロマンも、かれにとっては、同じ思考過程をたどって引き上げられた作品：詩は物語であり、ロマンは同様に、強い構造の制約と繰り返しの効果をともなうことにより、詩であることを義務づけられている。

詩集「Les Ziaux」[*8]（一九四三）において、クノオは、ポエジにおけるイマアジュとメタフオル

＊8　Les Ziaux——
Les と目（yeux）と水（eaux）
を衝突させてめりこませた。

René Clement, *la Mort en ce jardin* de Bunuel...) et, à l'occasion, acteur. Entre 1933 et 1975, il a écrit plus de mille poèmes et quinze romans. Romans et recueils poétiques relèvent pour lui d'une même démarche : le poème est narratif, et le roman doit aussi être un poème, avec de fortes contraintes structurales et des effets de réitération.

Queneau fait le procès de l'exploitation exclusive de la métaphore et de l'image dans la poésie (*les Ziaux,* 1943). Considérant le poète comme un

の排他的開発に反対している。よく考えてみれば、詩人は、ひとつのひらめきを大切にするのであっても、むしろ工芸職人により近く、クノオは、アレクサンドランまたリトミックな語句で構築され決定された形式に愛着するひとつの特徴あるクラシシスムを推薦する。これは、終りなき発明の方法としての言語の持つ自発性と、さまざまな制約にとって効果のあるあり方なのである。

クノオの詩は、ことばと毎日のレアリテ（詩集「街をかけめぐる」[*9]（一九六七）、同「野原を打つ」[*10]（一九六八）、同「波を切る」（一九六九）などの生き生きした空間）を歓迎する。

俗語であって高い、悲劇であり奇妙におかしい

＊9　街をかけめぐる——

人が走りまわる、うわさがすぐ知れわたる、よく出会う、などの意。

＊10　野原を打つ——

（人またはえものを求めて）八方探しまわる、空想にふける、たわごとを言う、などの意。

artisan plutôt qu'un inspiré, il prône un classicisme caractérisé par l'attachement aux formes fixes, à l'alexandrin et aux structures rythmiques du vers, et utilise l'arbitraire et les contraintes du langage comme des moyens d'invention infinie. Sa poésie accueille le langage et les réalités du quotidien (l'espace vécu dans *Courir les rues,* 1967, *Battre la campagne,* 1968, *Fendre les flots,* 1969), les registres trivial et élevé, cocasse et tragique (*l'Instant fatal,*

ことばの空間（詩集「宿命の一瞬」（一九四八））を、また、科学（「携帯用小型宇宙進化論」（一九五〇）これは、パロディであり百科全書である壮大な叙事詩であり、大地の起源から現代科学へ案内してくれる）を、クノオはそれぞれに歓迎している。

かれの最後の作品「根元的元素《エレマンテエル》のモラル」（一九七五）は、自伝と明確な制約（クノオはひとつ形式を発明している）と数学（作品は三部からなり、それぞれに51と16と64のテキストからなり、合計131の単純でない、どちらからも読める素数《パリンドロミック》から成り立っている）と、さらには、ミスチツクな追跡とが、ひとつ作品のうちに融合している（第

1948), le discours psychanalytique (*Chêne et chien,* 1937, raconte sa psychanalyse) ou scientifique (sa *Petite Cosmogonie portative,* 1950, est une épopée parodique et encyclopédique qui mène de la genèse de la terre aux sciences modernes). Son dernier recueil, *Morale élémentaire* (1975), mêle l'autobiographie, la contrainte formelle (il invente une forme), l'arithmétique (3 parties de 51, 16 et 64 textes, soit un total de 131, plus petit nombre premier palindromique non trivial) et la quête mystique (les textes de la troisième partie illustrent les 64 hexagones du *Yi King,* le Livre des changements chinois).

三部においては、中国の変幻の書「易経」の64の六角形の絵入りになつている)。

かれの第二次大戦直前のロマンは、「最後の日々」(一九三六)、「すさんだ冬」(一九三九)、「ピエルのつらがまえ」(一九三四)(これは、書き改められ「サン－グラングラン」(一九四八)になる)、「融けた時間」(一九四一)、これらのロマンは、やはりよほど暗く、物語の織目は互いに線の関係である。

戦中戦後には、「わが友ピエロ」(一九四二)、「国立博物館から遠く」(一九四四)、「女といれば幸せいつまでも」(一九四七)、「人生の日曜日」(一九五二)、「イカルスの飛行」(一九六八)、ク

Ses romans d'avant-guerre (*les Derniers jours*, 1936 ; *Un rude hiver*, 1939 ; *Saint-Glinglin*, 1948, qui reprend *Gueule de Pierre*, 1934, et *les Temps mêlés*, 1941) sont plutôt sombres et leur trame narrative est relativement linéaire. Après la guerre (*Pierrot mon ami*, 1942 ; *Loin de Rueil*, 1944 ; *On est toujours trop bon avec les femmes*, 1947 ; *le Dimanche de la vie*, 1952 ; *le Vol d'Icare*, 1968), il exploite davantage le jeu sur les possibles narratifs et le potentiel comique. *Zazie dans le métro* (1959), qui le rend célè-

ノオは、物語の可能性と滑稽《コミック》の潜在力の上にあって、さらなる遊びの世界を開発している。

「地下鉄のザジ」(一九五八)は、多くの読者に迎えられているが、これは、言葉の混沌への問いかけであり、類と性(姿を現わさず一層錯綜している)への問いかけであり、バイブルのパロディであり、教育ロマンであり、ユリシズであり、あざやかなコマ割り漫画であり、通俗の滑稽《コミック》から汲みあげる、ざわめく群衆の言葉づかいの掘り出し物なのである。

「青い花」(一九六五)は、歴史と夢と精神分析が融合して、シドロランとオジュ公爵、ふたりの実存に目まいを起こさせる。シドロランが平底

bre, est une interrogation sur la confusion des langues, des genres et des sexes plus complexe qu'il n'y paraît, qui parodie la Bible, le roman d'éducation, *Ulysse* ou la bande dessinée, fourmille de trouvailles langagières mais exploite aussi les ressources d'un comique plus grossier. *Les Fleurs bleues* (1965) est une réflexion cocasse et taoïste (Étiemble) sur l'histoire, le rêve et la psychanalyse, qui

船にのつてくつろいで夢をみると自分はオジユ公爵（Ego のアナグラム）なのであるが、同様に七世紀にあつては、オジユ公爵は夢のなかではシドロランなのである。ルネ　エチアンブルは、このロマンを、奇妙なおかしさと老荘思想についての瞑想であると評している。

詩においてもロマンにおいても、クノオは、民衆の日常と目覚ましさ、軽さと深さ、悲劇と笑いのとけあった独自の宇宙を構築する。深く自伝であるのだが、全く表面には現われてはいなくて、かれの反英雄《アンチエロ》、野心のなさ、欲望さえもなさ、生き生きとしたイノサンスへのノスタルジ、不可能な安心立命《アタラクシ》への追求、形而上学の気がかり（存在

confond jusqu'au vertige deux existences : Cidrolin se prélasse sur une péniche et rêve qu'il est le duc d'Auge (anagramme de Ego), lequel traverse sept siècles d'histoire en rêvant qu'il est Cidrolin.

De poèmes en romans, Raymond Queneau a construit un univers original, qui mêle banalité quotidienne et merveilleux, légèreté et profondeur, rire et tragique. Plus autobiographiques qu'il n'y paraît, ses antihéros, dépourvus d'ambition, voire de désirs, sont animés par la nostalgie de l'innocence, en quête d'une impossible ataraxie, et ses fables facétieuses, sous-tendues par des préoccupations métaphysiques (être et non-être, contami-

と非在、実在と非在のあやうさ、時間の喪失……）が根底にあるおどけた寓話……かれの明快な特技は、実存の圧迫を乗り越える方法であり、かれのちやめつ気の笑いは、絶望の礼節である。

（ラルウス世界文学辞典二〇〇二）

nation du réel par l'irréel, fuite du temps...). Sa virtuosité formelle est un moyen de surmonter une angoisse existentielle et son sourire malicieux une politesse du désespoir.

（LAROUSSE Dictionnaire mondial des LITTÉRATURES 2002）

ぽえむかれんだあ

2002

序

〈Poem Calendar〉はハワイの歳時記の呼名。歳時記まさにPoem Calendar。このややことごとしい名称が逆に英訳ですっきりする。どの歳時記ももとよりポエムカレンダアのアンソロジイである。

この句集はおのれの一年の時間をおのれの句で満たしてみたい欲望にはじまる。さびしき日々をうれしくすることができることに気づいた。一年の時間（時間とは何であらうか？）けれどもこれを一年の時間に限れば有機物にかへることができる。

狂句もと歌に始まり紀貫之はじめて立春の歌から年の暮までをひとつの作品としての工夫をほどこした。さらに二十一代集が古今集の同心円として時代を超えて作品を重ねあわせてふくらませた。驚くべき文芸構築の技法である。

俳諧のばあひは百韻を限度とする。これは百首歌の系統である。阿蘭陀西鶴二万翁は基本的には百韻の集積である。

句はもつとも短い詩であるが、一年の作品としてこれを視れば長い詩になる。

二〇〇二年元旦　　渡部兼直

一月　睦月

元旦

宝船入り来る港の眠りかな

初凪や天女のおりる無人島

時じくの天《あめ》の真名井の水ぞこれ

蝶の夢おどろき見得切る獅子の舞

八坂社

白朮《をけら》詣《まゐり》たがひに脛に傷を持つ

二日

鼻の先春着の袖来てかるた取る

三日

芋庵

切山椒紅ほのかなる茶室かな

四日　娘着てにほへる母の春着かな

太箸やはやテンプラに使はれる

五日　門松やあなたを待つこそ松の内

蓬萊が日本国とは知らざりき

凜とした老妓の声や寒復習《かんざらひ》

「求塚」

六日　若菜つむうなゐをとめを見失ふ

七日
七草　腹わたに七草粥ぞしみにける

八日　寒月にみとられポオル　ヴエルレエヌ

一八九六年この夜ポオル　ヴエルレエヌ
パリデカルト街の陋居に無一物に死す

九日
初寅　今年こそ阪神優勝寅詣り

鞍馬

十日　あらたまの酒の噂づるオチヨコかな

十一日　さあどうぞ寒造には風呂吹を

十二日　玉霰打たれて平気舞妓かな

十三日　玉霰にくき女の衿に入る

十四日　風花やくやんでもなほあまりあり

十五日　あらためて天狗とりつく小豆粥
小正月
若草山　山焼をみつめる衛士の涙かな
山焼

十六日　逢引や窓にふうわり牡丹雪

十七日　宿坊や高野豆腐に般若湯

十八日　思ひきやあなたの酌する雪見酒

十九日　鴛鴦に雪玉投げてもてぬ奴

二十日　竹馬や見下ろすなかれ女の子

二十一日　これやこのエスキモオの雪眼鏡

二十二日　遠吠や夫は気づかぬ雪女

二十三日　子を抱いて銭湯にはいる雪女

二十四日　したはしきおでんの湯気や寒の雨

二十五日　煮凝りを探しあてれば酒が生き

二十六日　冬の灯やビラビラ簪キラメキて

二十七日　駅前酒場行きすぎがたし冬灯《ともし》

二十八日　こひびとにやつぱり似てゐる雪女

二十九日　水仙や気強き女に閉口す

三十日　龍の玉大伴大納言ユウレイカ

三十一日　オ好焼青海苔ふつて春隣

二月　如月

マユミに　二句

一日　デイキシイのチンドン屋行く春の街

ユアマイサンシヤインチンドン屋行く春の街

二日　海苔の香に春は来にけり隠岐の島

三日　節分　よつぱらひ豆打たれつつえびす顔

四日　立春　うなゐ髪春立つけふの風にゆれ

寒明けや大工柱を撫でてみる

天満天神

五日　女の子に抱かれてゐるや春の鳩

六日　雪解水いで湯にまじる三朝《みささ》かな

七日　高慢の額にぴたり雪雫

八日　敵も味方もなぎ倒したる雪崩かな

九日　春寒むの酒のうれしき今宵かな

十日　恋猫や世間知つたる目つきなり

恋猫に眉をひそめる教師なり

十一日　八百屋にて白魚を買ふ松江かな

十二日　天魚《あまさぎ》の天丼ふつごにめもんかな

十三日　こひびとのコオトの手ざはり猫柳

十四日　片栗の花咲く因幡の女かな

十五日　エプロンに入れて戻りぬ蕗の薹

十六日　この庭は摘んではならぬ蕗の薹

十七日　獺の祭を照らせ春の月

十八日　獺の祭によばれるありがたさ

十九日　学問の機会逃がすな梅の花

二十日　紅梅の莟の固き女かな

　　　　人間の半分はをんな梅暦

二十一日　鶯におどろかれぬる猫の夢

二十二日　鶯の堀にひびきて松江かな

松江亀田橋　橋のほとりに芥川龍之介
滞在せし堀端の家あり

二十三日　欄干に止まつて消える春の雪

二十四日　湯屋の外こひびとを待つ春の雪

二十五日　空間の中心に咲く椿かな

二十六日　目の前の黒髪とまる春の雪

二十七日　こひびとを待つ喫茶店春の雷

こひびとの電話を待てば春の雷

二十八日　わたり石わたるうれしさ春の水

手にふれてみてやはらかや春の水

二十九日　こひびとの頬にぽつつり春の雨

三月　弥生

一日　雲州清水寺
春の山とりかこまれて清水寺

二日
ともしびに桃の花にほふ宴かな

三日　雛祭　曲水
へるん先生手のひらにかざる雛かな
春の夜の夢語りする雛かな
桃色をしん底憎む教師なり
曲水に照れ笑ひする李白かな

四日
受験戦争経済戦争山笑ふ

五日　簾撥ね上げれば笑ふ香爐峯

部戸を上げれば笑ふ東山

禿山は笑ふに笑へず崩れけり

六日　ともしびに淡雪ひらめく祇園かな

七日　淡雪や女の腕が傘をさす

八日　春風や木芽田楽長良川

九日　春の野にトラック廃棄物捨てに行く

十日　夕ぐれの淡雪降つて田螺和

十一日　茜雲なほもさへづる雲雀かな

十二日　スカアトにすれすれに飛ぶ燕かな

十三日　こひびとのストツキングに春の泥

十四日　八雲立つ出雲八重垣紅椿

稲田姫

斐の川を流れて来るや紅椿

十五日　足摺の岬に咲ける椿かな

十六日　白い椿赤い椿三十郎

十七日　宿り木を挿木してみる郭橐駝

十八日　あけぼのの宍道湖つつむ霞かな

十九日　宍道湖や霞のひまに嫁ケ島

二十日　かりがねはきれいに返して雲に入る
春分
　　　　かりがねの迹追ひかける鳥かな

二十一日　濁つてはやがて澄むなり芹の水

二十二日　竹《たか》むらに煙たなびき嫁菜飯

二十三日　花菫咲くや紫大徳寺

二十四日　埋立てをここでやめたる蘆の角

二十五日　三味線草芸者の居ない世になりぬ

松江大橋館　二句

二十六日　朝まだき窓の下にて蜆舟

宍道湖の朝やおぼめく蜆舟

二十七日　泥鰌掬ひにはあらずして蜆掻き

二十八日　春の潮岬めぐつて近づきぬ

倉敷

二十九日　よき街の堀に映りて泣き菫

三十日　この雨はこれはたしかに春時雨

三十一日　爐塞ぎや夕映えの庭明々庵

爐塞

四月　卯月

一日　紅差して杏の花の咲きにけり

津山　二句

二日　白木蓮空いっぱいに咲きにけり

中年や夜の杳かに白木蓮

三日　白木蓮まぶしきゆゑの涙かな

三囲稲荷

四日　其角忌
其角忌や感恩久し草の民

其角忌やかねは上野か蔵前か

五日　山奥に辛夷の花の気品かな

のらくらの戒めに咲く辛夷かな

六日　深草や雨の枝折戸沈丁花

七日　松江　二句

大橋の岸やはらかき柳かな

大橋に灯ともる春の夕かな

八日　朧夜のかへってさびし祇園かな

九日　春の夜やおぼろげならぬ恋の道

十日　佐保姫の花の衣がゆれてゐる

十一日　高砂
尾の上《へ》から外《と》山にかけて花霞

十二日　まぼろしとことば交はして花の酔ひ
おもしろや世になきひとの花篝

十三日　老いらくの坂を閉せよ花霞

十四日　うたたねをおどろかしたる夕桜

十五日　西山に春の空ある京都かな

十六日　ミサに　二句
京の水ふれつつしだれ桜かな

柳桜京やいまなほ古今集

十七日　ビル聳ゆ墨堤十里花はなし

十八日　こひびとを待つほの明り梨の花

十九日　海の春胸いつぱいにミホの崎

二十日　春探し都踊の紅提灯

二十一日　よきひとにかならずふれる糸柳

蔦若葉ベアトリチエの通ふ径

二十二日　松露飯今年も食はずにおくものか

ミホの松原松露の幽霊いでよかし

澁澤龍彦「サド侯爵の生涯」二句

二十三日　カマトトをしたたか鞭打つ復活祭

教会に唾する女や復活祭

森川宗子に

二十四日　よき女めがけて襲ふや熊ン蜂

二十五日　山吹や悪代官の奥座敷

二十六日　蜃気楼唯物論に唯幻論

二十七日　リラの花冷めたく笑ふ女かな

二十八日　春愁やなじみのバアに足が向く

淀江　二句

二十九日　石垣に水ほとばしる山葵かな

山葵田や水流れ入り流れ出る

保津川　二句

三十日　絶壁の藤浪仰ぐや川下り

藤の花おぼめく謎の女かな

五月　皐月

一日　どこよりもまづ夏来たり神戸港

二日　宗因忌
天満天神
宗因のさくや浪花の天満かな

三日
由志園
ゆるやかにゆれをさまりて牡丹かな

四日　更衣
しやうもない男ばつかり夏小袖

五日　立夏
夏鶯清少納言にいとはるる

ひとの目を逃れてのびる夏蕨

六日　粽結ふ祖母なつかしき田舎かな

七日　若き白秋セルの手ざはり五月かな

八日　こひびとの頰に映れる若楓

二階より手にふれてみる若楓

九日 南畝忌
隅田川
愛妓の紅筆かりて狂歌かな

十日　大いなる筍背負ふ翁かな

しづかなる筍飯のにほひかな

十一日　かぐや姫帰らず翁　筍《たかんな》掘る

隠岐

十二日　飛魚の翅の雫や眉に風

十三日　豆飯や国民学校同期生

十四日　若楓こころも手足も緑かな

十五日　逢ひたくて逢ひたくなくて祭かな

十六日　若葉雨茶店に入りて昼の酒

十七日　雨もまた奇なり大山《ダイセン》花擬宝珠

蓮浄院

十八日　花擬宝珠径をふさげる庵かな

立石伯と新宿で四時酒

十九日　一合枡冷や酒あふれ風薫る

二十日　村祭刀ぎらりと薬売

紙吹雪ぱつと飛ばして薬売

祭芝居村長どんじりに控へたり

祭に泣く男やはりゐる

二十一日　よきひとの目を細めたる若楓

二十二日　白罌粟《けし》の花咲く深夜ミステリイ

二十三日　京のひとにまぎれてあるく若葉かな

二十四日　花いばら若き日の径いまもある

ジュリアン　バアンズ「フロベエルの鸚鵡」

二十五日　薔薇と薔薇こすりあはせるギユスタヴ

多田智満子「薔薇宇宙」

rose is rose is 薔薇宇宙

二十六日　薔薇色の酒の烟に酔へる海

二十七日　飛魚や隠岐へ隠岐へと海の風

二十八日　妓をやめてさらに色香や夏衣

二十九日　いつのまに緑蔭消えて駐車場

三十日　花のいへ　角倉町
芍薬のたたづんでゐたり夕まぐれ

三十一日　大野秀に
塩鯖の丼飯に満足す

六月　水無月

さひめやま　三句

一日

面影や姫逃池《ひめのがいけ》の杜若

水の玉つけてにほへる杜若

八つ橋を渡つてうれしかきつばた

二日

かきつばた手とどく舟の松江かな

うちしめりあやめぞかをる女かな

三日

なつかしきあやめの女の行方かな

髪に挿すあやめの江戸の女かな

四日

建築家アルのひとりで三十五年かけて
造れる豪邸おとづれて　二句

石垣やいづれあやめかミルヴアレイ

あやめ谷に生まれ育てる女かな

五日

紫蘇の香や祖母の簪蔵にある

六日

深草

うちしめり山梔子かほる夕かな

七日

くちなしの花に惚れたる男かな

八日

またしても水戸黄門の葵なり

九日

ごみ鯰にんげんほどは憎くからず

十日 入梅　先生を睨んで蟹は逃げるなり

十一日　五月雨《さみだれ》を舐めてみるなり蟇《がまがへる》

ドウビユシの好きなアヤに

十二日　湯の靄をふるはせて鳴く河鹿かな

十三日　火取蟲火花散らして舞ひにけり

十四日　釣鐘の花に止まつて寝る螢

十五日　ぬかりけるひとをあざける螢かな

十六日　螢籠八雲旧居の濡縁に

十七日　柳よりあくがれいでし螢かな

十八日　衣通姫《そとほりひめ》になつて螢を追ひにけり

十九日　よきひとの橋にとどまる花藻かな

二十日　一本の蜘蛛の糸きらりとす

二十一日　留守の戸をくひな承知で叩くかな
夏至　　　　金田《かなだ》弘「五億年の旅人」

二十三日　時鳥ひとりしてきくものならず
　　　　　木客庵

二十四日　夏木立のトンネルくぐるカプルかな

二十五日
蟬丸忌
蟬丸忌三味線抱いて手を合はせ

二十六日
八俣ノ大蛇《をろち》の食べそこなひし女かな

二十七日
雷神も竜神も眠むる雲の峰

二十八日
絵扇にものとひかける女かな

二十九日
業平忌
業平忌白玉ぜんざい食べにけり

隅田川
川開
顔見たし隣の舟の小唄かな

花火待つ胸やはらかな女かな

沖花火重なる遠き時間かな

花火尽きやがてかなしき宴かな

三十日　手花火のふるへ恋する女かな

七月　文月

木客庵

一日　百合の香りや庭から直ちに山の道

二日　これやこの逢魔が時ぞ月見草

女の子両のてのひら月見草

女の子息吹きかける月見草

月見草噴火するかもしれぬなり

三日　世を継ぎて器量よしなり合歓の花

四日　夾竹桃台風一過の青天に

五日　雷に臍をとられし豆腐かな

雷のこどもとらへて見世物に

六日　夕立にをんなしづかに涙かな

夕立にいかなる恋の女かな

七日　七夕や舟はるかなる霧の上
七夕

七夕や晴れて逢ふ夜を待乳山

鵲の橋を渡つてどこまでも

八日　虹立つや便りのないのがいい便り

霓の着物くどくにしてもひかへめに

九日　扇から言霊の風マラルメ嬢

浴衣着て団扇ゆらして町娘

絵団扇を背中にさして隠居かな

十日
富士山
山開　寅さんのトランク軽し夜の秋

十一日　廊下に砂踏む夏の館かな

十二日　ポント町つとにほひ来る青山椒

布引の瀧のうち

十三日　おとにきく鼓の瀧をうちみたり

シエラ　ネヴアダ

十四日　人も鹿も泉への道たどり行く

「旅人かへらず」

花かざし河童立ち寄る泉かな

人去りて泉に映る女神かな

龍野　二句

十五日　西鶴の夜ふかししたる泉殿

うらやまし泉殿にて茶席かな

十六日　大岩を震はせて湧く清水かな

十七日　岩清水涼しき風ぞ立ちそめる

十八日　こひびとの浴衣ひつぱる夜市かな

深酒やつひにしたしき冷奴

十九日
土用　遊び女《め》の隠せぬやさしさつゆのあと
永井荷風「つゆのあとさき」

二十日　にくからぬ汗かきの女桃葉湯

夏痩の女いよいよ大きな目

岡山　二句

二十一日　しののめや遠く噴水ほの白し

しののめの噴水なげく別れかな

木屋町梅むら

二十二日　夜深き雪洞にじむ床涼み

二十三日　うたがはしオ夏の噂涼み台

二十四日　湯上りの女ほのめく夏の月

二十五日　海の街に電話をかける女かな

二十六日　夕焼のさめぬ屋上生ビイル

二十七日　いちはやく女の子追ふ水鉄砲

二十八日　大海月《くらげ》抱かれて女涙かな

夜光蟲いのちあるものみなかなし

かなしみの極みトロピックナイト

二十九日　田の女神も早乙女もなき青田風

三十日
土用丑
松江
堀川に鰻の宿や鮎の宿

三十一日　ビアガアデン娘たち皆大ジヨツキ

八月　葉月

一日　婁の川のみなもとに落つ天の川

二日　天の川もつとも近き無人島

三日　天の川すいこまれたる宇宙船

四日　朝顔や世間の風は嫌ひなり

五日　朝顔や女ほのぼの恋づかれ

六日　白粉の花つまんでみる少女

七日
立秋
生盆　煩悩にこりかたまれる生身魂

アイヒマンに似る処生術生身魂

八日　天の川上へ上へ流れけり

鳥取のカムパネルラ

九日　ふりあふぐ銀河に緑の石ひとつ

十日　こひしくばここまでおいで葛の花

十一日　葛の花かくれて住まふ女かな

夕まぐれ霧立ちのぼる葛の花

十二日　明けやすき潮路はるばる甑《こしき》島

十三日　蟬時雨海に降るなり甑島

硯の香星の匂ひにことならず

十四日　これなるは出雲提灯と呼ぶべかり

英泉「今様美女競」

十五日
深川祭　深川は都の辰巳芸者かな

幽霊の冷めたき汗や盆狂言

十六日　瓜の馬流されて泣く子供かな

十七日　灯籠のめらめら燃えて真の闇

十八日　面包めどひとまぎれなき盆踊

十九日　かなかなのひびきて堀を舟のゆく

かなかなのひびくはるかなおもひかな

二十日　かなかなや身をつくしてもあひみたし

かなかなやあまりてなどかひとこひし

かなかなや行くへもしらぬ恋のみち

二十一日　かなかなやくだけてものをおもふなり

かなかなや暁ばかり憂きはなし

かなかなやなほうらめしきあさぼらけ

かなかなやけふをかぎりのいのちなり

二十二日　きむすめに抱きついて鳴く法師蟬

二十三日　稲妻を頬に映せる女かな

稲妻の閨《ねや》を照らすや二度三度

二十四日　流れ星射られて孕む女かな

二十五日　水引の花ぞかがやく秋日和

溝蕎麦の花こそにほへ奥出雲

よつぱらひ戒めに咲く酔芙蓉

百花園

二十六日　七草見今なほありてなつかしや

二十七日　気の弱い男を笑ふをみなへし

二十八日　留守の宿ただひたすらに虫時雨

二十九日　露時雨打たれて通ふ茶室かな

露時雨打たれてうれししのび逢

三十日　かなかなが湯舟のをんなをひたすかな

三十一日　いなびかり女のほほをなでにける

九月　長月

敗戦

一日　焼け跡に悠然としてへちまかな

二日　千年杉天狗の落とす団扇かな

三日　山荘の中まで霧の流れ入る

四日　コスモスの影さへにほふ砂丘かな

宇宙上ゆれつつ秋の桜かな

たをやめのコスモスはてしなき女

五日
守武忌　冗談の通じぬさびしさ守武忌

六日
太祇忌
江戸の人京都の夜や太祇の忌

七日
西鶴忌
住之江の反橋渡る西鶴忌

八日
黒谷は雪より白き蕎麦の花

九日
へうたんに次第に似てくる宿の主

十日
唐辛子これにこりたか道才坊

十一日
「月に吠える」
白昼の公園の怪人きりぎりす

十二日
さびしさをさらに一打や鉦叩

十三日
待宵

バス待ちて尾花のなかの女かな

花すすき松江の駅を降りにけり

十四日
明月

月の道男をだます狐かな

月の道憎き女狐影はなし

名月やつるりとむけし衣被《きぬかつぎ》

よつぱらひころがり落ちて月の庭

名月をさはつてみたい酔ひのほど

十五日　名月の面《おもて》をなでる花すすき

十六夜　「赤壁賦」
十六夜の盞洗ふや白露江

十六日　おどろくべき鰯のにぎりのうまきかな

十七日　天が下ひとのさびしき秋の浜

十八日　皆生
湯のにほひ夜長の松にたなびきて

十九日 子規忌　子規記念館
四国にはプロ球団なき子規忌かな

二十日　乱れ萩夢の通ひ路とざしけり

二十一日　白ら萩や仙人落つる水の音

二十二日　傷だらけ鮭はおもひをとげにけり

正燈寺

二十三日　是持は暮れて帰らず紅葉狩

川柳忌

秋分

二十四日　灯ともれば庭一面に露時雨

二十五日　竹の春出雲の国の赭い路

小泉八雲追善句会　八雲旧居　六句

二十六日　天の川へるん先生どのあたり

八雲忌

鈴蟲や女の幽霊現はれぬ

朝の鈴夕焼けの鈴草雲雀

蟲売りやへるん先生呼び止める

まぼろしのゐます障子や八雲の忌

案山子のこころを知るや八雲の忌

二十七日　夕焼けの秋の桧扇主や誰

二十八日　雲州清水寺
清水寺山門くぐる秋の風

二十九日　秋風やつひに泣きだすよつぱらひ

三十日

朝顔の顔を被へり秋の風

十月　神無月

一日　秋の暮うしろ姿の小町かな

二日　江戸の暮ほろぶ女をしたふかな

三日　宍道湖の朝な夕なの秋の風

臥龍山荘

四日　紅葉して龍の水呑む大洲《おほず》かな

五日　やへむぐらしげれる宿やむかご飯

六日　立ちのぼる松茸飯の香りかな

田縁良樹に

七日　毒茸や腰を抜かして薄笑ひ

八日　柄杓をも飲まんばかりの今年酒

数ならぬ身にぞしみいる今年酒

九日　久延毘古《粟島》に耳打ちをする鵝《ひむし》哉

十日
十三夜　ゆめさめて袂をぬらす十三夜

いまひとたび逢ふこともがな十三夜

泣き上戸嫌はれてゐる十三夜

十一日　秋の田のかりほの庵や雨やどり

十二日　人間のつごうふつごう捨案山子

十三日　失脚の社長のつくる添水かな

十四日　どの年も松江の酒は豊の秋

十五日　完全に野辺の鶉はなくなりぬ

十六日　鴫立つや心なき身に海埋める

十七日　山雀のオミクジうれしき娘かな

十八日　賀茂川のこひびと鶺鴒近づきぬ

十九日　弁当を開けば樹上に啄木鳥が

二十日　桃すするいつも想へど憂き女

二十二日　無花果やイヴとアダムの昔より

ミサのフアミリイ友人たちとピクニック

二十三日　葡萄酒の香こそただよへナパヴアレイ

二十四日　烏天狗しかとうかがふ烏瓜

二十五日　室の津のオ夏清十郎の野菊かな

石垣にこぼれて咲ける野菊かな

帰去来《かへりなん》野菊の丘のふるさとへ

菊を愛し難産をみる呆師かな

二十六日　神の旅

貧乏神拍手打つて送りけり

貧乏神着のみ着のまま旅に立つ

二十七日

猿酒を飲んでかしこくなりにけり

つぎつぎにとつくり倒す柚味噌かな

二十八日

濃き霧も紅葉をかくすあたはざる

鏡の池

水《み》な底に紅葉しづかに在りにけり

大山《ダイセン》や石のにほひの夕紅葉

老いの身に紅葉の精よいでよかし

二十九日　轢き逃げをされつぱなしの鹿の声

大黒屋

三十日　大黒の打出の蕎麦のうまさかな

三十一日　ピナツヴエンダサムバ踊るや秋の星

マイアミビイチルムバ踊るや秋の星

十一月　霜月

一日

初時雨紅葉洗つて過ぎにけり

メリケンパチ　ニツクネエム呼ばれん初時雨

二日　爐開

爐開やまづ酒を飲み茶を喫す

爐開やいよいよしづか冬の庭

三日

茶の花の日和やオババと孫娘

四日

山茶花の田舎娘の風情かな

五日　宗鑑忌

大山崎

宗鑑の句碑笹の葉をかきわけて

六日　鉄瓶に酒あたためて冬の宿

七日
芭蕉忌　鳥の寺堀一面に時雨かな

松江芭蕉堂　神道芭蕉派古池教

立冬
八日　かはたれの時雨の庭や石蕗の花

九日　大根足チヤミングとは想はずや

十日　なき母や干大根に日のあたる

十一日　茎漬けや京の土産はこれでよし

十二日　どうみても社長の下手な泥鰌掬ひ

頬に墨女もするなり泥鰌掬ひ

十三日　玉の緒を引きのばしたる小春かな

十四日　冬日和双ケ丘の庵かな

十五日　天地《あめつち》のさかさになつて紅葉散る

十六日　こひびととしづかにをれば落葉かな

十七日　散り敷きて明々庵の落葉かな

十八日　寒山の箒にあまる落葉かな

十九日　散るほどの木の葉髪さへなかりけり

二十日　凩やじつと想へど憂き女

讃岐志度　小倉右一郎作平賀源内像

凩や源内先生男ぶり

二十一日　この年も時雨の京になりにけり

二十二日　小夜時雨泣いて気がすむものならば

二十三日　干してある湯桶をぬらす時雨かな

二十四日　網代木のあらはれわたる冬霞

二十五日　　宍道湖
かかるとき湖ねむる冬霞

二十六日　つつがなく貧乏神も神還り
横雲に天女のけはひ地に落葉

二十七日　蕎麦打ちやこの時ばかりは馬鹿力

二十八日　湯豆腐や時雨の音を聴きながら

二十九日　冬の陽をあびてふうわり枯尾花

三十日　　米子水鳥公園
水鳥を映す重たき望遠鏡

十二月　師走

一日　映画の日　白鳥や古き映画の女たち

二日　梟の鳴く森の奥しのび逢ひ

三日　木兎に視透かされたる心地にて

四日　宍道湖のあちらこちらに浮寝鳥

五日　酒の鯨酒の鰯と乾盃す

六日　灯ともしや窓に来てゐる浮寝鳥

七日　初雪のしるしに盃交はしけり

八日　幽霊の冬ごもりして枯柳

九日　枯葎あたたかければ猫眠る

十日
貞徳忌　俳なき句大量生産貞徳忌

十一日　風呂吹に熱燗持つべきものは友

十二日　粕汁がさそひ水となりにける

十三日　おでん屋の提灯赤し雪の夜

借りあれば止むをえずしておでん屋へ

夕霙濡れてうれしきおでんかな

十四日
一茶忌

一瓢をうらやむ下戸の一茶かな

十五日

湯豆腐のゆかしき昆布のにほひかな

十六日

蕎麦掻きにくつろぐ松江の師走かな

十七日
近松忌
春日薪能

死ぬほど好き死んで気がすむ近松忌

夜空鳴り怨霊くだる薪能

十八日

風流のはじめや出雲の里神楽

十九日　つきしろの女に化ける狐かな
女には男の藤内狐かな
二十日　あまつきつね鳥肌が立ついい女
あまつきつね飛んで火に入る男かな
二十一日　冬至　霜の橋いそいそ渡る河豚の宿
二十二日　狐拳知らずこせこせ飲んでゐる
二十三日　狐火や水火恐れぬしのび逢ひ

二十四日　水鳥やよき酒のあり寄りたまへ

二十五日　蕪村忌に顔見世興行重なりぬ
蕪村忌

二十六日　都鳥似ても似つかぬ隅田川

二十七日　舞ふ雪に千鳥鳴くなり意宇《おう》の海
ミホの浦潮満ちくれば鳴く千鳥

二十八日　しののめの枕辺に鳴く千鳥かな
目覚めれば涙のあとや千鳥鳴く

松江庄助　四句

三十日　窓に映るネオンの川の冬座敷

やがて来るのこるひとりや冬座敷

集まつてほつと息する冬座敷

悪る口を遠慮無用や忘年会

三十一日　鐘ありて火の見櫓や大切に

続ぽえむかれんだあ

序

まじめな芸術の句に、おもしろい句ができるとはかぎらない。高度の文学の句を追求し、野暮な句に落ち入る場合も、なきにしもあらず。

「けりかな俳句」は古しと避ける傾向もあれど、「けりかな」なければ「ユルフン」になるのが俳句である。「俳」のない句では俳句にならない。ただ「短句」である。和歌に対して短歌、俳句に対して「短句」にすぎない。

近年NHKに「俳句王国」なる運座の放映あれど、俳句は決して「王国」ではない。発生から未来永劫、「民国」であり「民国」のものである。

二千十二年　春

平ノ板前しるす

一月　睦月

くらがりに恋びとのゐる恵方道

元旦やすぐに退屈酒のかん

元旦や灯ともし頃の酔ひごこち

天井の音のめでたき初湯かな

初湯いでて湯気をまとへる女かな

初髪はさるものなれど目もとかな

巽橋芸妓渡れば玉霰

いざゆかん雪見のはての赤提灯

雪雲に蟬の声あり新見駅

風花やあのひとどうしてゐるかなあ

夕まぐれさて降りいだす牡丹雪

二月　如月

けふからは春の水なり渡り石

春時雨ひとを待つにはあらねども

春雨やゆつくり盃を交はすべし

玉の緒の絶えなば絶えね猫の恋

枕中に恋びとのゐて春の闇

オコノミ焼青海苔ふつて幼き恋

獺の祭月下の主客かな

ミホの関若布《わかめ》ゴハンのかをりかな

若布刈り行きも帰りも夫婦《めをと》岩

三月　弥生

人は寝て雛《ひひな》本音を語るかな

芸妓の裾にまつはる春の雪

のうれんにたはむれてゐる春の雪

春の雷惚れた病ひは治りやせぬ

雲州清水寺
清水や小雨にけむる春の山

水鳥公園
自動車の前を横切る雉《きぎす》かな

あひびきや芽柳ぬらす春の雨

芽柳の尖を洗ふや高瀬川

芽楓や江戸絵のまなざし細めたり

恋びとの手をとるはじめ春の泥

楤《たら》の芽のいまとどいたる蕎麦屋かな

恋びとよ木芽田楽好まずや

八雲立つ出雲の里の菜飯かな

うこぎ飯これこそ春の馳走なれ

憂き女《ひと》の臍を想へり田螺和

春の野ややがてたそがれ朧月

宍道湖の白ら魚泳ぐ霞かな

かげろふや枯れ草花の幽霊か

炉塞ぎて掃除をへれば春の宵

四月　卯月

かのひとの家はここなりゆすら梅

夢に逢ふ白木蓮の女かな

宗因句碑　天満天神

宗因の浪速の雨や花の前

魂のぬけてたたづむ花のもと

夢の女あらはれいでぬ花篝

青空をおしあげてゐる桜かな

花びとの一座に母と娘かな

おもひきや露地の真上に夜の花

ふるさとのパアテイ林檎の花のもと

みよちやんと踊る林檎の花のもと

花疲れ恋疲れにも想はれる

たそがれやいよいよ白き梨の花

歌麿や絵のなかにある春の海

歌麿や絵のなかにある桜貝

女の子机のうへに桜貝

桜貝耳につければイアリング

あけぼののさざなみ舐める浅蜊かな

春の潮岬をめぐる隠岐路丸

春風の蝶追ひかける子猫かな

人丸忌消防署長参拝す

人丸忌四月十八日

老いらくの恋のあはれやリラの花

枡屋

通るたび臼めぐりゐて茶の香り

古池を跳び出しかねる蛙《かはづ》かな

柳から日の暮れかかる松江かな

鶯餅黄な粉こぼれる暮の春

五月　皐月

牡丹咲いて牡丹の庭になりにけり

牡丹《ぼうたん》のにほへる風につつまれぬ

亡ぶべく亡びし国の牡丹かな

衣かへて三味を手にとる女かな

袷着て江戸なつかしき女かな

地味好み素袷粋に着こなせり

柏餅暗き時代の学生帽

「祭のかへさいとをかし」

あのひとに葵祭の夕かな

若楓うち仰ぎゐる女かな

石畳若葉を映す京都かな

瀬の音に夏は来にけり大井川

はんなりと泰山木の花ゆれる

大山や径に石垣に花擬宝珠

飛魚の方向転換空の海

六月　水無月

由志園を歩く姿はあやめかな

旅に来て水辺の茶店あやめ酒

姫逃池《ひめのがいけ》

よりそひてしやがむ水際かきつばた

短夜や砂の上なる松の影

短夜や朝のみづうみやはらかし

短夜のパリのオテルの朝寝かな

パリにて蟬丸に逢ひおどろきぬ

蟬丸忌旧五月二十四日

深草の山梔子にほふ小径かな

本土決戦

戦ひももはやこれまで花かぼちや

洪水のボオトよろこぶこどもかな

友ありて酒のしたたる鯰髭

一茶翁の「かたつむりそろそろのぼれ富士の山」もっとも敬愛する一句なり。外国語学習の才能とぼしければ日頃泣きぬれてたはむれつつありしかど翁のこの一句知るに到りややこんぷれくすをまぬがるるを得たり

かたつむりそろそろのぼれ丘のうへ

三朝《みささ》温泉

河鹿鳴く夕べの橋にデエトかな

口に桑の実胸に乳首少女かな

小次郎に近寄るなかれ燕の子

夏服や痴漢の述べる三分の理

七月　文月

ネヴィル　シュト「渚にて」

人類の亡びつくして虹立てり

金毘羅の団扇欲しがる天狗かな

うすものの衣通姫のうつつかな

待ちあはせ噴水ときをりしぶきかな

よりそひて瀧の響きに息をのむ

横溝正史「髑髏検校」

夏芝居検校むすめの生血吸ふ

水芸の大夫《たいう》のかひな色気かな

酒好きのきはまるところ冷奴

駒形《こまかた》の番号板や泥鰌鍋

短冊を蜘蛛にとられて泣く風鈴

夜光虫女のからだにつきまとふ

シャワア浴びつつビキニはづすとき

シエラネヴアダ

鹿親子すでに来てゐる泉かな

モンパルナスプロジエクト

夕焼けのにじむつばさの雀かな

みちのくのあやしき河童のミイラかな

八月　葉月

死罪をばまぬがれあやし生身霊

花火尽きおもかげにたつ女かな

稲妻に浮かぶ江戸絵の女かな

かなカナのひびく湖くれなづむ

新涼やにはかにゆかし酒の味

迫害をものともせずに花煙草

九月　長月

しげさ節

秋の灯のささやく西郷の港かな

台風やタバコの煙ひきちぎる

台風はどこ吹く風やら恋の宿

待宵や女の宿の酒肴

淋しさのきはみににほふ金木犀

吹かれゐる尾花のなかの女かな

八雲忌　九月二十六日　五句

まぼろしに逢ふたそがれの蟬時雨

八雲忌や身の上語れ流し唄

三味線の涙かくすや八雲の忌

露けさの橋を渡つて八雲の忌

焼津にもへるんの月の浜辺かな

八雲忌　二句

恋びとのへるんことばや八雲の忌

「むじな」

おのがつらつるりとなでて雨月かな

八雲忌　二句

蟲時雨針をすすめるセツ夫人

道の辺に露草の花八雲の忌

へるん先生百年忌追善句会　八雲旧居　五句

へるん先生門づけの唄メモをとる

虫籠やゆかしき八雲文学館

八雲の忌ともしびあへてくらくする

おもかげや夕日にひかる花すすき

草庵のひかりあまねき良夜かな

とつくりや飲み人知らず秋の宿

十月　神無月

茅庵

障子に秋の日こもる茶室かな

秋の日をとどめて甘し吊し柿

キミ知るや山葡萄酒の酔ひごこち

あれやこれ思案してゐる案山子かな

陶淵明に敬意を表し菊の酒

子狐の化けし女や名は野菊

いちじくよりなほやはらかき乳房かな

やへむぐらしげれる宿に駈落ちぬ

秋の日にあたためられて石の橋

西脇順三郎　Ambarvalia

ぶらさがる汝の霊魂烏瓜

あのひとを想ひだせとて荻の風

さねかづら人に知られぬ庵《いほり》かな

十一月　霜月

茶の花を飲む百姓の子孫にて
けふからは三連休の小春かな

十二月　師走

狐火にさはれば冷めたきほのほかな

牡蠣喰へば鐘が鳴るなり建仁寺

市に出でてジャズを演奏里神楽

明眸の皓歯をかくすマフラかな

千鳥鳴く皆生温泉小夜子かな

夜半翁へのオオド

1994

夜半翁へのオオド

あなた
はるかの情景《ヴィジオン》
はるかの情景
前の世にあつて
うかぶ
来世にあつて
うかぶ

延享三年春

あなた
外ケ浜から蝦夷をのぞむ
応挙に
蝦夷図みせられ

昆布で葺く軒の雫や五月雨

これきり
小径尽きる
ここから
こころ歩いていく

かきね
はな
はつきり
はるかの女

春の夜
ともしびきえ
ひときはしるく
はるかのはな

春の行衛
春のおく

毛馬
結城
柚の花にほふ
はるかの母屋

柳風呂の女
橋本の女

伏見の女
島原の女
あなたのあたへた
絵
詩
文
今も手にとることできる

角芝居
あなたの桟敷
女たちかがやきほこる

角屋
一室
梅図
一瞬散り

一瞬ほころぶ
女たち
後の世かけて花に酔ふ

枕する春の流れやみだれ髪

三月正当三十日《ケフハ三月ツモゴリジヤ》
風光別我苦吟身《春ガ我ヲステテ行クゾウラメシイコトジヤ》
勤君今夜不須睡《ソレデイヅレニモ申スコンヤハネサシヤルナ》
未到暁鐘猶是春《明六ツヲゴントツカヌ中ハヤツパリ春ジヤゾ》

水に声なき日ぐれ
時間のかなしさ

あなた
画中に時間ゐがく

爐に焼きてけふりを握る紅葉哉
いま
闇夜漁舟図ゑがく

天明三年の冬
あなたの板下を手に
維駒　顔ほころぶ
あなたねむる
ねむりのなか流れる
野田川
手に草履
あなたふたたびわらふ

ゆふべ
王維の籬をおとづれる
あした

荘子の蝶に逢ふ
かほる朝明ける

西脇順三郎詩集「人類」
飯島耕一「田園に異神あり」

詩集「人類」に「ドゼウ」の詩あつて、イズモ人を喜ばせるこのうえない贈りものになつている。

西脇先生はイズモ人にとつて、最高のまろうどである。このことが、「ドゼウ」ほかの詩を読んでみれば、よくわかる。西脇先生は、ドゼウとかソバとかが特別に好きなもののひとつで、駒形のドゼウを食べに行かれる。この時、先生は、イズモなるクニやイズモ人なるドゼウスクイをする人類の一部族を想つておられる。

ドゼウ

パ　パ　パ　パーイ

おどろかされるのは
宇宙の中に夢みる
人間のアイマイな夢だ
大江山のトンネルをくぐつて
イズモの道をさすらつた
安来の地にたどりつく夏は夢みる
ドゼウスクイの永劫の光りは
脳髄を黄色いヤマバチのように
つきさしてくる底しれぬ哀愁

………

………

ドゼウと話ができる人間は
土星に開く
山ゆりに香つている
ドゼウの神聖な言葉がわかるのは
このオッサンのドロの直観だ

……………

……………

この生物をシンジコのほとりにある
県知事になつた私の友人の所へ
売りに出て行くこの人間は
神性の夏のねごとを
つぶやきながら灰色によごれた
フンドシをしめなおして

……………

……………

ヘルン先生はきつと買つて
下さるにちがいない
ドゼウの言葉に影響を受けた
このスクネの方言は
フンボルトの体系からはずれていた

こうして西脇順三郎の詩を書写することは、生命の最高のよろこびであり、西脇詩の豊饒悠遠の世界に参入するべく、学びたい。

先生の詩のなかには、古今東西のあまたの詩人たちが訪れ、先生と挨拶を交わしている。この国では、芭蕉翁は、西脇先生に対して最も親近感を抱いている一人である。孤独を感じた芭蕉翁が西脇先生を最高の理解者として敬愛していることは疑いえぬところである。地球上であげれば、トウエンメイ、トホ、ヨオロツパの古今の詩人たち、オリエント、ギリシヤ、ロオマの神々インドの仏たちが、先生の詩のなかで、わけへだてなく、村の付合をしている。西脇先生はあきらかに偉大な詩人であるが、重圧を感じさせる偉大さとは最も縁が遠く、土人が土をたたいて歌つており、梨売りのバアサンがおとずれ、イカケ屋のオツサンがアイサツする。西脇詩の宇宙の中で、ドングリもトツクリも重要な位置をしめている。

詩集「人類」においても、「ドングリ」の詩があり、比較的長い詩、二百三行である。すこしだけ引く。

……

一体「存在」ということは何であろう

少し考えてみたくなる
でもこれは近代人にとつては
たいくつなたわごとであるが
古代人が真剣に考えたことだから
どうしようもない事実だ
漢語の「存在」というのは
造物主が創造した物で
とくに生物のことをいう
ギリシャ人も同じく「ゾーオン」といつて
生物のことであつた
仏教にはいつたサンスクリットの
「サットヴア」はやはり生物という
意味でも用いられていた
漢人はこれを音訳して
「薩埵」サッタ
とにかく生物というものは

やっかいなものだとくに人間は――
ドングリも人間も同一の創造物だが
ドングリはドンヨクでなくおとなしい
野原は繁栄から
没落へ曲っている
………
………
完成の中核に崩壊の種がある
崩壊のための円熟だ
円熟のための崩壊だ
でも古代人はアゴヒゲをゆすぶり
生物の存在のうつりかわりを
涙をたらして悲しんだ
悲しむ衆生はそこ知れない
哀愁を無量のアミダの
無限の慈愛の光りにすがり

あきらめさとつた
だが衆生は植物については
哀愁を感じなかつた
涙ながらにナスを食う者は
殆どなかつたが
動物についてはときたま
（仏者は例外だが）
あるイギリスの男のように
馬が気の毒になつて決して
馬車にのらなかつた
だがダンナのイネかりには
労働を提供して
あとから酒をのんでおどつた
………

こうして書き写しつつ、脳髄はビ妙にふるえる。

わたしは長い間、西脇詩にへだたりを感じつづけていた。
西脇詩に近づくには「雑念の晴れる」のを要するとは、詩集「人類」の寄せ書きにある長谷川龍生のことばである。田舎者の「偏屈」であった。西脇詩に一歩参入するため、長い、必ずしも意識的だけではない努力を要していたことが、今ではわかる。ある秋のはじめの午前突如、自分が西脇詩の世界の入口に立っていることを発見し、魂がふるえた。この大事件は日記にしるしていて日付もはつきりしている。みるみる光と空気が豊かになり、すべての存在が姿をかえた。この時、ことばというものを、今までとはさらにちがつたものに考えはじめていることを自覚した。今までの自分のことばのまずしさも痛感させられた。今までになくはげしくことばを求めた。

折しも、西脇順三郎全集の第一巻が出たころで、書店に走つた。本を開くや、月報の飯島耕一「西脇順三郎への回流」の文字が目に入つた。その場で、まさしく食い入り、息をつめて一気に読み進んだ。

もしや、今、西脇詩を愛すべくして、あるこだわりの気持ちを抱いている読者がいるとしたら、「西脇順三郎への回流」を読んでほしい（「西脇順三郎への回流」は「ランボー以後」〈小沢書店〉に収録され、さらに思潮社版「現代詩読本9西脇順三郎」に再録されている）。

西脇順三郎、飯島耕一は広義のシュルレアリストである。西脇順三郎は明治二十七年生まれ、二・二六事件の昭和十一年から、敗戦の昭和二十年五十二歳まで、詩の発表を中断。一方、飯島耕一は、五・一五事件の昭和五年生まれ、戦後に詩を書きはじめた詩人である。

「田園に異神あり」は表紙には「西脇順三郎の詩」の語は印刷していない。飯島耕一に「昭和五年生れの一詩人の胸のうち」の副題を持つ「シュルレアリスムの彼方へ」（一九七〇年　イザラ書房）がある。「田園に異神あり」は西脇順三郎に対する昭和五年生まれの一詩人の胸のうちが語られている。一部だけ引用しておきたい。

「シュルレアリスム、とか、前衛芸術、というとそれで身心ともに硬直するような不幸な気持、これは大なり小なりここ半世紀の新しいポエジーを探求しようとするすべての日本人の味わってきたものだったが、西脇氏はそこに秋のなくさや、お湯屋や、幽霊坂や、肥舟を導き入れてくれた。そのことの功績ははかり知れない。

かつてぼくが『アポリネール』と題して、詩集『アルコール』『カリグラム』のみならず『キュビスムの画家たち』などの著者の評伝を書いたとき、二人の美術学校の生徒が訪ねてきて、前衛美術というものはあのような人がはじめたのですか、大いに安心した、と感謝して帰っていったことがあった。彼らはキュビスムやシュルレアリスムの活字に怯えていたのだった。前衛美術とはおそろしげなものという、また前衛美術には笑いと涙の生活がないかのような……。

またここ十数年のシュルレアリスム研究者たちの蒼ざめた、辞書臭にみちた、不幸な顔つきや様子を見ると、シュルレアリストが、人を驚かすことと、笑いと、エロチスムと、自由な風の専門家だったことをつい忘れそうになる。彼らには辞書を捨てよ、と言ってやりたくなる。……

「……明大前から京王多摩川へと向う電車のなかで、七、八人の聾啞学校の男女の小学生と隣り合わせに坐ったことがある。子供たちはみな元気がよかった。マンガを見るもの、怪獣のような絵を描いたスケッチブックをひらくもの、そして彼らは口々にはっきりとその意味のないことばを大声でかけ合った。それはぼくには叫び声にしか聞こえなかったが、ことばであった。彼らは懸命にことばを発音しようとしていた。それは「言語」などというご大層なものではなく、叫び声に近い、しかしなまなましい「ことば」であった。

こうして第一章でも引用した「夏（失われたりんぼくの実）」の最初の部分を、まるで偶然のリフレインのようにして、この第二章の末尾にも引用したい。それは聾啞学校の若い女の先生と児童の出てくる詩だった。

不思議な偶然でぼくはこの日、西脇氏のことを考えつつ多摩川へ行く電車の中で、聾唖の児童たちに出合ったのだ。

人間の記号がきこえない門

黄金の夢
が波うつ
髪の
罌粟《けし》の色
に染めた爪の
若い女がつんぼの童子《こども》の手をとつて
紅をつけた口を開いて
口と舌を使つていろいろ形象をつくる
アモー
アマリリス
アジューア

アベーイ
夏が来た
………

陶淵明の時代から、西脇氏とわれわれとあの聾唖の子供たちにいたるまで、まるで一つの川の流れのようにことばの川は流れつづけている。われわれはみなこのことばの川の村の村人たちなのだ。ことばのなかでわれわれは悲しみ、笑い、たのしむのではなかったか。西脇順三郎の近作はとくにそうした、なぜことばはあるかという根本のところを思はせてならないのである。

あの戦後に詩を書きはじめたぼく自身の詩は、むろん西脇氏の詩とは十分に異った地点にあるものである。しかし西脇氏の詩を知らなければぼくはいまとはもっと別の地点を、もっと憂鬱げに、暗い気持で歩いていただろうということが言える。われわれは一人で詩を書くことはできないのだといまさとるのだ。」

(一九七九年七月)

西脇順三郎先生を失つたさみしさ

西脇順三郎先生が逝去された。

去る六月五日早暁、ふるさと小千谷で、いかにもこの詩人にして、ふいと永遠の世界へ旅立たれた。八十八歳であつた。

この最大の詩人の霊に対して、出雲に住む一詩人として、心をこめて香をささげたい。

西脇先生を失つた現在、なんとも大きなさみしさが存在する。このさみしさは、今まで経験しない巨大なさみしさである。このことについて書いておきたい。

西脇詩の世界へ接近するために、自分の場合は二十五年間を要した。今、自分の日記をとり出すと、一九七一年三月十九日、「西脇順三郎全集第一巻」を手にした時のおどろきと喜びを、「人生や世界の意味を変えてくれる。」と記している。この時、その第一巻を書店で手にし、月報の、飯島耕一「西脇順三郎への回流」を、身につまされて読みつつ、心身のがたがたふるえたことを忘れない。ポエジイと生命のこのような出会いと変化がたしかに存在する。

もし田舎者の心が、かたくなのままで、この時、西脇詩の世界に接近しないでいたら、現在は、なんともおぞましい、みじめではなかろうかと思われる。

西脇詩への道のりが、かくも長かつたのは、なぜか。

西脇詩の日本語があまりにも自由で豊饒であつて、あの頃の自分の日本語の観念では、とても間尺に合わなかつたと反省される。

厳格でガンコであつた三好達治の新古典主義日本語は、西脇詩の日本語と、遂に対話しないままであつた。西脇順三郎は達治の詩のよさを読みとつておられたが。

西脇先生の日本語は世界語である。

ああ
生物は永遠の中に生れ
永遠の中で死んでいく
ただそれだけであると

いうことは
人間の唯一の栄光で
生物の唯一の哀愁だ
永遠は瞬間の中にしか
啓示されないと意識するとき
黄色い水仙をつむ指先が
ふるえる
野原には
無色の鶏が歩いている
モロフの杏の花も
おののく

この青ざめた
コンクリートの野原を
さまよう脳髄の戦慄は
生物の宿命の哀愁だ

すべての女の顔は
椎のドングリに
ほそながく写つて
また露に消されている
すべての吹く風は
髑骨にかすかに残るだけだ
人間の野原の歴史は
なまぬるい
石の夜明けだ
アポコペ

（「アポカリプス」——「鹿門」）

〈和漢洋〉は日本文学のよき伝統であり、真に〈和漢洋〉の達成の上に、豊饒自在なる詩世界を展開した最初の詩人が西脇順三郎である。

和漢洋の詩人の霊たちが、西脇先生を迎え、つきることなく語りあうことを、これから想つてみたい。

（一九八二年六月）

小島輝正「春山行夫ノオト」

今世紀のほぼ中間、一九四五年八月六日、アメリカ合衆国が原爆を広島に投下、これがこの世紀を二分した。

前半の四十五年間は、急速に二十世紀なる新時代を準備し形作つて行つためくるめく時代であつた。直前の一八九五年「資本論」出版。フロイトの夢の研究が十九世紀末から二十世紀に及ぶ。一九〇三年、飛行機の成功。十一年、ピカソの立体主義。十三年、アポリネエルの「アルコオル」。十四年、第一次大戦はじまる。十五年、アインシュタイン「一般相対性理論」。十六年、チユリツヒでダダ運動。十七年、ロシア革命。

十八年の第一次大戦終熄から三十九年のナチスのポオランド進撃までの両次大戦間は、さまざまの分野において生み出されたものの眩ゆく、かつ一方では大戦の傷痕（フランスに限つても青年の二十七％が戦死した）の上に、やがて新たな悲劇へ向かう重々しい時代であつたと、第二次大戦中に小学生（ただしくは国民学校生）であつた者にも想われる。

両次大戦間の日本が、大急ぎで二十世紀なる世界規模の新時代形成に進んで行つたことは想像にかたくない。文学の上で、二十三年、「ダダイスト新吉の詩」。二十五年、西脇順三郎の帰国。二十八年、春山行夫「詩と詩論」創刊。……三十一年には、大日本帝国は満州事変に突入する。

今世紀後半に生きる者、二回の大戦をも含め、二十世紀のおよその形成は、前半の四十五年間にあつたと思われる。

戦後世代の詩人たちは、ダダ　シュルレアリスムの見いだしたところを追体験しつつ自らの詩を作り出して行つた。ダダ　シュルレアリスムの重要性なしに戦後の詩はありえないだろう。

日本の両次大戦間において、二十世紀の新文学を最も積極的精力的に主張し支えた詩人編集者が春山行夫であつた。にもかかわらず、春山行夫の著作を読もうとしても、探し出すのは困難であろう。この時代の尖端を走つた詩人は、第二次大戦が近づくのと平行して、文壇から姿を消し、しかも戦後、戦争に魂を汚さなかつた詩人として復活することはなかつた（なぜであつたか?）、そして文壇も出版者も、かれの果たした時代的業績を、ほとんど忘れてしまつたからである。こんな訳で、戦後に成人したひとびとにとつては、春山行夫なる、わが国の新精神、新文学のために最も活躍した詩人編集者に、まともに向き合つたのは、本書「春山行夫ノート」が最初であつた。

一九二八年(昭和三)、二十六歳の春山行夫は「詩と詩論」を編集創刊する。象徴詩に対する破産宣告と新しい詩学の提唱、「新しさ」、「知性」、「科学」、「高速度」なるモダニズムの熱烈な主張――春山行夫は、アポリネエルのなした役割を、わが国でなさねばならなかつたのであろうか。

本書「春山行夫ノート」には、あわただしかつた昭和初頭の、モダニストの孤立と努力が克明にえがかれている。

春山と萩原朔太郎との論争、神原泰との、小林秀雄との論争、やがて大戦の危機が近づき、「行動」、「セルパン」におけるモダニスト春山行夫の立場――論争における両者の主張が、本書において、あの時代にあつての限界、歪みなど不十分さをも含めて、つぶさにきびしく批評されつつ、そのため一層今日的意味を持つて再現されている。わが国の文学における、戦前のモダニストたち、シュルレアリストたちの存在と意味の再発見、再評価、春山行夫の場合で、〈そこで彼がはたした、あるいは十分にはたしえなかつた役割〉に対する今日的評価を、本書の随処に読み取ることができる。

＜……そこに一貫しているのは春山式白黒二分法の図式であり、彼の持論とする「旧文学」と「新文学」との、すこぶる公式的な対置である。その徹底した公式主義は、文学を「ブルジョア文学」と「プロレタリア文学」とに分類してその黒白を論じた全盛期プロレタリア文学理論の発想とまさに相通ずるものであり、その意味で、春山モダニズムと正統派プロレタリア文学とは、その発想法において、ポジとネガとの関係にあつたということができよう。その公式主義が両者の命取りになつたという点でも、両者は共通の運命を背負つたシャムの兄弟であつた。＞

＜しかし、それにもかかわらず、我々は、その一徹な公式主義のなかに息づいている「モダニスト」春山の強固な初志、「新しい文学」の時代的意義とその将来性とを世に認めさせるための彼の獅子奮迅の闘いを、匆卒に笑止と貶めることはできない。その後ほぼ半世紀をへた今日の時点に立つてふり返つてみれば、彼のその展望が決して見当違いなものでなかつたことは明らかだからである。「新しい文学」は、今日、大成してすでに市民権を獲得している。春山の奮闘は決して徒労ではなかつたのである。＞

著者にあつては、きびしさと共感が矛盾していない。

本書「春山行夫ノート」、前著「アラゴン・シュルレアリスト」共に、戦争に直面して行く、ひとりはモダニスト詩人を、いまひとりは、シュルレアリスムとコミュニスムの間で苦悩する詩人をとりあげていることを思う。ここには、著者のにがい無言の立場があるのでなかろうか。

（一九八一年四月）

出雲からのオマジュ

最初に、この「たうろす」に同人として加えていただいたことの感謝を述べます。それで、今夜の素晴らしい出版記念会に出席することができています。

同人に加えていただいたのは、七十三年十月、29号からで、今ここに持参しています。ここには、小川正巳先生による、安水稔和さんの「幻視の旅」、「多田智満子詩集」の二著作の書評、福井久子さんによる「多田智満子詩集」の書評があり、安水さんのラジオのための「旅に病んで」が載っています。

この29号に、おずおず小さい詩を発表させていただき、以来、はじめての言語の浄化作用がはじまり、今なお進行中で、もっとも畏敬する詩人のひとり、旧同人の飯島耕一が、「たうろす」に入ってからキミの詩はよくなった、とほめてくれ、このことは、詩を作ろうとする者にとっては実に幸運です。この「たうろす」の五年間なるもの、もし田舎で鬱々としていたとしたら、どんなことになつているか、アル中になつたか、犯罪者になつたか、身の毛のよだつ思いです。小川正巳、小島輝正両先生、多田智満子、安水稔和の二詩人、全同人のみなさんに深く感謝します。

以上の前置きの上に、今夜の、多田智満子、安水稔和の二詩人に対する、出雲からのオマジュを述べたい。田舎の手ぶりですから、拍子がはずれるかと思いますが、おゆるし下さい。

中原中也が、年下の先輩、富永太郎のことを、分別深い姉さんと評していますが、多田智満子さんは、「畏いめざましい姉」であります。詩を作る者にとって、これほどの権威ある姉の存在は、たいへんありがたく、しかも、東西の古典の血統豊かな詩の高貴な女性です。

現在、「高貴さ」なるものが、誤解され、ますます乏しくなつて来た時代の、貴重な詩人であります。詩にとつては、「高貴さ」が絶対的に要請されること、どんなに批評が入り乱れようと、確信です。

多田さんについて、つとに、ダニル鷲巣繁男の批評がよく知られていますが、そこで、大地母神デメテエル、カツシヤ、コムネナ、現代のジヨイス　マンスウルに至る女性詩人を引いて論じておられ、さらに、記紀万葉の詩の精霊たち、平安女性歌人のゆたかな流れを加えるべきと思いますが、これら東西古今の女性詩人のなかにあつて、最高の女性詩人であります。さらに女性詩人であることによつて最高の詩人であります。西脇順三郎先生は「私も女である」と言つておられるのですから。

多田さんの、宇宙的で纖細極微である詩人世界を、映している鏡、しかも万華鏡である「鏡のテオリア」が本となったことは、よろこびであり、生涯の愛読書です。

「古寺の甍」また、最高の詩人による宗教哲学入門であります。

詩は、「高貴さ」とともに、「謎」をその一つの元素としているのですが、安水さんにとつて、この元素「謎」が、特異で重たい価値を有するものに思われます。すべての語句がそれ自体はてしない疑問文となつています。これをどこまでも突出させ(旅人の足どりで)行くのが、安水詩の謙虚さであり、男性的魅力であり、安水詩の方法かと思われます。このはてしない「謎」の旅程の作品量の行く果て、安水さんはどこへ行くのか?

また、道の折々ごとに安水流のしぶいユモアに出会うことができます。

詩集「西馬音内」、評論集「歌の行方」を携え、方法的「旅」の豊かさを道連れに、旅をしてみたい。

（一九七七年八月二十日）

虚子ののびやかさ

虚子の存在

白梅の老木のほこり今ぞ知る
灯をともす指の間の春の闇
思ひ川渡りしといふ花便り
舞殿が遠く群集のさくらかな

独り句の推敲をして遅き日を

虚子、一九五九年（昭三十四）の句。「独り句の」の句が、虚子の最後の句になつた。「句仏十七回忌」の詞書きあり、三月三十日の日付、翌々四月一日に脳幹部出血で倒れ、八日に死去した。八十六歳であつた。

明治維新から今日の一九八〇年代に至る現代俳諧史の中心に、高浜虚子が存在すること、これは虚子とは異なる世界の俳人たちさえ認めざるを得ないことである。

虚子が生まれたのは、一八七四年（明七）松山市であつた（子規、一八六七（慶応三）、碧梧桐、一八七三（明六）、同じく松山市に生まれた）。維新直後、帰農した地方士族の家に生まれた虚子は、以後、西欧化、近代化の歴史のなかで、伝統的庶民文芸（武士も庶民文芸の愛好者であつた）である俳諧が、いかに変化し、いかに守旧（これは虚子自身の語）し、いかに存立し、いかに開花するかを、身を持つて生きることになる。

虚子俳諧は、やがて、大正、昭和前半という一時代の俳壇の指導者であつた。かれのエコルは、日本の当時の植民地やハワイ、ブラジルなどの移民先をも含めて、およそ日本人の在住する津々浦々に及んでいた。日中戦争、太平洋戦争の戦場にも及んでいた。「アララギ」、「ホトトギス」は、一面で戦争文学でもあつた。「アララギ」は戦争を鼓舞するための。「ホトトギス」は戦争を慰安するためのもの。「アララギ」、「ホトトギス」は戦場にあっても読める作品がありえたと思われ、与謝野晶子や吉井勇の歌は戦意はにぶるのである。「ホトトギス」ほどの巨大なエコルは、地球上、歴史上かつて存在したことはなかったであろう。皇族（一九五〇年春、吹上御苑霜錦亭で、三笠宮夫妻主催の句会あり、皇后も出席、虚子、選句台覧した。虚子七十七歳）、大臣、将軍、頭取、司法官、土建屋、小役人、高利貸、警官、教員、農民、兵士、死刑囚、あらゆる職業のかなりの男女が、この結社に加わるか、そうでなくとも影響下にあつた。

山本健吉によれば、虚子はよく、日本人の百分の一、当時の人口で割れば約八十万人が俳句を作ると語つていたとのこと。勿論、八十万人のうちの圧倒的多数は「ホトトギス」系であつた。

地方の俳人たちは、「ホトトギス」雑詠欄の虚子選にとられることを一生の念願とし、一句でも入集すれば宴をもうけ、近所に赤飯をくばつたと話される。入集は即ち、地方選者、田舎宗匠の権威を賦与するものであつて、現に、ここ山陰の小都でも、毎年、大小の句会が行われており、数多くの先生、選者たちの権威はかつて虚子によつて入集した句数が大きくものを言つている。これは山陰に限らず、全国的に似たようなことがあるのではなかろうか。

こうして、虚子のエコルは、茶華などの家元制度のヒエラルキを連想させる。維新後、日本の西欧化、近代化が急速に態勢を整えたものの、それは表層のみであつて、多くの日本人の生活はそう急速に変われず、かれらは忍従しつつ、「ホトトギス」、「アララギ」の古いくらしから大きく踏み出さない、自足世界に親近し、結社した。このどつかとした、むしろ自然に近い巨大な存在に対して、萩原朔太郎の晩年が、

わが感情は飢ゑて叫び
わが生活は荒寥たる山野に住めり
（『氷島』）

虚子のエコルは、「万葉集」（その範囲は関東北部から北九州まで大和政権の支配と一致）より広大、その権威は、勅撰集の中心撰者、貫之、定家に似て、影響力ははるかに強力、絶大であつた。このようなメエトルは空前絶後かも知れない。伝統の地下水を吸い上げ、この国の風土、生活そのものである樹木の蘇つた山岳である。

こう虚子の存在は、外からはうかがえるのであるが、ひとりの俳句作家としての虚子の内面の歴史はどうであつたのか、また、虚子の作品とはなにか。

虚子の一八九一年（明二十四・十八歳）から一九五九年（昭三十四・八十六歳）に至る六十八年間の句をみてゆけば、そこには、巨大なエコルの統帥者、論争家、指導者としての虚子から、超然たる俳人虚子の魅力が存在するのでなかろうか。

もちろん、統帥者虚子と俳人虚子が離れて在ったわけではない。しかし、ひとりの芸術家において、かれの芸術論と作品がぴったり一致する場合はむしろ稀で、ふたつの間になんらかのずれのあるところに、何かの魅力があり、関心をひく場合も多いのではなかろうか。

虚子の俳論と俳句が矛盾し、くいちがっていると視える。虚子の作品は理論以上のなにものかである。これは当然のことであるが、虚子の場合は、「客観写生」・「花鳥諷詠」の体現者、権化として見なされすぎる。虚子＝客観写生、花鳥諷詠でなく、虚子＞客観写生、花鳥諷詠として、虚子の作品を読んでゆき、考えてもみたい。

わたしは、虚子の句に深く惹かれる。いくつかの虚子論に、多くを教えられ、さらに虚子の魅力を知らされることがあった。しかし、虚子の俳論については、その意味するところを考えれば考えるほど、ついに信奉するわけにはゆかない。この立場から、虚子俳句の魅力がなんであるか考えてみたい。

舞う虚子

大空に羽子の白妙とどまれり

天地の間にほろと時雨かな

初蝶の一風情見せ失せにけり

コスモスの花あそびをる虚空かな

高浜虚子は、能をこよなく愛していた。これは父祖伝来のむすびつきであつた。維新前の文学的教養は能と俳諧が中心（和歌が消滅したのではなかつたが）であり、そして漢文学が大きくあつた。虚子、碧梧桐の育つた文学的教養は能、俳諧の世界であり、このふたりに対して、鷗外、漱石の場合は、漢文学に重点のある世界で、外国文学派である。

虚子は、自ら能舞台で舞うことがいくどかあり、ひとりで、またなん人かで謡うことをいたく好んでいた。新作能「善光寺詣」ほか四編を作っている。

虚子俳句と能楽とのむすびつきについて、これに注目するいくつかの文章があるが、いまは、川崎展宏「高浜虚子」（永田書房・一九七四年）に教えられながら、考えるところを述べてみたい。

川崎氏の「高浜虚子」は魅力的で教えられるところ多大である。この書は二部から成り、虚子俳句と能についてとりあげてあるのは、第一部の「言葉の舞」、「虹」の二つの章である。

《言葉の舞》の評語がすばらしい。虚子俳句の魅力の中心を見事に言いあてている。《言葉の舞》の味わいにおいてこそ、虚子の句はきわだっているのではなかろうか。

川崎氏は、

「能の盛んだった松山の士族の家では、能はたしなみであったろうが、十歳の碧梧桐はこの催能を見てから能の真似事に熱中した。後年の碧梧桐の能は素人ばなれがしているといわれるほどであったが、碧梧桐にとって、能は所詮余技であり、俳句と結びつくことはなかったのである。子規の線を行く限り、それが当然のことであった。虚子にとっても能は余技に違いなかったが、余技である能が、実は、虚子の心の奥と関わりのあるものであり、反子規の方向に、それは俳句と強く結びつき、俳句の本質を規定することとなる。」

川崎氏は、第五章の「虹」において、虚子と能のかかわりが、作品にいかなる姿をとり表れているかを、説きあかしている。

芭蕉は、生涯にいくつかのすぐれた紀行文をしるしたが、虚子は晩年に、《虹物語》とも名づけるべき一連の作品を書いた。虚子にとっては「写生文」であり、俳句が重要な役割を占めているところから「俳文」としていい。

「虹」、「愛居」、「音楽は尚ほ続きをり」、「小説は尚ほ続きをり」の四編から成る連作、さらに、これらと同時に書かれた、虚子の俳論「極楽の文学」を考えあわせながら、川崎氏は、これらの一連の作品（虹物語に含まれていない虹句篇とも言うべき、いくつかの句もある）が、構造的にも内的にも、能であることを明らかにしている。

ヒロインの病める俳人愛子は憑霊者、シテであり、シテ愛子の魂を呼び出し、立ち上がらせ、生命の舞を舞わせるのは虚子であり、虚子はワキである。

虚子の《虹物語》も川崎氏の「虹」も要約したり、引用することは止めたい。強調したいのは、能が俳諧師虚子の哲学に変わり、虚子の人生になつていることである。このため、虚子は、新作能を作ることに、土岐善麿の場合とは違つて、それほど強い意欲を示さなかつた。

アリュジヨン、パロデイとしての能の俳句への影響は、すでに十七世紀中頃、貞門の末期、談林の初期に絶頂に達し、その後も続く。虚子の場合は、能の詩句が浮かび出る句は、極めてわずかであつて、もつと内的で、音楽的であり、俳諧化され、虚子化されている。虚子の句文を読む時、予想以上に、あちこちに、能の構造が出現し、そのなかから虚子の哲学、虚子の人生が出現してくるはずである。

川崎氏の「高浜虚子」の冒頭に次の句が引かれている。

道のべに阿波の遍路の墓あはれ

一九三五年（昭十四）四月、虚子、六十二歳の句。そして虚子に「幼時の思ひ出」（一九一二・大正元）、「阿波のへんろの墓」（一九三八・昭十三）の文がある。

「或春の夕暮の事であった。余は一人門前に遊んでゐると其処に一人の女の遍路が通りかかった。もう大概の遍路は宿に著いた時分であるのに列を後れた雁のやうに一人淋しく此処に通り掛った其遍路は余を顧み〳〵行き過ぎやうとしたが、やがて後戻りして余の顔を覗き込むやうにして遂に抱き上げて頰ずりした。其の目には涙があった。其処へいつも余が家へ出入りする一人の百姓の娘が通り掛って此容子を見て、「お坊さま早うお家へ帰りませう。」と遍路の挙動を怪しむやうな目つきをして言った。遍路は淋しく笑ひ乍ら余を下ろして、尚ほ暫く去り難いやうな容子をしてゐたが遂に後をふり返へり〳〵村の方へ行ってしまった。」（「幼時の思ひ出」）

この句文の背後にほのかに「隅田川」、「桜川」を感じないわけにはならない。武蔵、下総に対して阿波になる。「幼時の思ひ出」の遍路は、伊予である。「虹」の場合と同じく、統一的構造的にあつかうべきである。

さらに、〈贈答句において無類の作家〉（山本健吉）と称される虚子贈答句において、よく読んで行けば、能の構造と虚子の哲学は、次々に表れ出てくるはずである。

ひとびとの能との出会いはさまざまであろう。小生の場合は、最初に音楽としての能であつた。死者に生命を与える音楽。現実は幻であり、幻が実在である音楽。虚子の句の奥深いところに能の音楽を感じる。だから、《言葉の舞》という評語が切実に響く。

作家の藤枝静男氏が「虚子のレコオド」なる短い文章を書いている（「定本高浜虚子全集」月報12　毎日新聞社　一九七四）。一九三五年（昭十）のこととして、

「何か音楽の伴奏でもあるのかと思っていると、シャーという針の音とともにいきなり、腹から出て咽喉のあたりで丸みがついたような軟い大声が出て、のっぺらぼうに俳句の朗読がはじまった。ひとつ終わるとちょっと間をおき、また落ちつきはらってハッキリ

とした発音の句が読まれる。句に従って音にやや高低がある。昂揚した調べで一気に読み下すのと、低く沈んだ響きで消えるのとがあった。

白《ハク》牡丹といふといへども紅《コウ》ほのか

という句は高く息を張って強く圧しきり

金亀子擲つ闇の深さかな

というのは深く咳くように少しゆっくりと読み下されるのである。」（傍点筆者）

このレコオドを聴いていないが、しかし、わかる気がする。蕉門の付合において、能の詩句が本説となつている句が出された時、実際に謡曲のふしで謡つて披露したのではなかつたかと推測する芭蕉学者がいる。虚子の場合、謡曲の曲で朗読したことは聞かないし、ありえなかつたと思う。虚子の能の音楽は、表面の能の音楽ではなく、内的の、心の能の音楽である。

虚子には、比較的初期に多く、狂言風の音楽の句、歌舞伎風の音楽の句、小説的句もある。それぞれ一句ずつあげてみる。

先生が瓜盗人でおはせしか

行水の女にほれる烏かな

葡萄の種吐き出して事を決しけり

だが、虚子の全作品を通して、晩年の完成へ向かつて、奥深いところを貫流しているものは、虚子風の能の音楽である。

遠山に日の当りたる枯野かな

特に有名な句。一九〇〇年（明三十三）、虚子二十六歳。この句について、山本健吉は、「茫漠としてつかみどころのない句」、「この句のよさを説き明かすことは至難である。誰しも深く首肯せしめる句でありながら、部分的な措辞の妙所と言うべきものがないし、言ってみれば、パラフレーズを拒むような、不思議な句なのである。言葉づかいは何の奇もない平凡な句である。だが、人はこの平凡な風景句に、何か捨てがたいものを感ずる。」、「寒むざむとした冬枯れの景色の中で、日の当たった遠山だけが、なにか心の救い、心の支柱となる。」、「凡兆風の純客観的な詠みぶりでありながら、凡兆の句のきびしさはなく、むしろほの暖かい主観を内にひそめている句である。」

虚子自身、この句が人生観的に解されることは反対している。この句のよさは、それこそ、虚子風の能の音楽にこそあるのではなかろうか。そのまま、能の音楽の一部に嵌めこむことができるほどである。「遠山に日の当りたる」これは現代の能楽である。「枯野かな」が、やや俳諧的な味わいがあるのであろうか。山本健吉の「ほの暖かい主観を内にひそめている」もの、これこそ音楽にほかならないものである。この能の音楽をつぶやいた者は、現代のワキ、高浜虚子であつた。

川端康成は、かつては、虚子の句は白湯のようで、自分にはすこし淡すぎると述べたことがあつた。

たしかに、虚子にあつても、多くの駄句も含み、「ただごと詩」と目される句が、むしろ多いのである。しかし、「言葉づかいは何の奇もない平凡な句」が、表面はともかく、深いところに、現代の能の音楽を含んでおり、〈人生に対する深い趣味〉となつかしい人生の幻に出会うこと、虚子句集を読むたびに、想いの深まること、味わい深きことである。以上で「舞う虚子」はひとまず終える。次は「笑う虚子」について考えてみたい。しかし、「舞う虚子」は以下のあらゆる場面にかかわるだろう。

虚子ののびやかさ

最近、岩波文庫版虚子自選句集、朝日文庫版虚子集を併せよんだ。まれなる心よい時間であった。大詩人は、のびやかであることがなければならない。このことは、なによりの好みである。虚子句集を読みつつ、得がたいのびやかな世界にひたつた。

虚子世界ののびやかさとは何か。どこからどのようにして、こののびやかさが生み出されたのか。すべてのすぐれた芸術のゆかしさを、解きあかすことは、たやすいことでなく、また、どこまでも解きあかすことは、できないことであろう。

たまたま、「俳句研究」三月号が、「特集・高浜虚子論Ｉ」であり、次の言葉が目にとまる。

「一見ただごと、一見疎懶、一見無造作、手ばなし、ぬけぬけとしたところ、頼りなさ、急所のなさ、八方破れ、俗、鈍角的……」(岡井省二)

この評語を、虚子もし世にありせば、大筋において悠然と自認すると思われる。

虚子の反近代は、自らも強く意識したところで、虚子二十一歳（一八九五・明二十八）の頃から、子規に対してさえも、もちろん碧梧桐の自由律に対しても、その後においても一貫して反近代の立場をとり続けた。近代の息苦しさ狭苦しさを虚子が嫌ったからである。近代的自我、近代的合理主義の狭さと思い上がり、人間中心の都合のいい浅はかな物質観、自然の軽視と傲岸不遜……この近代の限界とは、自らも「守旧派」と称した虚子は、はじめから、へだたつていた。「伝統」を重んじると説き、「趣味」を重んじると説きつつしかも悠揚たる虚子は、近代を超え、狭い自我を超えることができた人である。

古典につながりつつ、広々かつ豊かであり、歳時記世界に限定すると説きながらも、新しい可能性を含んでいる。

虚子が一時期（四十五歳から五十三歳頃の大正時代後半）に説いた「客観写生」なるものにも、自らはとらわれるところなかつた。参考までに、この時期つまり四十五歳以後の句をあげてみれば、

絵巻物にあるげの桜咲いてをり

目さむれば貴船の芒生けてありぬ

泉石に魂入りし時雨かな

生姜湯に顔しかめたる風邪の神

造化又赤を好むや赤椿

昼寝して覚めて乾坤新たなり

「客観写生」なるものは、どうもすつきりとは分からないのであり、どうにも鵜呑みにできない。

虚子の世界は、「客観」を説き、「自然」を説くところのものではなくて、老荘の「大」であり、「造化」であり、「荘周の胡蝶」である。

先頃、飯島耕一「北原白秋ノート」（小沢書店）を読みおえたところで、そのなかで、折口信夫の次のことばを知つた——

「……ほとんど内容がないのです。聞いてゐると、或はうたつてゐると、何か整頓せられない内容が残つてきます。読んでしまふと其も解消してしまふ。其でゐて、心がすがすがしくなる。」（「俳句と近代詩」）

「芭蕉の句を読むと、あの人だけは、短歌に戻らうとした人なのです。俳句を上品にするためには、短歌に戻らなければならないと思つた人でした。芭蕉の句だけは読んでしまへば解消してしまふといふ風が、其いい作には出て来てゐるのです。芭蕉の句にも、淡雪の様に解消しない、石炭殻のやうな句はあります。悪い句なのです。」（同）

「世間一体の文章が、あまりがむしやらになり過ぎて居るのである。読んでしまつてから、しつとりとしたやすらひを覚えるといつた文章に出くはす事は、極めてまれまれになつたのに氣がつく。」（「まれ男のこと立て」）

「まれ男のこと立て」は、白秋の「芸術の円光」を論じたもので、折口信夫は白秋の文章の気品を、「うららかさの伝染を感じずに居られない。」とも述べる。

これらの評語は、すべてそのまま虚子（芭蕉における和歌は、かれにとっては能楽である）の世界に通じることなのであり、さきに引用した岡井省二の評語の肯定的な点に当たつている。

朝日文庫版虚子集の「まえがき」を澁澤龍彦が書いていて、こう結んでいる――

「あくせくした近代主義から目を転ずるとき、物の世界に悠々とあそぶ虚子のマニエリスティックな精神は、思いもかけぬ無限の可能性をもって見えてくるにちがいない。古いものは新しく、新しいものは古いのである。表現の世界では、そういうパラドックスがつねに起っているのだということを料簡する必要があろう。」

折口信夫また、最も古い、文学の発生にするどくせまつた人である。

折口信夫が「やすらひ」・「うららかさ」・「すがすがしさ」などとあらわすところの、現実を超え、自我を超えた陶酔（折口信夫の「解消」）こそが、最高の芸術にまずそなわつている、最大のよろこびである。

虚子にあっては次の句である。

大空に又わき出でし小鳥かな

月浴びて玉崩れをる噴井かな

なつかしきあやめの水の行方かな

大空に羽子の白妙とどまれり

この闇のあな柔かに螢かな

咲き満ちてこぼるる花もなかりけり

天地の間にほろと時雨かな

春惜しむ命惜しむに異らず

コスモスの花あそびをる虚空かな

思ひ川渡りしといふ花便り

（一九八五年四月）

へるんの古池

出雲を訪れる時、へるん先生の幻に出会い、すべての事物に、先生のまなざしを感じずにはいられないだろう。

梶谷泰之「へるん先生生活記」（今井書店）、池野誠「小泉八雲と松江」（島根出版）、吉田薫「宍道湖風景考」（ＳＩリサーチ）、小泉凡「八雲の足跡を訪ねて」（八雲会）ほか、この地方で出版された、文学と風土がとけあった好書が多くある。

岩波文庫版の「怪談」には、「虫の研究」が収録されている。へるんならではの愛らしい博物誌であり、その中に、わずか三ペエジほどであるが、発句について書いている。

へるんは、発句をアプリシエイトした最初の外国人であった（へるんが発句を初めて目にしたのは、一八九一年（明二十四）の四月五日、八重垣神社にある松平雪川「木枯や神の御幸の山の跡」の句碑であった。この日のことは後出）。

へるんは、発句(《十七シラブルの詩《ヴアス》》と書いている)は、西欧のエピグラムに似ているが、「もっと不思議かつ驚嘆すべきこと」が「千度もなされている」と述べ、たかが十七シラブルの詩と思って軽視するのは「せっかちな批評」であり、「こういう作品の可能性を立派に評価できるためには、辛抱強い研究がじっくりなされねばならない」と述べて、二十二句を英訳して引用している。

すべて蝶の句で、引くところ、月並調として排せられた句ばかりである。守武、芭蕉、乙洲、蓼太、蕪村、暁台、子規各一句、一茶が五句ある。ほか、春海、素園、丁濤、可都里、我楽の五俳人は、「俳諧大辞典」に名を見ない。三津人、杉長の二俳人は化政期の人らしい。文晁、護物、月化は、子規が「概ね陳腐にして見るに堪へず」と評した天保の俳人である。以上、今日ほとんど注目されていない俳人たちが多い。

へるんが好ましく書き写している句は、今日の空白の部分からである。

へるんが引いている芭蕉の句は、

起きよ〳〵我が友にせん寝る胡蝶

貞享四年(一六八七)頃、芭蕉四十三歳頃の句。蝶は荘周であり、真蹟に「独酌」の詞書きがある。

芭蕉のこのところに親しみを感じる。

芭蕉の貞門談林時代は、好句が決して少なくない。芭蕉自身、宗鑑、守武に始まる俳諧の伝統をきちんと評価していた。

鳥さしの竿の邪魔する胡蝶かな　一茶

籠の鳥蝶をうらやむ目つきかな　同

蝶とぶやこの世のうらみなきやうに　同

一茶の句を、三好達治は、「たいてい、滑稽の上に何やら少し、厭味なおまけがつけ加はる」と評しているが、これらの句はどうだろう、いや味なく笑うのである。

散る花に軽さあらそふ胡蝶かな　春海

てふてふや女の足の後や先　素園

蝶々や花盗人をつけて行き　丁濤

蝶はみな十七八の姿かな　三津人

波の花にとまりかねたる胡蝶哉　文晁

一日の妻と見えけり蝶ふたつ　蓼太

いわゆる月並調に対して目くじらを立てる気持ちは、今やあまりないではなかろうか。逆に、月並調ならざる句に月並を感じる。子規以来、あまりに長く笑いを圧殺して、視野を極度に狭ばめ、厳粛沈痛の句が続きすぎたからである。

異国びと、へるんの新鮮な目に映つた二十二句がかえつてめずらしく感じられる。子規以来の「運座」の句は、もはや一世紀近く続いていて、今は新しいところへ移つて行かなければならなくなつている。

ところで——

へるんの古池は実在する。北堀町小泉八雲旧居の小さい池である。現在は、街なかになつてしまつて、残念ながら蛙はいなくなつた。

芭蕉の古池の句を最初に英訳したのは、らふかでお　へるんである。

Old pond — frogs jumping in — sound of water

蛙が複数になつている。この問題はいろいろ論ぜられている。

かつて、「岩にしみ入る蟬の声」が、単数か複数か、また蟬の種類について論争され、写生主義者斎藤茂吉は、複数の子どもに、立石寺の蟬とりをさせて、パアセンテエジを示した。泉下の芭蕉は苦笑したであろう。

詩句の楽しみは色々であるのがいいと思う。魅力ある誤解であればこれまたいいと思う。詩は想像の世界であり、現実は素材であるからである。

「この水の音の消えたあとには、さらに閑寂な古池がのこる。」（加藤楸邨「芭蕉秀句」）。

「この水の音」に、西脇順三郎は、さらにさまざまのことを感じている——「この水の音の世界は栄達名利の世界と対立する。」、この「水の音は幽玄の世界と反対の世界である。」、名利と非名利、幽玄と非幽玄、「とうてい連結できないものが連結されているところに「おどけ」がある。またこれはイロニイであるから俳である。」（「芭蕉　シェイクスピア　エリオット」）。この句は「嵩高な諧謔」（「鹿門」）なのである。

へるん先生の「この水の音」は、どうだつたのであろうか。八雲旧居の小さい池にしやがんで考えてみた——

へるん先生は、この小さい蛙たちの平和な共和国を愛しておられた。蛇が蛙たちを食べないように、別にビイフを与えておられたと聴いている。蛙たちの浄土の池を連想されたはずである。へるん先生の「この水の音」は、愛らしい「水の音」であると感じる。

○

らふかでお　へるんが松江に着いたのは、一八九〇年（明二十三）八月三十日で、翌年の春、はじめて発句と出会つた日のことを、親友西田千太郎が記している——

明治二十四年四月五日（朝晴午後雨、日曜日）

……○ヘルン氏ト共ニ朝八時半発車（人力車である）、意宇諸神社ヲ巡覧。（略）山代ノ真名井神社ニ詣リ団原ニ休憩、携フ処ノ瓢ヲ傾ケ蕎麦ヲ喫シ、午後大庭ノ神魂《かもす》神社ニテ祠官某氏ニ就テ近傍ノ旧蹟等ヲ聞キシガ、借イ哉此時降雨ノ為メ一々之ヲ訪フヲ得ズ、八重垣神社ニ出デ矢野原越ヲ経テ帰ル。途中車覆リテ稍破損セル所アリシモ幸ニシテ身体ニハ軽微ノ負傷モナシ。（「西田千太郎日記」島根郷土資料刊行会）

この日のことは、「知られざる日本の面影」の「八重垣神社」の章になつている。

○

「虫の研究」のほか、「小さい詩」、「蛙」、「蟬」などで、俳句を論じ、かつ英訳している。

今日、ハイクは全世界の文学になりつつあるが、最初の人にして最良の理解者の位置にあるのが、らふかでお　へるんである。

○

八雲旧居の玄関に向かつて左側に、高浜虚子自筆の句碑がある。

くはれもす八雲旧居の秋の蚊に

庭石にまがうこぶりの自然石に刻んであるので、見落としやすい。

○

愚句

白萩や仙人落つる水の音

（一九九三年九月）

国際歳時記論

歌仙「風炎の巻」

二月二十九日、六甲エクラン、「たうろす」の会で、歌仙を巻いた。この日は連衆十一人、すべてはじめての経験であつた。極短時間の一座、言い棄ての興であつたが、付合の意外性、緊迫と笑いの時間があつた。

終えてから、多くのことが気になる。

ひと口に歌仙の世界とても、さまざまの流れと逆流のある渦なのだが、やがて明治なる、ひとしく伝統的形式の試練の時代を迎えてからは、われわれは、伝統を否定するか、伝統に再び近づくか、伝統を近づけるか、のむつかしい問題にどうしてもぶつかる。歌仙を今日われわれの形式として復興できるかどうか。

五七のリズムに対してはどうだろう。五七とても、いかにも五七のリズムにはまったものと、五七でありながら変化した音楽を持つ詩句も確かに存在して、われわれの歌仙は、五七調にぴったりした付合はほとんど無かった。「いろは歌」、「アイウエオ」のリズムに対する不従順。しかし、五七から完全に自由な歌仙を巻くとすれば、ことは手易い業ではないと思われる。どれほどのエネルギを要するものか。また、歌仙と「会話詩」は同じものと考えてよいかどうか。

わたしは、今、西脇詩の悠揚たる音楽、豊饒の世界、まことの自由を羨望しつつ想い浮かべている。

歳時記のこともある。これも明治以後、最近では、俳人以外には、あまり読まれないのではなかろうか。小生の場合、数年前に偶然手にとった。まず目に飛び込んだのは、かわずでなく食べ物の季語であった。そして、少年の日の戦乱の砂塵が頭をかすめた。動植物の名などに親しみ薄く、その名を知らずして魚貝など食べること今も多い。風土が豊かなのは、貧しいよりはよく、花も果実も種類が多い方がいいに決まっている。風土への愛もあながち咎めるべきではない。

外国のもので、歳時記に近いものは図鑑であろうか。両者の違いは、「古今集」、「枕草子」以来の、風土への愛好である。しかし、歳時記の領域ははるかに狭い。(もし、図鑑のすべてを芸術に高め得るとしたら、すばらしい野望）。

　また、歳時記的態度を異国の風土に拡大することも可能で、現に「英語歳時記」もある。同一の花などが、南半球では季節が逆になったりすることもおもしろい。外国で句を作ってみたい気持ちがある。

　しかし、歳時記世界には、生活があっても、人生はないではなかろうか。ヨオロッパ語では、「人生」と「生活」を区別する意識はないが、わが国では明瞭な区別がある。これも明治以後のことである。

　「人生」とは、恋人との出会いとか、生活が変化することで、「生活」とは黙々ひたすら刻苦することであり、両者の分裂は次第に拡大しつつある。花鳥諷詠派として、歳時記世界に限定され、自足しなければならぬ理由は全くないのだが、庭園を楽しんでいる停年退職者を、一面ひそかに羨望しつつ、生存の苦闘に耐えている場合が案外多いではなかろうか。

春の女神

もつとも大きな歳時記は「図説俳句大歳時記」であろうか。Ｂ５判、全五巻、二千五百ペエジを越す。二条良基「連理秘抄」をはじめとして、おびただしい歳時記の古典、明治以後のこれもおびただしい歳時記が引かれてあり、ほとんどの季語に絵や写真が付してある。

もつとも小さい歳時記は「季寄せ」であろうか。文庫本より小さく軽い。しかし内容はとても豊かであり、実際的で実に助かる。

歳時記をながめるのは楽しい。季節の風物を再認識させられ、風物に対する愛情にめざめる。それが季節の果物や食べ物であれば、はやくも食欲がわきおこるのもうれしい。一句ひねる快楽は言わずもがなである。

一方、さびしさを感ずる場合もある。春の季語に白魚、アマサギ（公魚《ワカサギ》の出雲方言）がある。これらのオイしく詩的な魚が、やがて故郷の風土から消えようとしている。松露も赤貝も消えた。これらを消去することが文明では決してないはずである。ついには人間を消去することになる。

今や暖房でビイルを飲み、温室でイチゴができ、季語の意味が失われて行く俗論がある。そうではなくて、「月々に月見る月は多けれど月見る月はこの月の月」で、月はやはり秋の季語になる。

季語の起原は、平安時代の歌の贈答にあつた。歌を贈る（また返す）時、季節はずれの歌を贈るのはおかしいからであつた。俳諧一座の場合も当季当座の発句からはじめた。しかも俳諧は詩の絵巻物であり、さながら旅であつて、天地人間の句が千変万化して続くから、四季折々の句が巧みに按配されなければならない。当然季語の意識がするどくなつた。しかし、連俳においては約半数は雑の句、つまり無季の句であつた。現代俳句においても半数ほど無季の句があつてもよい。事実、有季無季にこだわらない〈超季〉の俳人が長い目で見てふえてゆく傾向にある。

さらに言えば、〈俳〉なのであるから、笑いのある句を求めたい。俳諧から川柳（はじめは雑俳と言つた）が分化したのは、蕉風の確立に対極する動きであったとも考えられ、これは一面では不幸なことであつた。今日なおこの不幸がひきつづいていると感じられてならない。しかも蕉門の歌仙においても、ひと巻の中にはほとんどの場あい川柳に近い付合が含まれていた。現在、一冊の句集の中に点々と笑いの花火が仕掛けてある句集でなければ、満足できない。

〈季語〉の世界を拡大して〈事語〉の世界へ、と主張するのは金子兜太氏である。〈歳時記〉から〈図鑑〉へとも主張したい。「古今集」以来の風土への日本人の「愛」を、図鑑の世界に及ぼしても決して困りはしないし、無理でもないだろう。図鑑の中の物質には季語と同一のものも多数ある。もちろん歳時記と図鑑を混同するわけにはいかない。一方には季節があり、四季の風物に対する愛好の伝統がある。しかし歳時記世界に限定し、そこに自足するのはどうかと思う。〈天地存問の詩〉と説いたのは、他ならぬ虚子であったが、天地とは地球とこれをとりまく宇宙のことでなければならない。

日本の文学をグロオバルに眺める時、いちじるしい特質は能と俳諧である。このことは内外で次第に評価されつつある。シュルレアリストの詩人、オクタビオ　パスは、芭蕉を敬愛し、「奥の細道」の訳者でもあつて、山口昌男との対談で語つている。

パス―私にジヤツク　ルボオという若い友人がいます。フランスの詩人です。彼は日本の詩も訳しています。彼の職業は数学者です。大変博学な男です。彼は、今日のフランスで、最も興味深い詩人の一人です。昨年彼は変つたことをやりました。彼は徒歩旅行をやつたのです。それは芭蕉頌でもあつたのです。彼は俳句を作りながらミシシピ河畔を次々に周遊したのです。三カ月かかつたそうです。彼は放浪の詩人の伝統を再生させようとしたのです。

山口―どうして彼はそれを日本でやらなかつたのかな。公害がひどすぎるからですかね（笑）。昔の日本の詩人たちが旅をしたのは、単なる思いつきによるものではなかつたのです。彼らは歌枕と呼ばれる詩的に聖化された地を巡遊したのです。彼らはそうした歌枕の地に関係深い古えの歌人や土地の精霊と交信しようとしたのです。ルボオの場合は、インデイアンの土地の精霊かマアク　トウエインの霊と交信しようとしたのですかね。

（「海」一九七八年三月号）

この「歌枕」は、世界各地にあり得ることで、これから次第にこの意識が強くなってゆくものと思う。

佐藤和夫によれば、アメリカには「俳誌」が八誌ほどあり、カナダに二誌、オオストラリアに一誌ある。「FROGPOND」、「UGUISU」、「CICADA」などの誌名がつけられている（「菜の花は移植できるか」桜楓社）。

風土への愛は、なにも日本人だけのものではない。風土への愛を歳時記に高めたのは日本文化の長い伝統であつた。この歳時記的態度が、海を越え、外国に受継がれつつある。最近「ハワイ歳時記」を手にとつた時、心が熱くなつた。巻頭に、およそ大小八十枚のカラア写真があり、色彩あふれる風土産物は目をみはらせる。季語はもちろん和英二通りで、ハワイポエムカレンダアとも呼ぶ。

ブラジルの「木蔭雑詠選集」は、六百四十七人の日系俳人の作品集であり、そのままでブラジル歳時記でもある。

今年は、アメリカを旅行して英語の俳句を作ってみたい。友人がキミ英語はだいじょうぶなのかとからかう。なあに、一句ひねるごとに上達しますよ。実は、二度ほど英語の句を作ったことがある。その一句。

Flora passing
with barefeet
when I woke

春の女神はだしでとほるめざめかな

（一九七九年十二月）

百人一首と百人一句

歌留多とる皆美しく負けまじく　虚子

かるた切る心はずみてとびし札　淡路女

恋うばふごとく歌留多の札奪ふ　占魚

現代の若い女性は活動的で、スポオツとダンスを好むから、歌がるたは昔ほどには催されないではなかろうか。デイスコやダンスパアテイは決して嫌いではない。踊ることにひどく羞恥したり、変な抑圧のあるらしい友人を気の毒に思つている。デイスコに初めて行つた時（松江のデイスコは、湖のほとりの古い大きな倉の中に作られ、いかにも古都のデイスコらしく、他にはない立派なもので、いい感じであつた）、音楽を皮膚でも聴けることがわかつた。心身が音楽に浸され、〈わたしが踊る〉のではなく、〈わたし〉と〈踊り〉が一つになる。陶酔とはこのことであろう。神々の時代から未来へと不変の生命の姿。ダンスパアテイには、デイスコにはないエロチシズムと優雅がある。最高に優雅なるパアテイに行つてみたい気持ちがある。この場所において心ゆかしき女性が本当にすばらしい女性ではなかろうか。

歌がるたのはなやかさ、なまめかしさは、また、この上ないものであろう。

若き日に、初めて歌がるたに招かれ、くれない匂う女たちに魂が茫然となり、かるたが目に入らなかつたこと、一生の強烈な思い出である。娘たちの魅力がまぶしく照り映えるのは、歌の力である。

毎年、歌がるたをするたび、百首を撰んだ藤原定家が、批評家としてよほどの人であることを、感じさせられる。定家は、歌の音楽を最重視したが、百首すべて音楽であり、一見さりげない歌が、毎年読むたびにおもしろくなつてくる。クラシツクであつてモダンである。

教養めいたことをつけ加えれば、古代から十三世紀までの日本文学の歴史がこの百首のなかにある。

定家七十歳を越えた最晩年の、歌に対する愛と批評、老歌人の若やぎが感じられはしないか。さらには、老歌人は、しみじみユモアをもつて、これらの百首をながめている。

この詞華集を、この競技に仕立てた人はだれであつたか。江戸の初期であつたと考えられる。名の知れないこの人の才覚にも感謝したい。アンソロジをプレエしていると聞けば、外国人は驚くことであろう。

年末の書店に『百人一句』が出ていて、買つて帰り、さつそくかるた取りをやつてみた。こちらの方は、歴史が浅く、近年に出来たものと思う。山本健吉選、一九七五年十二月初版。

やはり、歌と俳句では、よほど感じが違う。

なによりも、俳句は音楽性にやや欠けるあたりまえのことがある。歌がるたと比べる時、このことはたしかにさびしい。しかし、俳句には滑稽がある。かるた取りをしてみて、俳句の滑稽の生命が実によくわかつた。

かるた会の集まりにおいては、ひとしお、笑いとなごやぎ、さらにはほのめくはなやぎがあらまほしい。

明治以後は、俳句に芸術的意識が強まり、ややもすると、必死血まなこに句を作る傾向もあつた。あまり思いつめた句ばかりに出会うと、貞門談林の句がなつかしくなる。芭蕉以前の俳諧が、どうやら軽蔑、無視されている常識を、もう一度考え直してみたい。芭蕉自身、一歩もとどまることなく前に進んだ人であつたが、貞門談林の句を、決して軽蔑してはいなかつた。

松永貞徳は決してつまらぬ俳人とは思われない。俳諧の最初の道を切りひらくために、出なければならなかつた才能であつた。

歌いづれ小町をどりや伊勢踊
どこの盆にかをりやる貫之

……………………………………（貞徳翁独吟百韻自註）

最初の俳諧の言葉を作り出すために、言葉を楽しみ、おもしろくていねいに扱うことのできた人であつた。

偏見の人々の句がこりかたまり、逆に貞門の句がのびやかに感じられてくることも、たしかにありえる。貞徳の句は、俳諧のテクニックの基本である。

実際にかるた取りをしてみて、気になることを二つほど書いてみたい。

選者も「雪、秋風、時雨などの季題が多すぎたかなとも思う」と記しておられるとおり、「うれはしく、晴れやかならぬ」句が多く、半面、やはり恋の句が少ない（歌がるたと比べても）と思う。また、いくら芸術的にすぐれた句ではあっても、正月にはこまる場合もある。もっとも、人の選句に口をはさむのは野暮なことである。

もう一つ、読み札、取り札ともに、五七五の十七字になっているけど、取り札の方は上五をかくして、中七座五のみにしてある方が、少年少女は札を取る意欲をそそられるのではないか。例えば、

（たけ狩や）鼻の先なる歌がるた　其角

○

藤原定家（一一六二―一二四一）が、小倉山の麓で、百人一首を撰んだのは、一二三五（文暦二）初夏から、一二三七（嘉禎三）春にかけて、定家七十二歳から七十四歳の時。定家自筆の色紙に、藤原信実が、似せ絵をあわせたことなどが論証されている（島津忠夫「新版百人一首」角川文庫）。

一二二一（承久三）五月、承久の乱。

一二三九（延応元）春、後鳥羽院隠岐に没。

（一九七九年十二月）

散歩と旅

散歩と旅はただ長さのちがいで、散歩も短い旅なのである。

むしろ人生そのものが旅なので、李白も芭蕉もこう考え、こう生きた。「宇宙はすべての物質にとつて旅館であり、光線も時間も旅人である」。

人間はなにを求めて旅をし、散歩をするのであろうか。

芭蕉の旅は歌枕を求めての旅であつた。実方、西行、宗祇の、いにしえの詩の魂に出会うための旅であつた。

芭蕉の旅は、昔の人との出会いだけではなかつた。行く先々で、現世の俳人との心の出会いをも芭蕉は求めていた。心ある俳人との出会いのよろこびが、かれらとの歌仙に巻きあげられた。

歌仙の巻頭は、この主客（発句と脇句）の出会いのよろこびに始まり、以下、挙句まで、想像世界での旅をさらに楽しむ仕組みなのである。

芭蕉の時代には、旅なるものの心と心の出会いのよろこびが、俳諧という具体的形式として実在していた。

門を出て故人にあひぬ秋のくれ　　蕪村

この時蕪村が出会つたのは芭蕉の幻なのである。

村尾草樹「鳥取県石ぶみ文学史」（今井書店）を読んでいる。因幡百三十、伯耆百十一の文学碑を、ひとつひとつ訪れ、碑を文学として、また文学の作者として、ていねいに愛情もつて評価してあり、そうすることによつて、鳥取県の文学史になつている。

この本を読むことで、知らなかつた身近の俳人を知らされたり、おもしろい作品を知らされておどろいたりする。

旅も散歩も、できれば文学碑のあるところへ行きたい。人間空しい時空のなかではたえられない。

ここにあの碑があると思うだけで、心はなつかしく、詩的時空に満たされる。

村尾さんにとつて、この苦労も多かつただろう仕事は、いにしえの詩の魂との出会いの旅であり、散歩であつただろう。

現代においても、人生を旅と考えることは、洋の東西かわりないだろう。

人生なる旅のなかでの出会いのよろこびを、芭蕉は風雅と呼んだ。現代の詩人は、この出会いのよろこびを愛と呼ぶであろう。

谷川俊太郎「愛について」のなかの一編に「地球へのピクニツク」がある。もちろん、このピクニツクは人生の意味である。そしてこれは結婚の詩である。

ここで一緒になわとびをしよう　ここで
ここで一緒におにぎりを食べよう
ここでおまえを愛そう
おまえの眼は空の青をうつし
おまえの背中はよもぎの緑に染まるだろう
ここで一緒に星座の名前を覚えよう

ここにいてすべての遠いものを夢見よう
ここで潮干狩をしよう
あけがたの空の海から
小さなひとでをとつて来よう
朝御飯にはそれを捨て
夜をひくにまかせよう

ここでただいまを云い続けよう
おまえがお帰りなさいをくり返す間
ここへ何度でも帰つて来よう
ここで熱いお茶を飲もう
ここで一緒に坐つてしばらくの間
涼しい風に吹かれよう

愛に絶対必要なものの一つは散歩である。恋びとたちは散歩のなかで、永い時空のなかでの出会いをかみしめる。

庭　ジャック　プレヴェル

何千万年かかっても
言いつくせない
この永遠の一瞬
オマエがボクを抱いた
ボクがオマエを抱いた
冬の朝の光のなか
モンスリ公園で
パリで
地上で
小さな星で

ジャック　プレヴェルは、〝よき戦後〟の時代、多くの映画を作り、詩を書き、シャンソンを書いてくれた。

だんだん世の中が険悪になり、喉もと過ぎれば熱さを忘れて物騒なことをたくらんでいる人もあつて、この頃、しきりにプレヴエルを想う。

（一九八二年十二月）

真の自由の詩人プレヴエルを偲ぶ

ジヤツク　プレヴエルが死去したことを新聞で知り、このなつかしい詩人を想つて胸いつぱいになつている。

ちようど敗戦と同時に青春をむかえた世代にとつて、プレヴエルの詩、シヤンソン、映画によつて与えられたものは、はかり知れない。青春はプレヴエルの詩と共にある。

若い人びとはプレヴエルを小生たち以上に愛しているかも知れない。

プレヴエルの詩集を最初に世に出したのは、ヨオロツパの戦火消えやらぬ当時のパリの高校生たちであつた。

劣等生

頭を横にふり　ノン
心のなか　ウイ
愛するものには　ウイ
先生には　ノン
劣等生立つている
質問ぜめにされ
質問はそれだけか
突然かれはバカ笑い
かれは消す　なにもかも
数字も　言葉も
年代も　人名も
文章も　罠も
先生おどかそうと
優等生バカにしようと
かれは画く
あらゆる色のチヨオクをとつて

不しあわせの黒板に
しあわせの顔

プレヴェルの詩集が日本で出版されたのは一九五六年（昭三十一）であつた。ハンガリア動乱、教育二法、教科書検定などの年である。けわしい暗い時代である。

映画「悪魔は夜来る」、「天上桟敷の子たち」、「ヴェロナの恋びと」と上映され、「枯葉」ほかのシヤンソンが唄われた。「劣等生」の詩が同じくコスマの作曲である。

今、あのころの自分を思い出せば、なにか未来の中に人生を探して、空しくバタバタしていた。この時のプレヴェルとの出会いは、人生にとつて最も貴重なものであつた。今、この念はさらに強い。生命のものであつた。幸福なるもの、愛なるものを、わたしははじめて手渡された。さらに、この時のプレヴェルを通して、詩の広大な時空へ案内された。田舎者が、いく人かの敬愛する詩人たちに出会うことができたのは、考えてみれば、プレヴェルが遠い国から手引きをしてくれていた。

今、二十代から三十代に共に生きてきたプレヴェルの詩、シヤンソン、映画が心に一斉にあふれて来る。そのころ、結核にかかつて、病院で辞書を引きながら詩集を読み、シヤンソンを覚えたいと念じていたところ、六カ月で治癒してしまつた。当時としては医者が首をひねるほどの速さで、きつとプレヴエルの詩のおかげである《MER SEA》。海の療養所であつた。

…………

愛よ　そこにじつとしていてくれ
そこのところに
前にいてくれたところに
そこにいてくれ
動かないでくれ
行つてしまわないでくれ
愛されているボクら
ボクら愛を忘れたが
ボクらを忘れないでくれ
ボクらにあるものは愛だけ
ボクら凍えるままにほつておかないでくれ
いつでも　どんな遠くでも

どこでも
生きるしるしを与えてくれ
いつか　はるかな日
記憶の森の　樹かげから
跳びだして
ボクらをつかまえてくれ
ボクらを救つてくれ

（「この愛」）

プレヴエルは、傑作、力作をものしようとは毛頭考えていない。この意味でも、真の自由の詩人である。

こうして、プレヴエルを想い出したことによつて、戦後三十二年間自分が悪く年を過ごして来たことを痛感させられているところである。あらためてプレヴエルに帰り、詩集を読み、レコオドを聴き、シヤンソンを唄い、映画を観たい。

未公開の映画の上映されることを願う。

（一九七七年四月）

デルヴオの夢

ポオル　デルヴオの芸術もしなかりせば、視る夢のいかばかりさびしくなることか。デルヴオに感謝しなければならない。同時にイヴ　タンギイに対して。

かくもデルヴオにタンギイに夢は染められている。不思議なことには、これほど魅かれているジヨアン　ミロの芸術は現在のところは夢に現れてはくれない。なぜであろう。

デルヴオの画面に向きあう時すでに夢みている。すでにうつつと夢がとけている。ここでは愛と死がとけている。生と死がとけている。ここでは前世と来世が矛盾なくひとつにとけて存在している。失われた時間と永劫が同時に存在する。見いだされた永遠。

デルヴオの画面に必ず現れるすべての女性は、デルヴオの愛するアンヌ　マリ　ド　マルトラルである。この単数であり同時に複数でもある不思議な女性なくしてデルヴオの画面はなりたたない。デルヴオにとつて世界はこの女性であるからである。

デルヴォの女性は存在していることにとまどつている。存在していることを不思議がつている存在。女性であることに困惑しているさらにうるわしい女性。夢ではなかろうかと不思議がつている女性。すべての男性は悲しい通行人であるにすぎない。

デルヴオの夢のなかで、母の母に遇うのである。妻の妻。娘の娘。自分を棄てた女。前世において恋した女。来世において恋する女。時間を超えて愛する女に遇う。

女性だけがただきのうの廃墟の上に謎として永遠に立つている。

イヴ　タンギイの画面には、女性が決して現れて来ない。植物さえ存在しない。なぜであろうか。

ふたりの大天才を比べて、ポオル　デルヴオはしあわせな芸術家である。

（一九八九年一月）

フェリニの映画を観るよろこび

渡邊正人に

「映画はサアカスにとてもよく似ている。もし映画なるものが存在しなかつたら、わたしは大サアカスの支配人になりたかつた。」とフエデリコ　フエリニは語る。

サアカスの光と匂い。永遠のホオムシツク。息づまる曲芸とマジツク。うらぶれて心やさしい道化。人間と動物たちの共同生活。ジンタ。涙と笑い（もしも天国があるものなら、この上なくみごとなサアカス小屋として考えられるかも知れない）。

フエリニの映画は、確かにサアカスに似ている、魅力において、あたたかさにおいて。さらに、〈パレエド〉、〈見世物〉、〈博物館〉、〈画廊〉などの魅力が挙げられる――

「こうした〈見世物〉を、フエリニとかれの登場人物たちは、つかみとり、楽しみ、充実して生きようと、貪る目付きで視まもる。かれらの態度には、縁日に行つた子どもたちの無我夢中のところがある。」（C　ポズオ　D　ボルゴ）

かれの映画は、小説より詩であり、論理的感性的に説得しようとするストリイに欠け、〈流れ星の人物〉が現れては消える、なつかしい、かなしい、重おもしい、ばかばかしい、また怖ろしい、謎の、心に焼き付く映像（宇宙そのものが、おそろしい、なつかしい映像ではなかろうか）。

かれの映画は、シネマ映像の詩である。映像と映像との出会いは、詩のグラマによっている。

フェリニの協力者たち、ライタア、カメラマン、俳優たちが、フェリニの映画のなかで働く楽しさを語っている――「フェリニは、いつも何かしら思い付く。かれは、まるで遊びながら撮影し、決して腹を立てたり、とりわけ糞真面目になったりしない。何かが巧く行かない時、かれは、びっくりするような我慢強さ、優しさ、巧みさで、その場をやりなおす。」（フランソワ　ペリエ）

フェリニは実際に、学校を嫌ってサアカスに逃げたことがあったが、かれの登場人物また、最初の作品「寄席の脚光」（一九五〇）から最近の「サチュリコン」（一九六九）まで、芸人、のらくら者、娼婦、芸術家など、社会から逃げた、また、はずれた人間が多い。一方で大多数の、社会に確かな地位を持つマトモな人たちとて、規律正しく合理的猛獣として、はげしく生きなければならないのである。フェリニは「わたしの映画は、まず愛のない世界、まったく利己的な人びと、他人を搾取利用する人びとを描こうとする。そしてこの野獣の世界にはつねに——とりわけジュリエッタを使った映画では——愛を与えようと欲し、かつ愛のために生きる小さな人物が必ず登場する。」

「道」のキ印は、あっけなく死んで、「小さな人物」のひとりである。しかしなんとやさしい人物であろう。かれは、ザンパアノが頑迷であり、思いやりのやさしさが欠け、粗暴であることを知りながらも、声をかけないではおれない。制止する座長は賢明な世間知なのである。

ザンパアノが結局、もっとも不幸である。フェリニは、ザンパアノの、愛を知ることができないほどの不幸を、凝視しつづける。ザンパアノがはじめて人生で悲しみを知ったのは、老いを知ってからであった。

フェリニ自身、自分の映画の登場人物の中で、ザンパアノが最も自分に似ていると語っている。誰しも、ザンパアノと五十歩百歩で、ひたすら他人を利用したり、それ以上に利用されたり、苦しめたり、苦しめられたり、果てはボロボロになって打ち棄てられる現実にある。

「わたしには、物語の人物が、観客に結論を示さない映画の方が、より道徳的であるように思われる。」とフェリニは述べる。かれは観客に、押しつけたり、決めつけたりしない。フエリニは、ひたすら理解しようと努め、そして〈小さい人物〉を出現させ、〈生きることの甘さ〉の暗号を垣間見させてくれる。

ところで――

わたしたちは、毎日毎夜、穢い、みじめな、厚かましい、欺瞞だらけのイメジにとり囲まれ、愚弄されて生活している。

この夏京都に、ルネ　マグリツトの展覧会を観に行つた。この時、マグリツトの絵によつて、積り積つた不愉快なイメジが、たちまち解毒されてゆくのを感じた。

フエリニの映画は、生きかえるためのものである。「わたしの作品は、われわれの中に持ち続けている死せるものを、埋めてしまう映画である。」

引用は、ジルベエル　サラシヤ『フエリニ』（近藤矩子訳　三一書房）による。

（一九七一年十一月）

狂歌百人一首

平ノ板前撰

一
音に聞く鼓の瀧を打みれば
かは辺に咲きしたんぽぽの花
西行法師

「たんぽぽ」は鼓のひびきでもある。

二
女院のおまへのひろくなることは
暁月坊の私地の入るゆゑ
暁月坊

「新撰狂歌集」の詞書に、「女院の御所御庭せばきとて、この人の地をとりて御庭のまへをひろげ給へば」。私地は指似（ペニス）に掛ける。暁月は藤原為守（一二六五〜一三二八）の法号。父は為家、母は阿仏尼。

三
住吉と人はいへども住みにくし
銭さへあればどこも住吉
一休和尚

四
昔より奇特有馬の湯と聞けど

腰折歌はなほらざりけり　三条西実隆

五

宗鑑はいづくと人の問ふならば
ちとようありてあの世へといへ　山崎宗鑑

用事と病気の癰（ヨウ　はれもの）を掛ける。

六

虎にのりかたはれ舟にのれるとも
人の口にはのるな世の中　荒木田守武

七

貧乏の神も出雲に行くならば
十月ばかり物は思はじ　雄　長老

八

業平の折句の歌をまねすれば
たちまち恥をかきつばたかな　松永貞徳

「伊勢物語」のパロディ。

九

羽衣やここに清見が関するゐて
をとめの姿しばしとどめん　斎藤徳元

十

年のうちの春に生まるるみどり児を
一つとやいはん二つとやいはん
石田未得

「古今集」巻頭の歌のパロディ。

十一

神田の社にて神酒徳利をふりて
当世は神もいつはる世なりけり
かんだといへどひや酒もなし
六位大酒官
地黄坊樽次

十二

千金に買へぬ今宵の一輪は
月の桂のみばえなるならん
鯛屋貞柳

十三

夜鳴くはめづらしからず昼の野へ
虫のねごとをききにこそゆけ
白鯉館卯雲

十四

ほととぎす富士と筑波の天秤に
両国橋をかけたかと鳴く
浜辺黒人

三重の掛詞。

十五　下戸は蕎麦上戸は酒のあらそひに
　　腹ははる信顔はてる虎　　内山賀邸

川中島の合戦のパロディ。十六世紀の中頃に六回戦つた。

十六　客はみな咲いた桜につながれて
　　ひかれくるわの春の駒下駄　　元　木網

咲いた桜とは花魁。

十七　ただひと目見しは初瀬の山おろし
　　それからぞっとひきし恋風　　智恵内子

「百人一首」のパロディ。智恵ノ内子は元ノ木網の妻。夫妻の狂歌師が多く、二十四菅江二十五嫁々、三十四元成三十五秋風女房が夫妻。

十八　話しだす人の尻馬口車
　　いづれ調子に乗り合ひの舟　　平秩東作

乗物尽くし。

十九　松の島台の足折れければ
　　あしといふ事はのこらずとりすてて
　　よきことばかりのこる若松　　風来山人

島台は、おめでたい時の蓬莱山の飾り台。風来山人は平賀源内（一七二九～一七七九）のペンネエム。

二十　捨子めを大屋ひろふて餅につき
　　臼から出してさとを尋ぬる　　大屋裏住

二十一　ちぎられぬものとは今ぞしるこ餅
　　一本箸のかた想ひにて　　朋誠堂喜三二

二十二　喜三二のなかだちにて妻をむかへければ
婚礼も作者の世話で出来ぬるは
　　これ草本のゐにしなるならん　　酒上不埒

二十三　盃を月よりさきにかたぶけて
　　また酔ひながらあくるひと樽　　山手白人

二十四　借金も今はつつむにつつまれず
　　やぶれかぶれのふんどしの暮　　朱楽菅江

（二十一）朋誠堂喜三二（一七三五〜一八一三）狂名は手柄岡持。秋田藩留守居役。俳諧、狂詩と多才な人で黄表紙作者として、大いにもてはやされていたが、寛政の改革で、老中松平定信から執筆禁止を申し渡された。

（二十二）喜三二の黄表紙の挿絵をかいていたから「ゐにし」。「世話」は黄表紙に掛けてある。「草本」も黄表紙のこと。酒上不埒は、浮世絵師・黄表紙作者としては恋川春町。小石川春日町の小島藩邸に住んでいた。藩の年寄本役で一七八九（寛政元）、謎の死をとげた。四十四歳。

（二十三）「百人一首」のパロディ。

二十五　よしやまた内は野となれ山桜
　　　　ちらずばねにもかへらざらなむ
　　　　　　　　　　　節松嫁々《かか》

二十六　わが庵は芝居のたつみしかぞすむ
　　　　世をうし島と人は言ふなり
　　　　　　　　　　　花道つらね

二十七　物思へば川の花火も我が身より
　　　　ぽんと出でたる玉やとぞ見る
　　　　　　　　　　　唐衣橘洲

二十八　十五夜にかたむく月の歌よめば
　　　　あかつきの鐘ごん中納言
　　　　　　　　　　　四方赤良

二十九　かりそめの住ひも夏をむねとして
　　　　みぞおちほどの池もあるかな
　　　　　　　　　　　馬場金埒

「寝」と「根」を掛ける。

（二十六）五代目市川団十郎（一七四一〜一八〇六）。役者に狂歌師が多い。「つらね」は、花道七三での長い名せりふのこと。代々の団十郎は、自作の「つらね」で観客をわかせた。

（二十七）玉屋と鍵屋は江戸の二大花火製造元。

権中納言は藤原定家をさす。

「つれづれ草」のパロデイ。

三十　我が耳の遠くなりしは年をへて
きかぬ薬を盛りしむくいか　加茂季鷹

三十一　もろこしの人が三人寄り合ひて
からからからと笑ひてぞをる　宿屋飯盛

三十二　襟の毛を三本抜いてやまざるは
気のぼりしたる鼻血なるべし　鹿都部真顔

三十三　ほととぎす自由自在にきく里は
酒屋へ三里豆腐屋へ五里　頭《つむり》ノ光

三十四　世をすてて身は墨染の西行も
おふじさんにはすこしのりきよ　加保茶元成

佐藤義清（のりきよ）は西行法師の俗名。

三十五　あら磯のなみなみならぬ言訳は

よそのみるめも気の毒ぞかし　秋風女房

三十六　撞けば散る撞かねばすまの山寺の
さくらにめでておそき入相　竹杖為軽《すがる》

三十七　大屋裏住のやどり近ければ
たはれたる和歌のうら住近ければ
あし間をみてはたづねこそすれ　腹唐秋人

三十八　ちらと見し君に想ひをこめ俵
大黒ならばふみやつけまし　紀　定丸

三十九　御簾《みす》ほどに半ば霞のかかる時
さくらや花の王と見ゆらん　尻焼猿人

四十　祢宜どもは寒さしのぎにかん酒の

尻焼猿人は酒井抱一（一七六一〜一八二八）。絵師、俳諧師。

匂ひかぐらの舌つづみ打つ　加陪仲塗

四十一　よい種をたんとまくはの瓜づるに
こがね花咲き実のなる子村　山道高彦

四十二　大和柿にそへて
詠みならふ歌のたねにとへたながら
心ばかりをかき送るなり　吉野葛子

四十三　咲きそめし花のいろはも恋風に
ちりけもとからぞつとする墨　峯　松風

四十四　はてしなき水掛論の川向ひ
渡りもつかで腹をたつ波　一升夢輔

四十五　をしなべて山々染むる紅葉ばの

朱にまじはれば赤松もあり　飛塵馬蹄　伝玄「太子少傅箴」のパロディ。

四十六　ただのりを短冊なりにやかれしは
むかしながらの山ざくら炭　久寿根兼満　「平家物語」のパロディ。

四十七　とつくりと語るあひだも夏の夜に
はやさんずいのとりぞなくなる　柳　直成　「さんずいのとり」は酒。

四十八　見渡せばかねもおあしもなかりけり
米櫃までもあきの夕暮　紀野暮輔　三夕の歌のパロディ。

四十九　ぬかるまいと思ひながらも踏みこめば
足の抜けぬが恋路なるらん　袋町入隅

五十　さむらひの鑑と人の言ふなれば
我も裏屋にかがみてぞ住む　長々浪人

五十一　暮行くと言へばどうやらよけれども
なんにもくれずに逃げて行く春　　鶯　摺江

五十二　今ははや浮名もたつの天上に
のぼりつめたるわが恋路かな　　藤　葉奈丸

五十三　栗に寄する恋
しぶしぶな応《いら》へながらに俯ぶくは
まだうたぐりのき娘ぞかし　　はし鷹身寄

五十四　いな妻のちらとみそめし君ゆゑに
心もうはの空になる神　　呉竹世艶

五十五　ひとり寝の蚊帳《かちょう》のうちへ小夜ふけて
桂男の入るは無遠慮　　きし女

五十六　あらためて孝をつくすも不孝なり
大事の父母が肝やつぶさん　二歩只取

五十七　言寄ればぴんとはねたる欠茶碗
つぎめのあはぬ身こそつらけれ　多田人成

五十八　盃の裏は蒔絵の鳥なれば
おさへる人もさす人もあり　人　世話成

五十九　借銭の山に住む身のしづけさは
二季よりほかに訪ふ人もなし　大根太木

「百人一首」のパロディ。

六十　げに酒は憂ひをはらふははきなれど
はいてはちりにまさるきたなさ　橘　枝《ひとえだ》

六十一　もも草の中なるはぎにみとれつつ
　いくせんにんも通を失なふ　　五畳多他見

六十二　吐きもせず食はれもやらぬあしたには
　朧豆腐にしくものぞなき　　古来稀世

「源氏物語」のパロデイ。七十が同じく。朧月夜の君はヒロインのひとり。

六十三　風寒くやぶれ障子をはりかへて
　霧吹きかくる秋の夕暮　　忍岡きよろり

「百人一首」のパロデイ。

六十四　富士を画く三組の大盃をつづけさまに
いただくや三合五合七合と
　だんだんのぼるふじの盃　　算木有政

六十五　さかりなるうはさをきくやぢぢ婆々も
　杖にすがもの花の見物　　味噌こしきぶ

六十六　猫に寄する恋

垣ほより姿をちらとみけ猫の
またたびたびに想ひみだるる　すは子

六十七　鉄砲に寄する恋

ふさがりし胸の火ぶたもきれやらで
涙の玉はうちにこもれり　紀　躬鹿

六十八　そろばんに寄する恋

十露盤のたまたま寄ればはじかれて
あはぬほどなほ想ひかけ算　猩々変生

狂名は、「古今集」の僧正遍昭のパロディ。この人の伝は未詳。

六十九　天の戸をしばしなあけそきぬぎぬの
このあかつきをとこやみにして　遊女はた巻

七十　いももなく団子も食はぬ春の夜の

朧月夜はしき物もなし　なまくらのお大尽

七十一　瀧の音に紛れてしかと聞こえねど
もしやあれでもあらふかの声　根岸法師

詞書に、「さがみの国の山中に鹿の声きかんと一夜とまりて」（徳和歌後万載集）

七十二　佐保姫のお入りとみえてむらさきの
霞の幕をはるの山々　辺越方人

七十三　ちょうちんに寄する恋
君にあふ手づるも切れて憂き年を
ふる提灯のはりあひもなし　網破損はりがね

七十四　呼ばずとも垣根をこして這出づる
隣や竹の子ぼんなうなる　銀杏満門《ちちのみのみつかど》

七十五　船出せしうれし涙の水まして

明日は願はん天の川どめ　古瀬勝雄

七十六　ひつたりといだきしめつつ泣く蟬は
日々に通へるきむすめのもと　百足こがね

七十七　居眠ぶりの船こぎいだすうみづらは
いく朝はやくおきつ白波　野見秋足

七十八　なりさうで我が妻ならぬいなづまは
光りかがやくよそのかみなり　大石小石躬陰

狂名は、「古今集」の凡河内躬恒のパロディ。「通称石屋新兵衛、東都四ツ谷新宿仲町に住す」（判取帳）

七十九　しら雲かなんぞと人のとふならば
こたへて笑へ花のくちびる　漁産

八十　奥家老ひらきなほつて花の供
幕より外に女中ちらさず　燕子

八十一　梅干しに寄する恋

梅干しのすいは身をふく習ひとて
　たえぬ思ひのたねばかりなり　　大原久知為

八十二　水ばなに風の吹きしく秋の野は
　ひげにも露の玉ぞちりける　　平郡実柿　　「百人一首」のパロデイ。

八十三　高田馬場に月見侍りて

月めづる夜の積りてや茶屋のかかも
　つひに高田のばばとなるらん　　高　保

八十四　びんぼうのぼうが次第に長くなり
　ふり舞はされぬ年の暮かな　　よみ人知らず

八十五　しばらくも別れとなれば片腕を

切らるるやうに思ふ渡辺　樋口関月

渡辺ノ綱は、頼光四天王の一人。「古今著聞集」、「平家物語」などに、武勇伝を記す。

八十六　舟のうちによしぬす人はあなるとも
楫よりほかにとる物はなし　田阿

八十七　虚空までひびく手向けやこも僧の
南無編笠の吹ける一曲　蛙面坊

八十八　秋はてて君にあふぎのつてもなし
骨折りぞんと人やいふらん　大井無作登

八十九　鉄砲に寄する恋
たまさかの音づれとても打たえて
うらみのたねが島とこそなれ　呉竹節躬

九十　午《うま》に寄する恋

夢にさへ君が心ははなれ馬
　うしと見し夜ぞ今は恋しき　　三方長のし　　「百人一首」のパロディ。

九十一　九十九夜通へど今にただ一度も
　もものあたりへ手だにやらせず　　宮　下家　　深草の少将の悲恋（通小町）。

九十二　やる文の返事にくれしさつま芋
　夜をふかしても忍び来よとや　　八百品数

九十三　年の坂のぼる車のわがよはひ
　油断をしてもあとへもどらず　　豊年雪丸

九十四　友だちもいまちと待つてくれあひの
　鐘のなるまでみよし野の花　　とほうも内子

九十五　いぎたなく目をすり鉢の音聞きて

おきわかれたる床のなき味噌　臍　穴王

九十六　蛤の珠とみがける月影に
みるめをそへて吸物にせん　図南女《となめ》

九十七　牡丹なら名にめでてとも見ゆるさめ
菊の籬《まがき》にししはいかにぞ　紫　由加里

九十八　狂言師納涼
山ひとつあなたの峰の木の間より
まかり出でたる月の涼しさ　物部うとき

九十九　山々の一度に笑ふ雪解けに
そこは靴々ここは下駄下駄　山東京伝

百　一しようを人に呑まれず人を呑む

口は耳まで酒の十徳　　十返舎一九

「十徳」は、たくさんの徳。また、江戸時代、儒者、医師、絵師たちの外出着。

撰者詠

西行の歌か何ぞと問ふならば
柳のまゆにつばつけて読め

狂歌アレルギ

狂歌アレルギのもつとも重症者は、老中主座将軍補佐松平定信に極まる。

老中就任直後の天明七（一七八七）六月の意見書に、「御触等出候ても人々用ひ申さず、反つて誹謗を生じ候様に罷りなり、惣じて下勢おのづから上を凌ぎ候様に相見え申し候」とまつ正直に心情を表明している（藤田覚「松平定信」中公新書）。

御公儀にとつてもつとも悪質な存在は狂歌であると定信が考えたのは正しかつた。御公儀を嘲笑う落首、川柳よりさらに危険な獅子身中の虫であると睨んだ。

この年（天明七）の暮、平秩東作が「急渡吒《きつとしかり》」の処分を受け、四方赤良は、狂歌会の交わりを絶つよう上司からせまられたと考えられる（赤良は御家人であつた）。

寛政元（一七八九）、酒上不埒が四十五歳で急死した。不埒は、駿河小島藩主松平豊後守一万石の江戸詰用人藩年寄であつたから、もつぱらの噂では自殺とのことであつた。

翌二年（一七九〇）五月、寛政異学の禁が発令される。狂歌と無関係でなく、狂歌師に儒者、医者、蘭学者などが多く、狂歌がいささかの教養を必要とすることロンをまたないからである。

この年、宿屋飯盛が江戸払いのうきめをみる。

翌寛政三（一七九一）三月、山東京伝に手鎖五十日、狂歌集などの板元蔦屋重三郎狂名蔦ノ唐丸は身代半減、戯作者、浮世絵師などの多くが連座した。

かくして寛政改革後の江戸文化は大きく変質した。

もつともいちじるしいことは、もはや文化とても御公儀の外に安全でありえないと知らされた。

狂歌アレルギは御公儀だけとはかぎらない。知識人とても罹らないとはかぎらない。例として、ピカソアレルギをあげてみたい。症状が似ていないでもない。

「例えばピカソの画を見てこれが美を表わしているというと、怒る人がいる。「美」という意識は人々によつて皆違うからである。だが、「芸術」を表わすというと、なるほどこれがピカソの芸術か、と言つて怒りがとれて軽蔑的に微笑んで安心して帰つて行く。」

（西脇順三郎「詩学」筑摩叢書）

岡崎の美術館で、ルネ　マグリット展（この画家は、ピカソよりさらに狂歌に似ている）の時、ひとりの紳士が不快の表情で、一枚の絵の前でついに怒りが爆発し、案内の娘をしかりとばした。この時の絵がどの絵であったか、マグリットの画集をひらけば、およそ見当がつく。

「芸術か自由か？」の問題で、芸術をとる人は、狂歌アレルギに罹りやすい。

（一九九三年九月）

＜おかしさ＞の詩人

安水稔和

渡部兼直さんは、とても詩人である。とても詩人というのも変な言い方で、なにがとてもで、どう詩人なのかを言わないといけないのだろうが、言いにくいというか、言いたくないというか、渡部さんのことを語ろうとすると、とても詩人だよと言いたくなるし、言ってしまう。

渡部さんの詩集『七つの俳諧』の栞に、多田智満子さんが渡部さんの詩はとてもよい匂いがすると書いている。高橋睦郎さんがお行儀のいい痴漢みたいだと言ったとか。大岡信さんは渡部さんの印象を風狂の人であると記している。金関寿夫さんは詩人詩人したところがないまるで菩薩のような人だと書いている。ゲイリー・スナイダーさんがまれに見る「エレガント」な人物だと言ったとか。

金関さんの「詩人詩人したところがない」と私の「とても詩人」とは、案外同じことを言っているのかもしれない。

＊

渡部さんの西脇順三郎への傾倒ぶりは本書冒頭の二篇に明らかである。西脇詩集『人類』を読んだときの衝撃が次のように記されている。「わたしは、ある秋のはじめの午前突如、自分が西脇詩の世界の入り口に立っていることを発見し、魂がふるえた」「見るみる光と空気が豊かになり、すべての存在が姿をかえた」。このとき渡部さんは四十歳。なんという率直。なんという自然。「わたしはこの時、ことばというものを、今までとはさらにちがったものに考えはじめていることを自覚した」「今までになくはげしくことばを求めた」。

渡部さんの虚子句集読後感。「まれなる心よい時間であった。大詩人は、のびやかであることがなければならない。このことは、わたしにとってなによりの好みである」（「虚子ののびやかさ」）。あるいは、飯島耕一『北原白秋ノート』のなかで見つけた折口信夫の言葉。「うららかさの伝染を感じずに居られない」（同前）。

歌がるたのはなやかさ、なまめかしさ。古い町なかの歌留多会に初めて招かれて行き、くれない匂う美人たちに茫然となった若い日の強烈な思い出を反芻して、「あれは歌の力である」（「百人一首と百人一句」）。

＊

湖のほとりの古い蔵を改造したディスコで痩身白髪の渡部さんがにこりともせず体を動かしている。明けがた一心に踊っている。「かなしみのよろこび」（「出雲のナイル川　六」）。出雲の町並みは古今の空に通じる。出雲の湖は東西の水につながる。晴れやかなことばの力。

＊

渡部さんは年に何回か神戸にあらわれる。「たうろす」の集まりに出席するために出雲から出てくる。六甲の喫茶店「エクラン」の二階に、風に誘われ雲に従う態でふわりとあらわれて、ふわりと座る。渡部さんは神戸へ出てくるといつも三宮のホテルに宿を取る。そこで私は夜の時間を渡部さんにつきあうことにしている。三宮近辺の酒処で酔うほどに、詩のかけらが飛びまわる。次の日、水を渡り流れをさかのぼって出雲へ帰っていく。

その出雲の国へ「たうろす」が押しかけた。渡部さんの案内でがんこ庵・月照寺・天倫寺・田部美術館をまわり、小泉八雲が松江に着いてはじめて泊まった松江大橋畔の大橋館に泊まり、翌日は大山山麓の渡部山荘を訪ねてお茶をいただいた。渡部さんは、神戸で会うときの客（まろうど）顔ではなく、客をもてなす主（あるじ）顔。春四月、往路伯備線県境生山の満開の桜に雪が舞い、帰路生山あたり雪ならぬ桜吹雪。あれも渡部さんの客あしらいだったたか。

＊

「出雲からのオマージュ」というスピーチで渡部さんは、「詩にとつては〈高貴さ〉が絶対的に要請される」「詩は〈高貴さ〉とともに、〈謎〉をその一つの元素としている」と述べている。多田智満子さんの詩に対して〈高貴さ〉を挙げ、私の詩に対して〈謎〉を挙げているのだが、では、渡部兼直に対してはなにを挙げればいいだろうか。

あけはなつたみづうみの夜の風
夏の月
ゆれる

俳諧《オカシサ》

（「出雲のナイル川　三」）

俳諧という語にオカシサとルビを付けている。物の本ひもとけば、「おかし」は動詞「招《ヲ》ク」の形容詞形で、心ひかれ招き寄せたい気がするの意かとある。かわっている、変だ、いぶかしい、あやしい、つい笑いたくなるというばかりではない。おもしろい、趣がある、風情がある、かわいらしい、美しい、魅力がある。さらには、すぐれている、みごとだ。つまり、「物事を観照し評価する気持で、〈あわれ〉が感傷性を含むのに対して、より客観的に賞美する感情」（『広辞苑第四版』）。

なるほど。詩は、ゆれる〈おかしさ〉。渡部兼直は、〈おかしさ〉の詩人か。

＊

渡部さんが「詩」と「俳」について記した文章が詩集『七つの俳諧』のあとがき「ノオト」にある。

「戦後しばらく、現代詩にとつて、和歌や俳諧は異質であり、否定さるべき陋習で、そこから汲みとるべき価値のない、むしろ現代詩にとつて有害な伝統と見なされる傾向があつた。この見方は一部分正確であるが、大切なものを見落してゐた。〈俳〉は〈詩〉のひとつであり、事実として、多くのすぐれた〈俳〉は詩の光をはなつてゐると思ふ」。

西脇順三郎や飯島耕一、プレヴェールやデルヴォーやフェリーニを語りつつ、芭蕉・蕪村・虚子を語り、俳諧・川柳を語り、「狂歌百人一首」を物する所以である。

渡部さんには句集『女神』がある。その巻首巻末各一句。

春の女神はだしでとほるめざめかな

空間や否定の白鳥すべりゆく

地球訪問

2008

ギヨム　アポリネエルのために
パブロ　ピカソ

地球訪問

パリの夏　モルレの海

'04　5　31　月

ドウゴオル着夕方。

ノリイ出迎、三人すぐタクシにてモンマルトルはオテル　ロマにおちつく。

再会六年ぶりなれば話とどまるところ知らず。ノリイとヨウコはこのままでは朝までしゃべりつづけるならん。恐るべし。

隣のレストランにて再会を祝し葡萄酒にてカンパイ夕食を楽しむ。

ジヨン-クロオドはモルレの自宅で大工をしてゐる。

ノリイ夜ふけ斜め前の義妹クリスチアンヌのうちに帰る。

6　1　火

窓の直下四つある石段の中間にメトロ　ラマルク　コランクウル。

このあたりモンマルトルの中腹なり。

ちひさき居ごこちよきオテル、二十世紀のはじめジヨルジユ　ブラツクが住み、キユビスムの作品を描いてゐた。

食堂で朝食、関原亜子さん（新宿でダンスを教えてゐる）に遇ふ。関原さん、パリではここが常宿、モンマルトルの話を聴く。

ノリイ正午に来てくれる。はじめてのパリを案内してくれる。

サントル　ポンピドオに行く。火曜日休館。

マリイ橋を渡り、サン　ルイ島、ピモダン館（現在はロオザン館）のあたり散歩。斎藤磯雄「ピモダン館」（小澤書店一九八四）に詳しい。

このあたりできりあげのんびりせんとするに、ヨウコ猛反対、恐るべしバタアン半島死の行進。

サンジエルマン　デ　プレに出ばる。

レ　ドウ　マゴにおちつく。隣はラ　ユヌ書店、さらにカフエ　ドウ　フロオル、隣にフラマリオン　サントル書店。

ピカソのつくつたアポリネエルに会ひたいのに、かんたんでない。あちこちで聴き、行つてみると、巨大なデイドロ像、さらにダントン像。

ふと、クリスチアン　デイオル店の前の生垣の公園（ひとびとゆつたりバンにやすんでゐる）をうかがうに、アポリネエルがゐた。

パリのカフエ、レストランさらにブラスリどんなに狭い道にでも二三の机椅子があつて、ひとびとゆつたり本を読んでゐ、男女が夢中でしやべつてゐる。早くこんな気分になりたし。

辻潤の幽霊あらはれ、着流しに尺八を吹いてゐても、すこしも変ではなく、ぴつたりする空気である。

6　2　水

はじめて寝台で朝食。

ノリイ正午に来てくれる。

まづサントル　ボンピドオに行く。ここでは階をニヴオ（水準〈器〉）と称する。

ミロの展覧会を視、ミユゼブチツクでみやげを買ふ。

近くの寿司やで昼食。

ミユゼ　ピカソに行く。

今日は特別展で、アングルとアンリ　ルソオが加はつてゐる。

普段はピカソの作品が年代を追つて展示してある。

6　3　木

午前、荷物発送。

近所を散歩。

コランクウル通りは、モンマルトル中腹を横断し、東はキユジヌ通り、西はクリシ大通りに接する。ジヨン-クロオド、クリスチアンヌは、このあたりで生まれ育つた。アカシアの大樹の並樹亭々五六階の建物をうはまはるあり。したがつてパリは鳥が多い。

オテルの近くの壁に愉快なる造形あり——

壁抜け男
マルセル　エメの作品による
彫刻はジヤン　マレエ

一九八九年二月二十五日
これを建つ

オテルの近くにリブレリ二つあり、ひとつはリユウ　ポトオのユムル　ヴアガボンド、オテルの斜め前に、ル　フイガロ、共にちひさいけどとてもいい本屋。友人客がほとんどである。

オペラ座へ行く。オペラを聴くにあらず、両替のため。カフエ　デユ　コンメルスで昼食ゆつたり。

6　4　金

ヨウコ要望のジヴエルニへ行く。

サン　ラザル駅からルアン-ル　アヴル行、ヴエルノン下車、さらにビユスで、モネの庭に至る。

モネ（一八四〇―一九二六）四十歳代にこの家と土地を購入、セエヌから水を引き、睡蓮の池を造る。嬉々として土木工事にいそしんだことがわかる。絵をえがくことと全く区別してゐなかつた。

モネは、ナンフエア（睡蓮）にナンフ（妖精）を感じてゐる。

この光線の時代に、モネは、リユミエル兄弟（オギユスト一八六二―一九五四、ルイ一八六四―一九四八）のことをどう思つてゐたのであらうか。

6 5 土

昼前、モンパルナス駅からＴＧＶ（シンカンセン）に乗りブルタアニユはモルレをめざす。

待合室しづか――壁の一面の上部に丸い小穴が多数うがつてあり雀（モアノ）の巣である。靴の上に雀あつまりパンを要求する。

モアノは雀より幸せなり。

日高きうちにモルレ着。

モルレ駅はひとつの美術すつきり。

ジヨン-クロオドのうちは歩いて数分、古い坂道リユウ　ロング、旅装を解く。

このうちは、一六〇〇年（関ケ原合戦）頃の建築。ジヨン-クロオドとノリイは、古いものを最大限生かすのが大方針。

うちをくまなく視、ヨウコ間どり図を作製、ジヨン‐クロオド監修。

ジヨン‐クロオドのためにもたらした岩波文庫「フランス名詩選」、かれ開いてみて、「やあ、トリスタン　コルビエルがあるよ、ボクのかよつてゐた高校は、リセ　トリスタン　コルビエル。トリスタンはモルレで生まれたからね。リユウ　コルビエルがあるよ。こちらは、かれの父にちなむ。」

6　6日

モルレ湾の西の岬の町カランテクに行く。海洋研究所あり、日本の学者もおとづれる。風光絶佳、海青く丘緑。どこまでもつづく遠浅の海、波しづかに砂をなめる。わらびを摘む（日本のわらびにことならず）。

エクストレエム　エストからフイニス　テエルにたどり着きぬ。フイニス　テエルは海の都（イスの国）につながつてゐる。イスの都を地上に築いたのがパリである。

6　7月

昼前、モルレの街散歩。

十年ほど前に、プレヴェルの詩をいくつか訳した。このうちの一篇「天にマシマス」——

天にマシマスわれらの父よ
天にとどまりタマエ
ぼくらは地上にとどまります
地上は時にはすてきです
ニユヨオクの不思議
パリの不思議
三位一体に勝るとも劣りません
ウルクの小さい運河
万里の長城
モルレの小川
…………

プレヴェル一九〇〇年パリの郊外に生まれ、パリを愛し、いい映画をいくつも作った。

また、ブルタアニユ、ノルマンデイを愛した。

ジヨン-クロオドまたパリに生まれ育ち、モルレを愛してゐる。

「モルレの小川」は大誤訳ではないにしても、説明を要する。原詩は「リヴイエル」でフルヴ（大河）ではない。

リヴイエル　ドウ　モルレは、上流は清冽健康な小川で、昔の共同洗濯場がていねいに保存してある。しかしこの川は、とても個性的であつて、市の中心部に入ると暗渠になる（ジヨン-クロオドはこれをよくないと考えてゐる）。暗渠を出ると海にそそぐが、この海が太古のフイヨルドであつて、延々5キロ以上自然の良港《アヴル》をなし、色あざやかな船、ヨツトがずらり停泊してゐるが、この海峡をもリヴイエル　ドウ　モルレと称するのである。

午後、ジヨン-クロオドとモルレの書店めぐり。モルレの人口は約一万五千人、近郊に約五千人。リブレリ（新刊書店）三つ、ブキニスト（古書店）三つ、それぞれに特色あり。

6　8　火

ブレストに行く。モルレから三、四十分。

ここは第二次大戦中ドイツ軍前線基地でＶⅡ号ロケツト、Ｕボオトでロンドンを攻撃、イギリス空軍のはげしい爆撃で廃墟になり多くの人びとがなくなつた。

建物はほとんどが新しく、フランスらしからず。
ノリイは大阪生まれで、ここに来ると大阪を想ひ出す。

…………
ひとりの男がポオチで雨やどりしていた
男がオマエの名を呼んだ
バルバラ！
オマエはかれをめがけ走つて行つた
…………
かれの腕に身を投げた
…………
あの鋼と火と血の雨の下
そして　オマエをいとしく抱いた
あの男は
死んでるのか　行方不明か　生きているのか
…………

バルバラとあの男が透明な姿で浮ぶ。

この詩をもとに一曲の能を作れないであらうか。

6　9　水

けふはレイモンが週一回来て、ジヨン-クロオドと大工仕事をする日。

ノリイとヨウコ買ひ物。小生読書。

6　10　木

ジヤツク　プレヴエルが晩年暮らしたオモンヴイル-ラ-プチトはブルタニユにあるものと思ひこんでゐたが、ノルマンデイにある。

近所のジエラルがしらべてくれた——

プレヴエルがオモンヴイル-ラ-プチトを発見し愛したのは五十歳に近い頃、七十歳の時に、この地のメゾンを購入、一九七七年ここに没し、この地に妻と娘とともに眠つてゐる。旧居は詩と芸術の館として公開され、例年いくつかの行事あり。

オモンヴイル-ラ-プチトは、ノルマンデイのプチ　ヴイラジユ　チピツクとされてゐて、シエルブウルから約二十キロのところにある。

6 11 金

うちそろつてジョン-クロオドの山小屋に行く。さほど遠からぬプルイエ村。夏の花さまざまにまさに百花園なり。やがてピエル爺さん来たる。二次大戦レジスタンスの資料を受けとりに来たり。ピエル爺さん八十二歳かくしやくたり。十八歳から二十歳までここブルタアニユのレジスタンスに参加せり。

小生七十二歳、ジョン-クロオド六十二歳なれば、ちやうど三世代になる。

プルイエや連理の樫に風薫る　愚句

6 12 土

ノリイとヨウコ土曜市場へでかける。

ジョン-クロオド、「エマユス（日本語ではエマオ）」に案内してくれる。ここはカトリツクの大きなリサイクル市場。フリプ（寄付されたあらゆる古物）が所狭くおかれ、目くるめく。日本ではまだ役に立つものを捨てすぎる。人口約二万人のこの地域に、もうひとつ大きなリサイクル市場がある（後出）。

エマユスは古書を掘り出すのにうれしい場所なり。

ボオドレエルの「イストワル　エクストラオルデイネエル」を得たり。フエリニの映画では、タイトルは同じでも、ボオドレエル訳以外の作品が多いことがわかる。ジヨゼフケツセル「テジヨ河の恋びと」を得たり。テジヨ河はリスボンを流れて港がある。わが国では、堀口大学が「恋路」のタイトルで翻訳してゐる。この原作による「過去を持つ愛情」の邦題の映画があつた。ヒロインはフランスワズ　アルヌル。忘れえぬ映画なり。

今夜はフエト（英語のパアテイ）。

ノリイ、ヨウコ、スシを作る。

ブリジドとジエラル、クリスチヌとアンドレ、セシルとベルナル来たる。

この宵、話題のひとつが「ことば遊び」。ク－セ－ジユ文庫を参照して、わかりやすく表示すれば――

掛けことば　équivoque
縁語　mots associées

語呂合わせ	homonymie
地口	calembour
折句	acrostiche
回文	palindrome
アナグラム	anagramme
天狗俳諧	cadavre exquis

6 13 日

けふはＥＵ議員の投票日。しづかなもの。

日本の連呼はあまりにもすさまじく、主権者の迷惑をまるでかへりみない。「国民」とは国の所有物である。早く「住民」に格下げしたし。

クリスチヌとアンドレのうちにまねかれる。モルレ川の川口近くの高い丘の上にある。住居はまさに美術館。広い林、広い芝生、雛菊点々。

6　14　月

みやげと本の荷物を郵便局に持つて行く。

庭で葡萄酒を飲んでぼんやり暮らす。

6　15　火

シフオニエ-ドウ-ラ-ジヨワ（リサイクルの大きな市場）に行く。ヨウコたくさん買ふ。

すこし辞書を引く。「かたつむりそろそろのぼれ富士の山」の心境に到りぬ。

6　16　水

けふは大移動日。

ジヨン-クロオドの家族（愛犬レナがゐる。まめまめしきめす犬）は南フランスの母のうちをたづねる。わたしどもはオテル　ロマに帰る。

サン-マロで休憩。巨大なもと要塞の港である。ここから軍艦、輸送船が白き処女地カナダを目指したのであつた。

近くの島にシヤトオブリアンの墓あり。

プラス　シヤトオブリアンにてカフエ飲む。

モンマルトルに着くや、クリスチアンヌとザツク（アンドレ）のうちでフエト。
ひとりむすこのヤンとフイアンセのアレクサンドラに会ふ。

6　17　木

オテル　ロマから真直ぐに石段を登ると、モンマルトルのかつての中心地である。シユザンヌ　ヴアラドンのメゾン　ロオズ（とてもちひさい）があり、現在なほ酒場をひらいてゐる。記念碑があり、ドガ、ルノアル、ロオトレツク、ユトリロ、芸人たち、友人たちが集まつてゐた。

道をはさんで葡萄園があり、かつては自前で葡萄酒を造つてゐたが、とても足りなかつたであらう。

むかひがもとのラパン　アジル。創立者は詩人にして画家アンドレ　ジル（一八四〇―一八八五）。「ジルのラパン」が「ラパン　アジル（身軽なうさぎ）」に変身した。酒と音楽はもとより、詩の朗読が多かつた。記念碑あり。

近くにミユゼ　ドウ　モンマルトルあり。住居と美術館の差のない場合多し。

シユザンヌ　ヴアラドンの自画像と肖像写真。メゾン　ロオズの酒の調理台あり、だれが造つたのか？　手造りのみごとなものである。

ロオトレツクの扇面二面おどろくべき。

6 18 金

モンマルトルの盛り場の路地をはいると、突然静かな場所に出て、「モンマルトル空間——ミユゼ　ダリ」。ここでも住居が美術館になつてゐる。

ダダイストたちシユルレアリストたちそろいもそろつて人を驚かせおもしろがらせることを好むが、ダリまたしかり。

フランスに来て美術館とはおもしろいわくわくするところであることを知りぬ。

ブチツク　ダリでみやげを買ふ。

6 19 土

けふは帰国の日。

タクシの運転手はセネガルの学生、学費をかせいでは母国の大学に帰る。パリは外国人が多く、今やニユヨオクをこえてゐる。

「わたしはレオポルド　サンゴルの日本語版詩集を持つてゐます。」

「かれはとてもりつぱな大統領でした。」

パリの女性のファションヨン（フランスではモオド）について——きはめてジミである。よく視つめれば色つぽい。キユウト（フランスではフイヌ）なひとが多い（ニユヨオクではどこのレストランにもかならず巨大な女性がゐる）。

プロヴァンス訪問

'06　10　27　金

深夜マルセイユ空港着、ボオとトシオ迎えてくれる。

10　28　土

マヤに会ふ。まぶしきヤングレデイ。わたしたちの知るのは、こどものマヤであるから。マリ-ジヨオとカアクに会ふ（ボオとトシオのなかよし）。

ヴエゾン　ラ　ロメヌへむけて出発。アヴイニヨンから北へオランジユ、さらに東へ約30キロ、ヘンドンハウスに着く。

ヘンドンハウスは、豪壮な農家（日本の大金持の家よりどつしりして、十八世紀のもので、プロヴアンス語で「マ」と呼ばれるメゾン）である。

およそ二千五百坪の屋敷。真ん前に、ＢＣ一世紀のロオマの扇形劇場がある。

メゾンの内外をめぐるに、ゆかしく興味深し。四方の庭、大樹亭々たり。

10 29 日

けふより冬時間。

陽光澄んでやはらかい。

空の色深くやはらかい。

水清し。

ヴエゾン　ラ　ロメヌは、ロオマ時代のこの地方の政治の中心であつて、ロオマの遺産が豊富、現在、人口約五千六百人の小さい町であるが、ゆつたりしたよき街並なり（略図参照）。

「ヴエゾン」は「プロヴアンス語辞典」を引くもなし。

ヴエゾン　ラ　ロメヌの古い地名は、ヴアシオ　ヴオコンチオリム、ヴオコンチ族のヴアシオである。

「ヴエゾン」も「ヴアシオ」も、かなりの辞書にもでてこない。どこかで大きな辞書を引かねばわからない。

けふの日程は、モン　ヴアントウ（一九〇九m）登山。登山ではあるが、頂上まで車で行けるのである。途中ツル　ドウ　フランスのかつこうの練習場所。多くの選手の半分以上が中年か老年である。

頂上にたどり着いたはいいが、かなりの風たえまなし。痩せこけたる小生は吹き飛ばされさう。ひたすら物かげに身をひそめ、皆さんの帰らんとするを待つのみ。

「ヴアン」は風、「ウ」は性格をあらはすのであつた。

10　30　月

けふの日程は、カヴ（ワイナリ）めぐり。

プロヴアンスは葡萄酒の一大生産地。

十一月の中十日は、毎年十一月広場でうまいもの祭がある。

10　31　火

けふは、マルセイユ空港に、マリ－ジヨオとカアクの愛息ジヨンを迎える。これにて総勢日本人三人、アメリカ人五人になる。

11　1　水

けふは自由行動。街をひとりで散歩する。

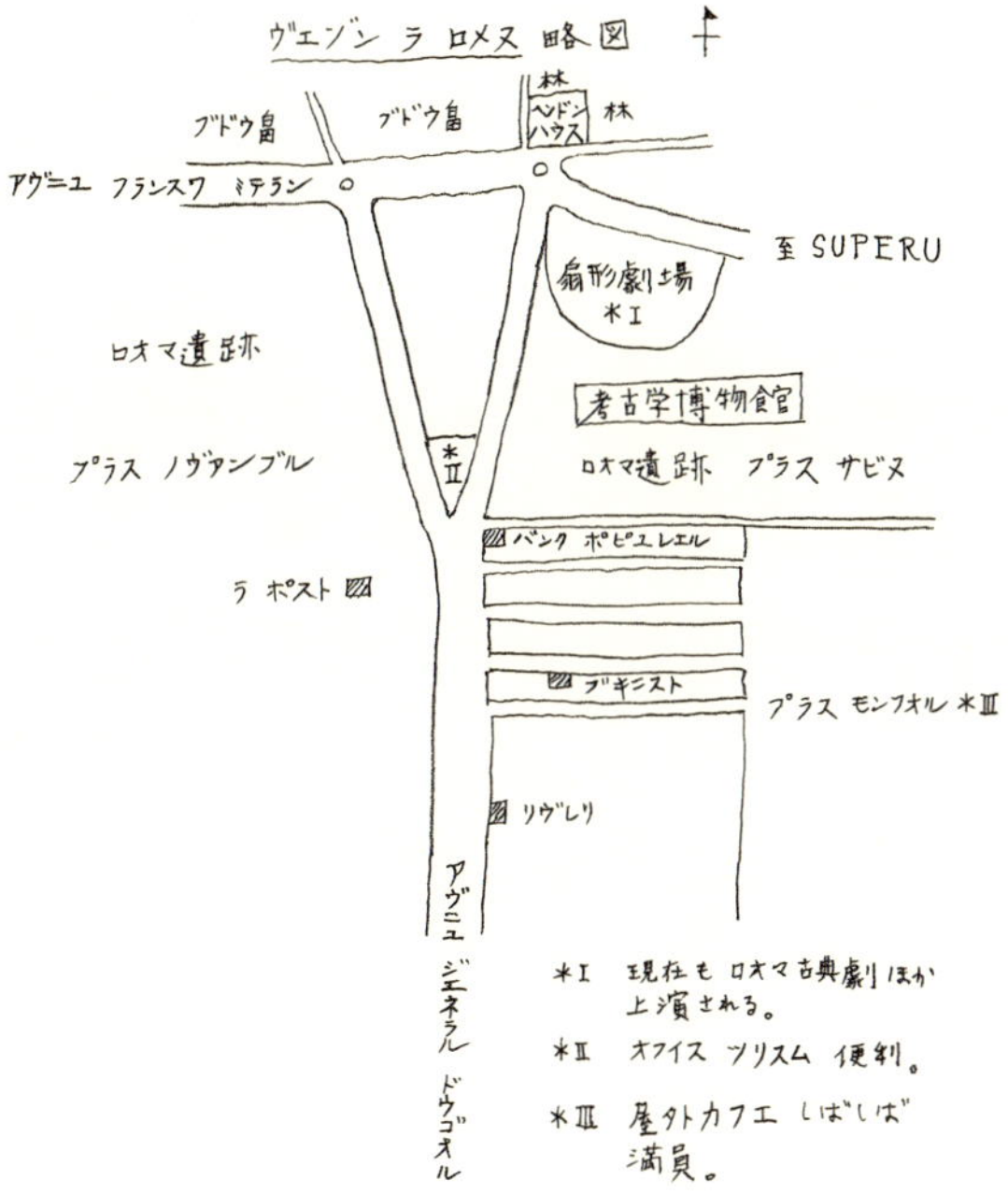

小生の行くべきところ書店と酒楼ないしは喫茶店のほかにない。

モンフォル広場におびただしい席はツリストたちで満席に近く、店内はかへつて誰もゐない。

空席に坐り、ゆつくり本を読む（これこそ夢であつた）。

11　2　木

セトを目指し出発。

ミストラルが吹きはじめたもやう。ミストラルはロオヌ河沿ひに吹きぬける北風。いつ止むのか誰にもわからない。ミストラルとは、プロヴアンス語の「もつたいぶる」、「いばりくさる」の意。

途中にカマルグ地帯を通りぬけ、今夜はサント-マリ-ドウ-ラ-メエル（海の三聖母）で一泊する。

カマルグは、地中海にそそぐロオヌとプチ　ロオヌにはさまれた広大な塩性湿地帯で、ヴアカレ池などは、あまりにも広くて、地中海そのものかと思はれた。

ヨオロツパ最大の生物自然保護地帯《レゼルヴェ》であり、動植物が平和で豊かである。

野生の白馬がいたるところにのんびりたたづんでゐる。おどろくべきやさしい目をしてゐる。昭和天皇乗馬白雪はここから来た。
また、二次大戦中から米作がおこなはれてゐる。
オテル　レ　リジエルにたどり着く。
「リ」は米、「エル」は「場所」だから、「ホテル水田」である。
サント-マリ-ドウ-ラ-メエルに夕食にでかける。
「海の三聖母」とは――
マリア　ヤコベ（聖母の妹）
マリア　サロメ（ヨハネの母）
マクダラのマリア
三聖母ここにたどり着いたとされる信仰の町である。

11　3　金

つひにセトにたどりつく。やつと、はじめて地中海に出会つた。

トシオに強くさそはれ、プロヴァンスへ行くことを決めてから、はじめて「ヴアレリ詩集」を開き、毎日辞書を引いてくらした。

小生の語学（？）は、「牛歩」よりのろく、永遠のかたつむりである。

かたつむりそろそろ登れ富士の山　一茶
かたつむりそろそろ登れ丘の上　愚句

11　4　土

ぐつすり眠り早起き。

ミストラル止む——朝霜おりなくなり、——もとどおりのプロヴアンスのあかるくやはらかい気候。

みなさんオランジユへ行き、小生は居残り。

オランジユ北東約15キロに、セリニヤン　ドウ　コムタなる小さな町があり、ジヤン-アンリ　ファブルの住居と研究室が記念館になつてゐる。

現在修復中休館。

旅は思ひどおりにはならぬものなり。

11　5　日

けふは、リル-シユル-ラ-ソルグへ行く。

プロヴアンス最大の市が立つ日。

あまりにも大きな市にて、めんくらひ、街の方へ行つてみる。小さい書店にはいる。郷土の詩人ペトラルカとルネ　シヤルのコオナアあり。ペトラルカ「モン　ヴアントウ登山」なる小さな本を買ふ。

書店を出てすこし行くと、壁の小さい金属板に、左百メエトル　メゾン　ルネ　シヤルとある。

大きな屋敷である。門を入ると広場で、あちこちに現代彫刻がすゑてある。左側に案内所、若い男女数人たのしげに話しこんでゐる。

けふは日曜で休館、壁面にルネ　シヤルの著作が展示してあり、ここだけを視せてもらふ。

ルネ　シヤル（一九〇七―一九八八）シユルレアリスト詩人、二次大戦中、アレクサンドルの偽名で、マキ（南フランスのレジスタンス）のキヤプテンとして戦つた。この時の詩集のひとつに、「眠りの女神《イプノス》の手帖」、「イプノス」はレジスタンスにおける暗号名である。この詩集はアルベル　カミユにささげられてゐる。

11　6　日

有明の大きな満月。日本とちがつてまぶしい。野の丘もあかるい。

みなさんはアルルへ。小生居残り。

居間の書架に、先客たちの残した本が多数ある。

二十世紀詩集上下巻（下巻はすべて知らない詩人）があり、上巻をひらき、ルネ　シヤルの詩をみてみる。もつとも短く、ちかづきやすさうなものを、辞書を引きながら訳してみる――

鳥

鳥歌ふ　糸の上
生命は単純　地には花
われらの地獄は楽しい

風来たりて呼吸する
すべての星は自覚してゐる

おお　愚か者　深い宿命のうへ

いたづらに走り廻るのみ

（詩集「怒りと秘密」）

リル-シュル-ラ-ソルグの東約六キロに、ヴオクリユズの泉がある。よほど大きな泉でソルグ川のみなもとである。

泉のほとりにミユゼ　ペトラルクがある。ただし、十一月一日から三月三十一日までは休館である（知らなかつた）。

「一三二七年四月六日、フランチエスコは、アヴイニヨンのサント　クレエル寺院にて、永遠の恋びとラウラに目が固定《スポト》してしまつた。

ラウラは実存ではなく幻影であると考へる人がゐるが、事実に近いと思はれるのは、ラウラ　ノヴは、ユグ　ドウ　サドの妻であり、十一人の子の母であつた。

ラウラの晩年でわづかに知りえるのは、一三四八年四月六日に死去したこと。」（「時間を超える南フランス」ペンギン'02）

ペトラルカは恋の苦しみのはげしい時には、ヴオクリユズの泉をみつめてゐたと伝へられてゐる。

ミユゼ　ペトラルクの近くの村はづれに、アルベル　カミユの墓がある。

午後、モンフオル広場の陽のあたる席でコヒイと読書を楽しむ。

帰途、古書店を発見、店名はなく、ただ古書店（ブキニスト）とあるのみ。

欲しくてたまらなく、とても手にとることはあるまいとあきらめてゐたバンジヤマンペレ詩集（ピエル　セゲル「今日の詩人」叢書78）を手にとる。ロベル　デスノスの最後の詩集「CALIXTO」を手にとる。

11　7　火

ヴエゾン　ラ　ロメヌ十一月広場「うまいもの祭」はすでに始まつてゐて、うちそろつてでかけたが、すぐに個人行動になる。日本国の文部科学省の全体主義に閉口。教育内容まで政治と官僚が介入するのは、はなはだしき時代錯誤である。
ミユゼ　アルケオロジクに行く。みなさん、ちらほら来ておられる。ジヨンがもつとも熱心で、いつまでたつても出て来ない。
ミユゼ内は、予想より広く、ロオマの遺物がおびただしい。スチロ（鉄筆、スチルス）が、なん本かある。「スタイル」の語源これなるか！

ハドリアヌス夫妻の大きな立像。妻サビヌの表情に女性の力があらはれてゐる。多田智満子存命なりせば、図録をとどけるのであるが。

11　8　水

うちそろひてアヴイニヨンに行く。

宗教都市にして城塞都市、法皇《パプ》の巨大宮殿《パレ》不気味なり。一三〇九年から一三七七年にかけて法皇庁であり、御用商人、教会行政官、学者、陳情者、芸人たちが、各地から集つて裕福であつた。ヴアチカンが皇政復古してからも、アンチパプが三代、一四〇八年までゐた。

うちそろひてメゾン　ナニ　アヴイニヨンびとのレストランにてワインを飲む。

隣席に、小児をつれた母親が二組ゐて、やがて小児がさはぎはじめた。女将あらはれ断固たる権幕にてしかりつけ、二小児を戸外に追放した。まるで映画である。日本ではここまでは行かない。無神経なものが強い社会である。

11　9　木

けふは全員休養と帰りじたく。荷造りがけつこうたいへん。

時おり客間にあらはれてはワインを飲み談笑。

11　10　金

マルセイユ空港ホテルにてパアテイ。

11　11　土

アメリカと日本へ別れて帰国。

帰国後の付記　1

ペトラルカ「わが秘密」（岩波文庫）に、「愛の治療法」の一節があつて――

「恥ずかしいし、かなしいし、くやまれますが、ほかにどうすることもできません。それにつけてもいささかの慰めは、かの女もまたわたしとともに年老いることです。」

「ペトラルキスム」、「ペトラルキゼ」は、望めない恋びとを死まで愛することである。

付記　2

前出「時間を超える南フランス」の「プロヴアンスの人」に、ペトラルカとサド侯爵を注目してゐる。

サドが生まれ育つたのは、アヴイニヨンから47キロほどへだたる小さい村ラコストである。丘の中腹にサドの城が廃墟になつて現存してゐる。

詳しくは、澁澤龍彦「サド侯爵あるいは城と牢獄」（河出文庫）のなかの「ラコスト訪問紀」と「ラウラの幻影」を読んでください。

サドはラウラの子孫である。

サドの叔父、アルドンス神父が、「フランチエスコ　ペトラルカの生涯のための覚書」（全三巻、一七六七）なる大作をしるしてゐて、サドは、ヴアンセンヌ牢獄で、「これを読みふけつたあまり、夢のなかでラウラの幻影を見」、サド夫人に手紙で報告してゐる（一七七九年二月十七日）。

「わたしはラウラの姿をはつきり見ました！墓場から出てきたはずなのに、彼女の美しさ変つていませんでした。その眼は、ペトラルカが称えた昔と同じ……」

ペトラルキスム、サディスム、マゾシスム、ともに、読まぬうちに、誤解の尾ひれをつけて、いやしく口にしすぎる。

ポオル　ヴアレリのなぎさに漂着

'06秋、友人に右腕をひつぱられて、思いもかけぬ、ポオル　ヴアレリ（一八七一―一九四五）の生まれ故郷セトをたづねた。

出発まで毎日、岩波文庫「ヴアレリ詩集」を読みはじめた。ヴアレリを読むのははじめてであつた。

山之口　貘（一九〇三―一九六三）の詩「博学と無学」は、一読忘れえない。

あれを読んだか
これを読んだかと
さんざん無学にされてしまつたあげく
ぼくはその人にいつた

しかしヴアレリーさんでも
ぼくのなんぞ
読んでないはずだ

詩人は、「博学」とか「無学」とかの語は、ほんたうは書きたくはないのであるが、ここでは、わざと書いてゐる。むろん「無学」でいいとは決して考へてゐない。

山之口　貘は、貧乏な詩人たちが多いなかでも、とくに極貧の人生が長かつた。それでもかれの詩は、じめじめとかうらみつぽいところが全くなく、活力あるユウモアの詩であつて、自分を力づける詩である。これによつて、かれほどではない貧乏詩人たちも元気が出るのである。教養豊かではありえなかつたが、知性の強さを持つてゐた。

堀口大学訳「月下の一群」(一九二五)は、ヴアレリの詩からはじまつてゐる。ヴアレリの詩から二十世紀の詩がはじまつてゐると、訳者が考へてゐるからである。

「蜂」、「風神」、「慇懃」、「失はれた美酒」、「眠る女」、「仮死女」の六篇で、すべて詩集「魅惑」(一九二二)のなかの詩篇である。

ヴアレリの詩は、サンボリスムの詩であつて、了解できる詩ではない。最初の作品からゆつくり時間をかけて、一歩一歩一語一語、象徴の深い森にさまよはねばならない。

しかしいかにヴアレリでも、すべてを、なにがなんでも象徴の深い森にさまよはせやうとは思つてはゐないであらう。右の「月下の一群」の六篇は、はいりやすい(?)詩篇に思はれる。ほかにも、短い時間のうちに読んだのは、「紡ぐ女」(「旧詩帖」一九二〇)、「ポエジ」、「歩み」、「帯」(「魅惑」)の四篇である。

ヴアレリは、エレガントのポリテスの詩である。この意味で、ヴアレリは二十世紀最初の詩人であり、エレガンスとポリテスの最後の詩人である。

「歩み」は、デリケイトな愛の詩、「風神」(岩波文庫版では「風の精」)は、デリケイトなエロテイスムの詩で、最高のものである。

風の精《シルフ》

視えず　知られず
生きてゐて　失はれ
風のもたらす
わたしは香り

視えず　知られず
偶然か　幸運か
うつつかいなや
消える

読めず　解けず
知者でさへ　時に
陥ちいる誤解

視えず　知られず
シュミズ着かへる一瞬
まぶしき乳房

セトの街は地中海のただ中に椀をふせた姿のきれいな港の街である。旅行案内書に、フランス最大の漁港とあるが、到着するや、あまりにも大きなりつぱな港におどろいた。昼前であるから、ずらり並んだ海のレストランのひとつで、「海のエスカルゴ」を味はつた。

旅行案内所に行くと、ミユゼ　ポオル　ヴアレリは、歩いて約十分、港にそつてやがて坂をのぼると美術館に着く。なかの一室がヴアレリの展示である。

詩画集、かれ自身のデサン、クロキイ、印象派の友人たちから贈られた作品。ルノアルから贈られたヴアレリの妻ジヤンニイの肖像画は視ることができなかつた。

美術館の横に海辺の墓地、しづかな場所を想像してゐたが、巨大な、なまなましいネクロポリス。ヴアレリの墓は、もつともじみである。「海辺の墓地」の詩句が刻してある——

　神々の静寂の上に　長く視線を投げ

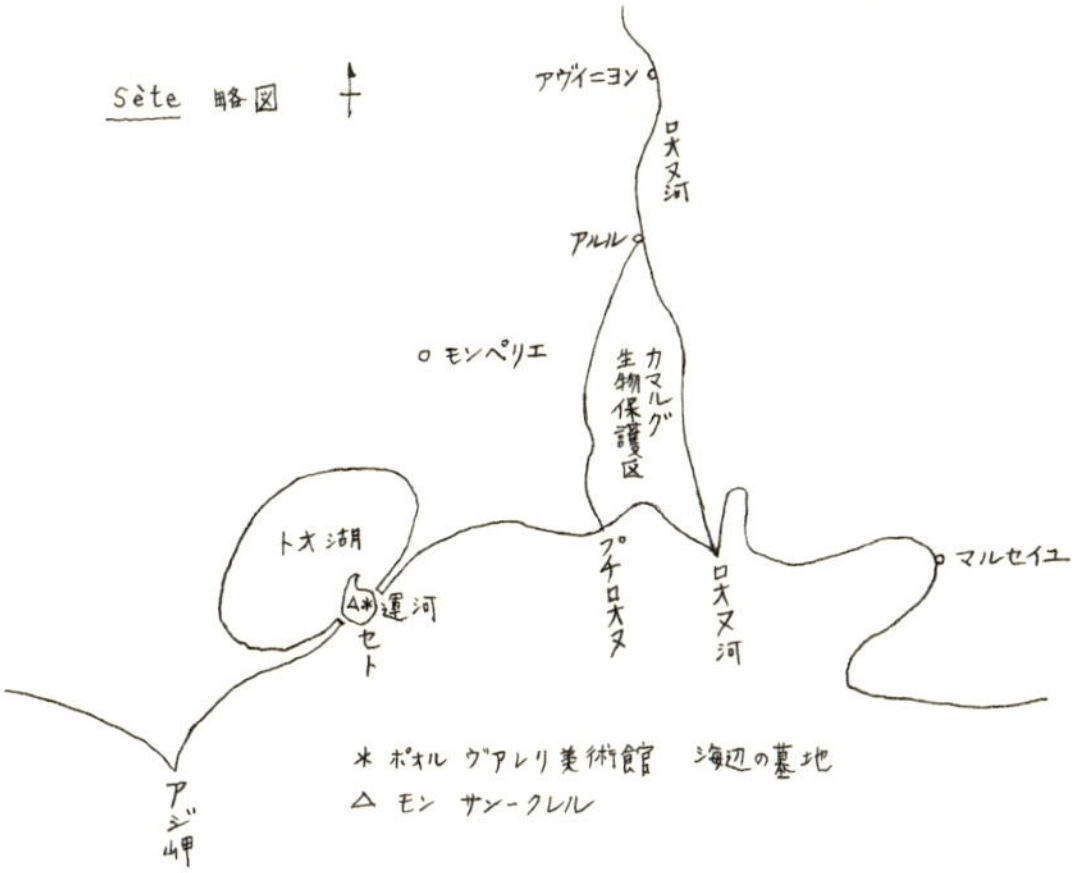

おお　思考ののちの心地よい　この返礼

南フランスに来てより、はじめてしみじみ地中海に向かふ。あくまで明るくかつやはらかい光（日本の詩人多田智満子を想ひおこす）。強烈だがやはらかい色彩。こんなにも濃紺のやはらかい海は、やはりはじめてである。ただし、太陽のゐるところは、これほどにまぶしい海は、やはりはじめてである。

「海辺の墓地」の最終連に――

風たちぬ……生きる試みなすべし
はてしなき大気わが書物を開きては閉ぢ
波は飛沫になり岩よりほとばしる
飛び去れ　あくまでまばゆきぺエジ
砕けよ　波！　砕けよ　喜びの水もちて
三角帆の漁る静かな屋根

「まばゆきぺエジ」は、ヴアレリの感性であり、思考《パンセ》である。

ドブリンさまよふ

カカシのコオト拝借
ドブリンさまよふ
緑のトンネル　いくつも
くぐり
八雲会の先生方
日愛協会の紳士淑女
まぎれ込み
ライタアズミュズイアムに
今日はへるん先生
殿堂入りなさる日

小泉　凡さんと再再従弟
クライヴ　ウイズダムさん　両方から
紐を引つぱる
へるん先生の肖像現れる
先生はいつもおどろいた顔してをられる
この日
ブラム　ストオカア生誕
百五十年のアニヴアサリ
荘重な棺が安置され
ドラキユラ
有名詐欺師列伝
すべての初版本入れてある
今日は幽霊の日
幽霊であることを自覚する日
へるん先生の幼い家
現在はB&B

看板にへるん先生日本に
たどり着いた背姿
入口でこんなものをくれる

ラフカデオ　ハアン旧居
世界漫遊者の宿
パブに行かずしてドブリン
語るなかれ
ウイスキイそそがれ
死体甦へりたり
ドアを開く
人びとあふれ出る

まいつた　またにしやう
テインカアの一団
家を造つてあげてもはいらない
タダでも学校へは行かない
よつぽど邪悪なものが嫌い
日韓台は儒教である
科挙の制度
落第すれば浮かばれない
マンダリンとオフイサアの差
タツクスと年貢の差
オフイサアも嫌はれる
マンダリンは中央の太いパイプを握り
のこるすべては口ごもる
インテリになるほどわけがわからなく
車寅次郎に涙する
インデイアン

テインカア
ホオムレス
おひつめてはならぬ
カナルの手前でまよふ
（日本語で）どちらへオカヘリですか
日本にヰラシたんですか
はい　このあとも東京です
英文学を教えてヰラツシヤるのですか
いえいえ　愛文学なのですよ
これは失礼
ドブリン大橋
疲れた波に
永遠の眼なざし
みをつくし
愛するひとの眼なざし
となりにヘイペニイ橋

こんなかれんな橋はほかにない
昔はここを渡る渡し賃
へイぺニイつまりハアフぺニイ支払つた
橋を渡る
Winding Stair
この国はゆつくり
水車を廻す
くるくるいつまでも
恋びとを待つ
太い五メエトル以上
気がつくとゆつくり廻る
この水車ひとつ
良質のアイリシユウイスキイ
なん本造れるか
水車を廻さない経済学に
致命的疑問を投げつけたい

その場しのぎ
言ひのがれ
カスメトル
ツケヲマハス
リフイをさかのぼり
アナ　リヴイア橋にたどりつく
ここがリフイの女神の臍
大樹水をおほひ
ダック泳ぎ
何《クワ》　何《クワ》　何《クワ》
リフイは母の母　娘の娘
パンタリフイレイ
エフエソスへ
ミシシリフイへ
淀川へ江戸川へ
Re 斐の川へ

永劫の流れにただよふ
ぬれごと
ささやきのしじみの
おものちしるの
松江の睡蓮の
したたりのゆめのゆらめきの
愛の水のねむり

英米訪問

'82 8 5 木

伊丹空港正午発。

斎藤ドクタア、ガク、ヨウコ、小生、同行四人。

前二者はイングランドを旅行。小生らは、イングランドで十日過ごし、次いでカナダ、合衆国を、それぞれ十五日づつ旅する予定。

8 6 金

ヒイスロウ着午前十時。

サフダに迎へられる。タクシでステイプルトン街に向かふ。長屋が童話の絵本に似たり。空襲被害のすくなかつた都市なり。

旅装を解き入浴。小生睡眠、他三人は近くを散歩。

楽しき夕食。

サフダとは昨日別れし如し。

サフダの姪、ミス　シエヒナ、シエヒナの友人、ミス　シヤミンに紹介される。

夕食後、皆、サフダの点前にて薄茶を楽しむ。茶菓子はチヨコレエト。

8　7　土

昼前、サフダ、ドクタア、ガクとガクの娘（この娘はロンドン留学中、ここでガク訪英の理由をはじめて知る）、全員、ドクタアの叔母、ミセス　ココ　モフアツトに招かる。ハイド　パアクに面した高級住宅街にて、豪華なる邸宅なり。家政婦スペインに里帰りにて、イタリア料理店「サント　ロレンゾ」にて昼食をちそうさる。

大英博物館に行く。オリエント、エジプト、モヘンジヨ　ダロの各部屋をわづかに視るのみ。

コヴエントガアデンにて休息。

ロイアルバレに行く。パリオペラ座のバレ「真夏の夜の夢」の最終日なり。豪華絢爛たる大劇場の、天国桟敷なるも、ほとんど痛痒なきを知る。楽日なれば、ロンドン児のなごり惜しむことかぎりなし。

少年の頃、映画「白鳥の死」、「幸運の椅子」などを視たこと、バレへのあこがれの心よみがへる。川端康成のバレについての作品をすべて読んでみたい。

サフダ、小生ら、夜明けまで飲みかつ語る。

8 8日

サフダ休日にて、ブランチに、ミソスウプ、チルドトオフ、ホワイトライスを作つてくれる。

昼過、家を出て各自別行動。小生、アルバアト美術館に入る。インデイアン　ルウムを二室、ウイリアム　モリス　ルウムを視る。

アルバアト美術館前にて一同待合せ、サフダの姉夫婦、ダムジ家の夕食に招待される。テムズの近くの住宅街なり。

バジル　ダムジはインドのカチチ人、サフダはグジヤラテイ人、共に英国籍で、サフダは語学教師、バジルは弁護士である。

バジル、学生時代は演劇グルウプにゐて、アサア　ウエレエ訳の能に出演せしこと、よき思ひ出なりと語る。ウエレエの著書を大切に所蔵してゐる。

サフダ、小生の家のまづしき茶室のことを語り、かれもロンドンに茶室を作つてみたいと言ふ。

ハイクの話になり、小生の句を披露せよと言ふ。即ち三句、サフダ読んでくれる

Swallow
Swinging close to
your skirt

シエニイとシヤミイ、くすくす笑ふ。即ち小生満足す。

8　9　月

ロンドンも他の大都市同様、長屋多し。ほとんどの長屋が、クラシックで色彩的な二階建にて、高層住宅はあたりに見当らず。しかも、おおむね二軒長屋で、二軒の上と下とで四世帯が住み、内部はかなり広々してゐる。うしろに小さい庭がある。このクラシックな長屋は、童話の絵本そつくりで、ステレオタイプである。しかし細部に工夫をこらし、あ

ざやかな彩色をほどこして特色を出してゐる。

いたるところに、ゆつたりした公園あり、緑豊かに、大樹枝を広げ、ジヨン　コンスタブルの絵を模倣する。


本日より一週間、四人でレンタカアを貸りる。フオオド中型の新車にて、満タンにして百十八ポンドなり。


レイクデイストリクトを目指す。

オクスフオド着午後一時。白馬館にて休息、コヒイを飲む。

ストラトフオオド-アポン-エイヴオン着。すでに夜。

B&B柳谷亭に旅装を解く。

近くに古きパブあり、夕食をとる。セルフサヴイスなり。十一時前にボオイ、風の如く来たりて飲食物を撤去、一瞬の閉店なり。

8　10　火
八時半、ダイニングルウムにてそろつて朝食、馳走なり。上品な老夫婦（退職後）が、二人だけでこのB&Bを切りまはしてゐる。夫人曰く「We never open cans.」

ロイアル　シエクスピア　シアタアに券を買ひに行く。出し物は「テムペスト」なり。券を得て、街を散歩する。イングランドに着いてより、やつと書店に入るを得たり。地図、案内書など買ふ。

聖三位一体教会のシエクスピアの墓参りをする。バアス　プレイス、ハヴアド　ハウス、グラマア　スクウル、インステイチユト、ニユウ　プレイスを巡る。

二時に、エイヴオン河と劇場前の公園を眺めるレストランにて軽い昼食。

レンタカアにて、アン　ハサウエイズ　ハウスに到れば、はとバス来たりて、群衆日本に異らず、辟易として引きかへし、緑地に憩ひ、即ちこの日記をしるす。およそこの国、大樹亭々落着き、人びと礼儀正しく親切にして威厳あり。緑地ゆつたりして、鳥ひとを恐れず、人びと自からの時間をゆるやかに過ごしゐたる、うらやむべし。

夕食後、「テムペスト」へ赴く。

このシエクスピア劇、心およばす絢爛目を奪ふ。すべての俳優躍動して堂々たる台詞《せりふ》まはし、迫力心に響く。かくして一言語の偉大さを発揮するはりつぱなり。

8　11　水

柳谷亭の庭や路に、林檎の実たわわにして額を打つ。ヨウコもぎとり食べてみる。小生も試みるに、青いけどオイシイ。この地方の水はよき水なり。

ストラトフオド発午前十時。

グラスミア着午後二時。

橋本旅館に旅装を解く。まさに公園、緑深く広々した庭のただ中にホテルがある。B&Bは、バス、トイレは室外にあるが、このホテルにも、さうなつてゐる。昔のスタイルなり。また、スリツパは持参する必要あり。ホテルのすぐ横をロサイ川の清流ながれ、ホテルの前の道の正面は、瀟洒なるレストランにて、清流を見下ろすテラスに、人びと食事を楽しんでゐる。子供たちは魚釣に興じ、数種の鴨があちこち游んでゐる。

レストランの対岸、ホテルからは橋をはさんだ斜め前、小さな教会あり——聖オズワルド教会。うしろは、あまり広くはない墓地である。ここに、ワズワアスの霊が眠つてゐる。ワズワアスは、エコロジの最初の人にして、さらに、かれの自然愛において偉大なり。われわれを、この土地にひきつけるのは、かれの詩人としての偉大さによるところなり。

詩人としてのワズワアスなければ、この土地は単なる俗な名所にすぎないだらう。教会内に詩人の記念碑あり
「……人間を論ずるにせよ、自然を論ずるにせよ、心を聖なるものへと高めることにおいて、失敗のなかりし哲学者にして詩人」。
鳩庵、ワズワアス博物館に入る。

ジヤンクシヨツプに入る。いくつか買ふ。店を出たところで、以前に飼つてゐた犬、五郎の生まれかはりに会ふ。ヨウコ、犬を撫で話しかける。犬を連れてゐる中学生、みなさん、日本のどこから来たのか？　ホンシユウか？　ぼくはエジプトと日本に行つてみたい、金がいくらあつたら日本へ行けるか？

博物館で買つたワズワアスの "Guide to the Lakes"（初版は一八三五年）を開いてみると、
「グラスミアの谷間には、二軒の宿屋がある。一つは教会の近くにあつて、ここから、どちらの方角の風光を訪ねるにしても便利であり……」
この宿屋が橋本旅館の前身とすれば、日本流に言つて、創業天保何年ともなるところな

り。

浴室の窓からの眺めは、対岸に豊かな緑の崖迫り、下をすがしき流れ、水の音、日本の山奥の温泉に似たり。

8 12 木

早朝めざめ、ヨウコと散歩。

グラスミアは小さな町であるが、がつちりしてゆつたりした町。朝の小雨に煙つてゐる。時間がゆつくり流れてゐるのを感じる。ここに一生おくるのは退屈であらうか？

橋の上で、ホテルの主人に会ふ。主人とヨウコ、立ち話し——

ヨウコ問ふ、この町には、烏に似てやや小型の鳥多く、教会の頂や墓石に止まり、かつは飛び交ひて無気味なり。かの鳥は何なりや？　主人答ふ、かれらをジヤツクドウと呼ぶ。極めて悪者なり。愛らしき小鳥の巣を狙ひて、雛を食ふ。悲しむべき悪業なり。さらに、この町のある人、ミンクを飼育せしところ、逃亡せしミンク野生化して清流の鴨を狙ふ。まことに、ここは悪者の住む町なり。

ワズワアス博物館へ、持参せし高木市之助「湖畔——ワズワアスの詩蹟を訪ねて」（講談社学術文庫）を寄贈する。

グラスミア発午前十時。

オクスフオド着午後四時。「ブラツクウエル」、「パアカア」に立寄り、パウンド詩集、植物図鑑、地図、案内書など買ふ。

学生食堂で食事。

オクスフオド発午後七時。

ロンドン着午後八時。

8 13 金

けふは全員休養。

午後、小生のみ「フオイル」に行つてみる。あんまり大きな書店にてまごつく。閉店までにやつと、数学、物理、化学の入門書など買ふ（愚息へのみやげ）。

8 14 土

イングランドの旅の最終日。

一同、レンタカアで出る。チヤリング　クロス街を各自ぶらつく。小生、古書店で、ウイリアム　モリス詩集、アフリカ美術入門を買ひ、ゆつくりコヒイ飲む。

みんなで、ケンジントン公園をぶらつく。アラブの石油成金たち、集団的にこの附近の豪邸に居住してゐて、ピイタア　パンの公園は、アラブ人、また、かれらの下男下女であるインド人、アフリカ人の老若男女が圧倒的なり。

"Mandeer（ヒンズウ語で temple)" なるインド菜食レストランにて会食。地下室にて、前は画廊、奥が食堂である。壁面に、インドのプリミテイヴ美術のすばらしい作品あり。高雅なレストランである。サフダの解説付きで、Thali（Paal, Buat, Shak）、churan、Mukhwas などの食べ物なり。美味。

ポオトベロ　マアケツトを冷かし、それぞれ珍品を探し出し、値切りなどして買ふ。大道芸人、仮装行列、楽隊、目にまばゆきガラクタ物の山々、十八世紀の雰囲気なり。

ソオホオの利口福大酒館にて夕食。老酒に酔ふ。

8
15
日

ドクタア運転のレンタカアで空港に送つてもらふ。

サフダ、アメリカ人はわれわれアジア人に対してモア　フレンドリイだよ、すこしさびしげに言ふ。

サフダと抱きあひ別れを惜しむ。サフダ涙をこらへる。ドクタア、ガクと互いに旅の無事を願いて別かれる。

ヒイスロウ発午後二時。

ケネデイ着午後五時。

バゲジ　クレイムの係員、小生らのパスポオトを見終へて、インジヨイ　ユア　ホリデイ。うしろから、日本のめざましき少女いで来たり、出迎への日本の青年と抱き合ひ、いつまでもキスしてゐる。とても愛らし。

あの人が古田さんだらう——声をかけると案の定、古田さんであつた。

詩人にして俳人（日米両語の）古田草一さんは、大岡信「アメリカ草枕」に登場するひとり、かれの詩が一編紹介されてゐる。同じ大岡さんの「欧米折々の記」（朝日新聞）に、古田さんの第一詩集"to breathe"の出版記念会のこと、また、かれが、ニユヨオク俳句協会プレジデントであることなどが記されてゐる。そこで、小生、今度の旅に先立つて、大岡さんに古田さんを紹介していただいた。

ミサオ夫人の運転にて、巨大な夕陽のブルクリンを横断、パアクアヴエニユのキタノホテルに至る。ホテルで会食、日本酒と鮓なり。"to breathe"、さらに古田草一訳"Free Meter Haiku of Ippekiro"をいただき、それぞれ日米両文で署名してくださる。

古田さんの「草一」は本名にて、父、ホイツトマンを愛読され、LAにて誕生せし古田さんに、「草の葉」のなかの語をとりて命名された。

古田さんが会長をしてゐるハイクソサイアテイは、日本語の俳句を作るソサイアテイであつた。アメリカンハイクのソサイアテイは別にあるのであつた。D・キイン先生のやうにアメリカ人で日本俳句を作る人もゐる。

この春、キイン先生、White plainsにある古田さんの家の花の宴に訪れた。キイン先

生の挨拶句

まぼろしや白野の庭の夕桜

8　16　月

キタノホテルはエクスペンシヴにて、ワシントン　スクエア　ノオス、アル　ホテルに移る。四日間で百三十四ドル、しかし、なんとかくつろげる。

ヴイレジに行き、ジヤンクシヨツプでみやげを買ふ。バアボンを買ふ。酒屋の親爺むつかしい顔をしてゐたが、帰り際に破顔一笑、ハヴ　ア　ナイス　イヴニング。また、「インジヨイ　ユア　ホリデイ」は、小生、大変にうれしかつたが、日本語の「またどうぞ」、「どうもありがたう」ほどの慣用句なり。しかし、日本には存在し得ぬ慣用句なり。

8　17　火

朝、近くのイタリアンマアケツトに食料を買ひに出て、ホテルで自前のブランチ。
古田草一詩集“to breathe”をすこし読んでみる。

8
18
水

アメリカインデイアン博物館（ワシントンハイツにある）に行く。インデイアンの詩集ほか数冊買ふ。ヨウコ、インデイアンの首飾りと耳飾りを買ふ。

博物館の前庭で、本を読んでゐた女子学生が、ヨウコのインデイアンの飾りがよく似合ふと声をかける。アメリカ人は親しみを率直に表現するなり。

午後五時、古田さんとワン　ペン　プラザのかれのオフィスにて待合はす。古田さん、ヨウコ、小生、紀伊國屋書店にて、ミサオ夫人と待合せ、モロハシさんの経営するフランス料理店「四季」に行く。モロハシさんは、ニユヨオク市中指折りの名シエフにして、ホワイトハウスの料理を作るひとりなり。

極上の葡萄酒、フランス料理を楽しむ。モロハシさん現れ、詳しく説明してくださる。メロン　ボウラアなるものあるなり。ヨウコ、これを買つてみやげにすべしと言ふ。古田さんたちの終電車まで語る。

8 19 木
近所のイタリアンレストランでブランチ。

昼過、古田さんのオフィスを訪ねる。応接室で二時間あまり語る。詩人、ウイリアムマアウインのことを話され、多分、スナイダアの友人であらうと。"to breathe"を、スナイダア、金関、篠田両先生に渡すよう託さる。

ヴイレジに帰り、ギリシヤの喫茶店を探すも、杳として再び見当らず、幻の喫茶店となりぬ。寿司屋「葵」にて、カナダ俳句協会への挨拶を清書。

8 20 金
ラガアデイア空港発午後二時。
トロント空港着午後三時。時差はない。
空港バスに乗り、最初の停留所で下車。ここでタクシを拾ふ。
アイリン　マグアイアのアパアトに着く。
あたりはロンドン風の通りなり。

カナダ俳句協会プレジデント、ベテイ　ドルヴオニオクさんに迎へられる。小柄で優雅な婦人なり。ヤマモト　ケンキチ、モリ　スミオを知つてゐるかと聞かれる。

コネチカツトから約十二時間運転して来てくれたトニイ　スラチ。トロントに住むキイス　サウスワアド。やはりトロントに住むマアシヤル　リチユク夫妻。それぞれ初対面の挨拶。

アイリンとケヴインは、とても日本文化好みにて、小生ら、日本酒の熱燗を饗さる。大いに酔ふ。

深夜、トニイが車でラマダ旅館に送つてくれる。

8　21　土
ラマダ旅館は驚くほど広い部屋にて、カアテンをひらけば、およそ二間ばかりの窓から陽光燦々ふりそそぐ。窓辺にてブランチを楽しむ。

右手にスマアトなタワア（これが現在、世界最高の建造物）といくつかの高層ビル（ニユヨオクと比べて柔らかい感じ）。ビル街を越えて右手から左手一杯にオンタリオ湖はてしれず拡がり、すぐ手前にセンタアアイランド長く横はる。窓と湖の間（およそ一キロぐらひ）を二本の大道直として走り、交通はゆつたりしてゐる。

トロントはおだやかな緑の街なり。人口約七十万。ただし冬期は、湖凍て冷い風を送り、零下三十度のきびしい日々が続く。氷上のスリップを防ぐために道に塩を撒く。このため、自動車の損耗が早い。

トニイ、ぴつたり午後一時に車で迎へに来てくれる。アイリンのアパアトに立ち寄り、ベテイ、トニイ、キイス、ケヴイン、ヨウコ、小生、渡し船に乗り、約五分、ハンランズポイントに上陸、即ちここはトロント　アイランドパアクにて、散歩を楽しむ。

トニイは、コネチカツトで俳句を教えてゐる。ある時、生徒（弟子と記すべきか）に、練習として沓付《くつづけ》をさせた。

An old man hesitating
at a wooden bridge
in the setting sun,
（　　　　　　　　）

最後まで付け悩んでゐたアイリツシユのオバアチヤンが、遂に、アイリツシユの慣用句

で「もうだめだ！」と叫んだ——即ち

Bat swooping!

トニイ言ふ、すばらしい、これハイカイなりと。この話、「去来抄」先師評の次ぎのエピソオドを思ひ出させる。

じだらくに寝れば涼しき夕哉

「猿蓑」撰の時、宗次一句の入集を願ひて、数句吟じ来れど取るべきなし。一夕先師の「いざ、くつろぎ給へ、我も臥しなん」とのたまふに、宗次も「御ゆるし候へ。じだらくに居れば涼しく侍る」と申す。先師曰「是発句也」と。

トニイの自讃句

Lovers sighing:

a cherry blossom drops into
it's reflection………

ため息や水《み》の面《も》の花影に帰する花

ケヴインの小型オオスチンの床に、丸い小石がいくつかある。これらはなんのためかと聞くに、アパアトの空地に日本庭園を造りたいので集めてゐる。

この夜、マアシヤルの家（ヨガ道場を経営してゐる）で、句《ハイク》会《リイディング》を催してくれる。プレジデント　ベテイ、連衆（およそ二十人ぐらひ）に、小生を紹介、小生、用意して来たグリイテイングス　トウ　カナデイアン　ハイク　ポエツを読みあげる。

連衆の皆さん、今宵ここで、皆さんとオアイできたことは、私の生涯の最初のよろこびです。

わが家の近くに、古い城下町の松江がありまして、一八九〇年の夏、ラフカデイオ　ハアンなるアメリカのジヤナリストがやつて来て、この町に住むことを決め、日本の婦人と結婚いたしました。かれは多くのすぐれた作品を書いてくれました。

この一八九〇なる年は、西欧人が、真の意味でハイクと出会つた最初の年なのでありました。なぜなら、ハアンは真の意味でハイクを理解した最初の西欧人であつたからであります。かれのエツセイ「知られざる日本の面影」そのほかの作品がこのことを証明してゐます。

今日、松江では、松江の文化を築いた最重要なひとりとして、ハアンに対して最高の敬愛をささげてゐます。

今や、私たちは、日本の文化に関心を持つて下さる多くのカナダ人、アメリカ人の友人を持つてゐます。のみならず、これからは、ますます親しい隣人になるでせう。

かつては、太平洋は人間を隔てる働きをしてゐましたが、これからは次第に隣人を近づける働きをするようになつて行くでせう。カナダとアメリカの人々は、ヨオロツパ、アフリカの隣人であると同じく、日本、アジアの隣人ではないでしやうか。

カナダの俳人と日本の俳人の友情が深まり、拡がつて行くことを願います。

さて、私の挨拶句です。

俳諧の月太平洋のまんなかに

The full moon of Haikai
Up in the sky
Over the Pacific Ocean

サンキユ

各々来たり握手。かなり遠方から来た俳人、別のグルウプの俳人も来てゐる。トロントはカナダと合衆国北東部を含むハイクの中心地なのである。

近くのギリシヤ料理店に出かけて会食。
サンデイと夫君アンソニ　フオリンガアと向かひ合はせに座る。アンソニはエネルギ開発の研究者で、自分はハイクを作らないが、サンデイをエスコオトして句会に来てゐる。サンデイは両腎臓を剔出してゐて、一日置きに透析しなければならない。これが六時間近く要する。アンソニがやさしいので幸せである。日本が小型の透析器を開発してくれて、旅行が可能になつた。最近、夫とハワイへ行くことができた。主治医は日本のドクタアシミズ、とても心のやさしい医師である。私たちは日本に感謝したい。

さらに、病身の私を力づけてくれたのがハイクである。ハイクは私に生きるよろこびを与えてくれた。

マアシヤルのヨガ道場に帰り、いよいよハイクリイデングはじまる。

皆、車座に、思ひ思ひのところで、椅子にかけたり、坐つたり、ねそべつたりする。各々、用意して来た句を、二、三句から、多い人で十数句を、プレジデントから最も遠い人から右廻り順番に、二回づつ読みあげる。ノオトにしるして来てゐる人、なかには、名刺よりやや大きな紙片に一句づつタイプで打つて来てゐる人もゐる。

Walking in damp woods,
The growing dark. What perfume!?
Leaves of autumn mint. Keith

A sudden coolness;
how the maple's river-reflection
Wavers in sunlight. Betty

一人の披講が終ると、全員で、鑑賞したり批評を加へたりする。しばしば笑ひが渦まく。きはめてなごやかなり。ヨウコも微妙な英語の笑ひは聴きとれぬと言ふ。残念なり。かかる時、人間はひとしほさびしさを感じる。

日本の句会の、よく言へば奥ゆかしく、悪く言へば腹蔵ある雰囲気に比べて、活達明快《フランク》である。両国の風土、歴史、文化の違ひから生じる日本俳句とアメリカンハイクの違ひについては、時間をかけて考へるべきである。

アンソニイのやうに、自分は句を作らなくても、俳人の妻に同伴してゐるアメリカンハズバンドが三人ゐる。ケヴィンはアイリンの膝枕で一座の中心に脚をなげだしてゐる。自分では句を作らないのに、アンソニイが妻の句の擁護に熱弁をふるひ、「おまへ、あの句を披露したらどうか」などと気を揉む。

小生、幸運にも直前にふつと、オケエジヨナル　ハイク一句できる。かかる興ある一座にありては、思ひかけず句も出来るなり。

to Betty
to Canadian Haiku Poets

Everywhere is Home:
Tender wind from the Lake Ontario.

そよ風やいづこもふるさとオンタリオ

深夜まで句会つづき、終えてのちも互ひになごり惜しむことかぎりなし。トニイの車でアイリンのアパアトに帰り、ベテイ、トニイ、キイス、アイリン、ケヴインに別れの挨拶、再会を約す。

8 22 日

今朝もすばらしい陽光の窓でブランチを楽しむ。
正午、ラマダ旅館を出て空港へ向かふ。
トロント空港発午後三時。

カルガリ空港着午後七時（ワシントン時）。時差は一時間前。

カナダ南部のあくまで広大無辺の平野は、ほとんどくまなく耕作されてゐる。

カルガリの街を見ろすに、緑ゆたかに、トロントよりさらに広々としてゐる。「これはヒロガリなり」など駄ジヤレを飛ばす。

出迎への人々のなかにトキコを探す。ヨウコ、小生の腕をとらへ、うしろの人がマヘンドラならずや。ふりむくや直観する（古田さんの時がさうであつた）。互ひに初対面の挨拶。マヘンドラはサフダと同じグジヤラテイ人なり。トキコ、元気で幸せに見ゆ。

マヘンドラの車で扁桃新月町の家に着く。カナダの最高のウイスキイを饗さる。モルトスコツチにおとらずソフトなり。

トキコたちの買つたばかりのこの家、さすがにゆつたりしてゐる。前後の庭広く、芝生ゆたか。前に三本、横に二本のポプラの大樹あり。建物の下はすべて強固な地下室になつてゐる。地下室も一階と同じやうに居間として使ふことができる。地下室のさらに下部に基礎工事がなしてある。冬、地表が氷結するゆゑなり。

夜ふけまで語る。

8 23 月

十分眠る。洗濯などする。

8 24 火

すばらしい晴天。

ダウンタウンに行く。家のすぐ近くにバス停あり。のんびり時間表のないバスなれど、通勤にも不自由せぬ。市内どこまでも八十五セントにて、バス電車共通券なり。バスより眺めれば、住宅地が公園のごとし。いな、日本の公園よりゆったりして、公園のなかに住居を営むもいささかの誇張あるべからず。しかも、このあたりはサラリイマン、労働者の町なり。

空広大にして突き抜け、かかる円い空は始めてなり。

カルガリイ　タワアに登る。ヨウコ、トロント　タワア、摩天楼に登らざりしを残念がればなり。はてしれぬ広大な平原、一方のかなたに、一片のカナディアンロツキイの青き連峰を望む。カルガリイは高度一〇四五米、人口約四十万。最近次第に発展、不況の現在もあちこちにビルなど建設中である。アルバアタ州は近年石油を産出し、水も燃料も豊富にて、買物にタクスを要さぬこと、北米大陸においてこの州のみ。

ダウンタウンをのんびりぶらつく。この町もアンチックは高価なり。イングランドよりも高価なり。

日本のごとき、しんみりした喫茶店のなきを苦しむ。イングランドでもニユヨオクでも喫茶店は多くが実務的なり。

8　25　水
九時起床。トキコとマヘンドラはすでに出勤。小生らで軽い朝食。

十時に家を出て再びダウンタウンに出る。今日は曇天にてやや寒し。

毛皮店でいささか買物。店員曰く、カナダの夏は寒暖こもごも、毛皮と水着が共存してゐる。

カルガリイのダウンタウンは、ビルとビルの空中を回廊で連結してあるところ、あちこちにあり。寒さを防ぐ知恵にて、プラス　フイフテインと呼び、なかにシヤレた店が集まつてゐる。

8　26　木
午前六時起床、終日、カナダの俳人たちにサンキユノオトを書く。

夕食にヨウコ、鮓を作る。ネタはサアモンとヘリングの酢漬なり。美味特にヘリングのにぎりのうまきこと特筆に価す。

8 27 金

深更夢を見た——

江戸時代に建てられた旧家の一室で、ヨウコが、あたりに十数巻からなる長篇小説を散らばし、そのうちの一巻を手にしてゐる。題名は、歴史上の人物の名前であるが漠然としてゐる。作者は、ひと時代前の司馬遼太郎のごとき作家であるが、このことも漠としてゐる（もしや大仏《おさらぎ》次郎であつたか？）。

ヨウコの見てゐるペエジをのぞくと、木版風の挿絵あり、江戸時代の牢である。白髪の温和な小領主のごとき人物、広い建物の両側に並ぶ牢を視察に来てゐるやうである。囚人たちがぞろぞろ両側の牢から引き出されつつあり、本日は領主サマの特別のオボシメシにて、これからおまへたちに俳諧連歌をオユルシなされる……

夢の場面が変り、三十六人が長い机に向かひあはせに二列に坐つてゐる。すべてはじめて会つた人たちである。しかしこのなかの二組は、五七五——七七の前句付を、すでに作つてゐて（なぜかこのことが分つてゐる）、しかも、その二組とも、二人で並んで坐つてゐる。

折角、二箇所の付合ができてゐるのだから、歌仙を完成させやうではないか、と演説調で述べてゐる……（夢のなかでは、すこしも変に思はなかつたが、めざめた時、前代未聞の奇妙な興行形式であつたことに気付く）。

8　28　土

トキコ、マヘンドラ、ヨウコ、小生、午前八時、車で出発、カナデイアンロツキイへ向かふ。

マヘンドラ、運転しながら話す――

カルガリイ、雪は比較的少く、道に塩を撒くことはあまりしない。極寒はマイナス三十度ぐらひ。三月になればマイナス十～十四度。四月はすこし暖くなる。

モントリオルにゐた時、十月一日より四月末日まで、室内温度を十八度以上に保つべき法律があつた。同法は家賃未納の借家にも適用される。また、この期間に借家人を立退きさせてはならない。

国立公園事務所と案内所の双方から数種のパンフレットをくれる。そのなかのひとつに、「諸君はこれから熊の国に入る」。

バンフ着午前十時。高度千三百八十七米。レイク　ルイズは絵葉書と寸分たがはず。カナデイアンロツキイに入りてより、国道の両側、山々三千米以上にて、山裾は杉と松（松は直立し、両者遠くから見て見分けがたい）の樹林がことごとく梢をそそり立ててゐる。樹林のスロオプの上に、西部劇映画にある異様な岩の大塊、天を摩し陸続と両壁をなしのしかかる。滝の長きは五百米をはるかに越すものあちらこちらにある。

ジヨンストン　キヤニオンにて車を降り、峡流をさかのぼる。チツプマンクと称する愛想よき栗鼠多数あらはれる。道のほとりの崖のいたるところに小さき穴をほりて居住してゐる。足もとにちよこちよこ走り寄り、直立し両手をきちんとそろへては、餌をねだる。しかし、カナダでは、野生動物に餌を与えることは禁じられてゐる。かれらが人間に依存するのを防ぐためなり。チツプマンク、ヨウコの指をなめる。

日暮前、ジヤスパアのすぐ手前の、カテラ　ロツジに着く。

大家族用のロツジに宿る。自炊の設備十分なり。暖炉を燃やすのは、小生にとつては初めての体験なり。楽しき夕食。

8　29　日

国立公園内のゴミ入れは、おどろくほどがつちりしたもので、小さい方も、がつちりした円筒が鎖で吊してある。深夜、熊がひつくりかへすからである。

マリヌ　キヤニオンに立寄りて、マリヌ　レイクを目指す。間道に入れば巨峰にはさまれ道細くなりぬ。川床道にして、巨岩累々、枯れたる大樹並び立つ。

薬湖に至る。インデイアンの呪術師、この湖の呪力を授かるなり。

遂に、マリヌ　レイクに至る。カナデイアン　ロツキイの奥深き谷にありて、ここより先の道は自動車入らず。

湖は細長く、遊覧船にて往復二時間を要す。湖の真ん中に至りて、スピリツト　アイランドあり。いと小さき島にて、凜たる杉の木立あり、ここにしてインデイアンの霊に出会ふことを得たり。ストニイ　インデイアンの霊なり。

再び同じ道をジヤスパアへひきかへし、ミエツト温泉に向かふ。ここが、われらの旅の終着地にして、カルガリイより約五百五十キロ走ることになる。ほぼ東京――琵琶湖。

夕方、ミエツト温泉ロツジ到着。ヨウコ、ロツジのあたりで茸狩する。確かなものとしては、ノメタケ、スイドウシ、マンジユタケ、その他それらしきもの数種あれども念のため除外する。この夜は茸料理なり。

食後、車に乗りて一キロほど山中に入り、温泉プウルに浴す。カナデイアンロツキイの深山にて泳げるとは夢のごとし。近きあたりには氷河がいくつもあるなり。

8月30日

ミエツト温泉発午前十時、カルガリへひきかへす。

ミエツト温泉のあたりは雲霧近く草木の種類多し。道細く曲折上下して、伊豆の風景に似る。

ジヤスパアより間道をとりて、アサバスカ　フオオルを見る。フオオルより約一時間でアサバスカ　グレイシアに至る。氷河の下まで車で近づき、急坂を徒歩五十米ほど登ると、氷河の先端にとどく。壮大なり。底は次第に溶けて穿たれ幾何学模様をなして幻想的なエメラルドなり。氷河の上に登り立つてみる。

帰途、マウンテン　ゴオトの一群ゆつくり国道をよぎりて、進むべからず。これまでゴオト、鹿などに出会ふも、それぞれ一家族であつた。のんびりしたもので、車の窓から人間を観察するなり。

公園ゲエト着午後四時半。カルガリまでさらに一六〇キロなり。

カナデイアンロツキイとカルガリ平原の区切りは実に明瞭にして、ロツキイはここまでと宣言してゐる。

チヤイナタウン着午後六時。玉宮酒楼にて夕食。

扁桃新月町に帰り、旅の無事にして楽しかりしを喜びて酒を酌み交す。

8　31　火

けふは晴天にしてさはやかなるに、不意に雹降る。このあたり雹の降ること多く、しかも突如降る。鶏卵大、それ以上のものもあり、ヘル　インシユアランスがあるなり。

9　1　水

今夜は送別パアテイにて、トキコもマヘンドラも夜ふかしして飲む。

　タゴオルの詩集手にとるや新月町

9　2　木

カルガリ空港発午後一時。

ヴアンクウヴア着午後二時（大平洋時は午後一時）。

この一時間は、晴天のカナデイアン　ロツキイを横断せしなり。始終、山岳また山岳のみにして、見渡すかぎり巨峰の波なり。細き煙立ち登るは山火事なり、五つの山火事を数へる。第二次大戦の風船爆弾なるものを想ひおこす。

ヴアンクウヴア空港にて、あはや荷物を失ふところであつた。この次第は――カルガリ空港にて、事務員、これらの荷物は乗替なしに直接サンフランシスコに届くと言ひけれども、念のためヴアンクウヴアの事務員に問合はせしところ、荷物は当空港にて受け取り、あらためてSF行に積込むべしと言ふ。荷物到着所に行けども、がらんとして、小娘一人ゐるのみ。半信半疑また別の事務員に確かめしに同じ答なり。さらにその小娘も、やはり荷物をここで受けとるべしと言ふ。しばらく待つにやはり荷物が降りて来たるなり。細心の手柄なり。

サンフランシスコ空港に降りるや、金関寿夫先生にばつたり出会ふ。サンタ　フエから着いたばかりと言はれる。金関先生とは三日後にユニオン　スクエアで会ふ約束のところであつた。

金関先生と同じベルヴユ　ホテルに投宿する。

夜、三人でチヤイナタウンに出かけ、四川料理店を探がす。老酒で乾盃、四川料理を楽しむ。

9 3 金

あさ、金関先生より電話、コヒイを飲みませんかと言はれる。即ちコヒイを飲む。金関先生、けふとあすの午前中、なん人かにインタヴユをされる予定あり、すぐ出かけられる。

小生ら街を歩く。

大岡さんの“A STRING AROUND AUTUMN”を買ふ。

9 4 土

あさ、金関先生より電話、コヒイを飲む。今朝もそのまま先生は出かけられる。

午前中、リトルトキヨオに行く。ここにも紀伊國屋書店がある。鮓屋に入る。アメリカ産のネタのものだけ食べてみる。アワビも生ウニも大形にして柔らかく美味なり。アボガアドのニギリを試食する。目隠ししてトロとまちがへると言ふ。

念願のシエラ　ネヴアダのキツトキツトデイジへ行くために、食料を買ふ。

ホテルに帰り、金関先生を待つ。

午後五時、グレイハウンドに乗り、グラスヴアレに向かふ。

やがて平原の左手は壮大な夕焼けとなる。

サクラメントに着くとバスは実にのんびりした休憩をする。

サクラメントからグラスヴアレまでは、夕暮れの山道に入りて、かなりの時間走る。すつかり暗くなつた終点グラスヴアレにて、スコツト　マツクリンに迎へられる。マツクリンのライトバンに乗り、かれの家に向かふ。スコツトは三十五、六歳か？　ヘルダリンの文学博士にしてネヴアダ高校の先生、パトリシアも同じ高校の先生。一男児あり。デイヴイツド四歳。

楽しき夕食。スコツト、往年のアメリカの帽子をかむり、バンジヨオを鳴らしカントリウエスタン歌つてくれる。

9 5 日

午前十時、パトリシア、デイヴイツド少年、金関先生、ヨウコ、小生、スコツトのライトバンにて、キツトキツトデイジに向かふ。

ネヴアダ　シテイはグラスヴアレに接して少し高台にある。古風できれいな町。ネヴアダ　シアタは、とても小さき劇場だが、その昔、マアク　トウエイン来たりて、ストオリイテリングをせしところなり。

ネヴアダ　シテイを過ぎれば、すでにシエラ　ネヴアダの山中なり。樹林深し。ユバ河の渓流を越える。白き巨岩累々重なり、清流豊か。泳ぎを楽しむ人びとあり。

なほも山中をたどりて、奇妙な一風景に出会ふ。道（すでに舗装してない）の両側に、とがつた塚の如きもの、その数知れず、それぞれの塚の上下に、丈低き松生ひ立つ。これ金鉱の夢の跡なり。

キツトキツトデイジに着く。深い林のなかなり。

ゲイリイ　スナイダアとキツトキツトデイジについては、金関先生の「詩と地理――ゲイリ　スナイダアとの三週間」そのほか（「アメリカ現代詩ノオト」研究社）にくはしい。小生ら、この文章を読み、金関先生に同行をオネガイした。

スナイダア、この日は墨染の衣をつけ、金関先生と再会を喜び抱きあふ。けふは、「骨輪禅堂」の開山式なり。

「骨輪禅堂」の縁起は、スナイダアの親友であつた詩人、七十一年五月に、シエラ　ネヴアダの山中深く失踪し四十五歳を一期に帰らぬルウ　ウエルチの詩「RING OF BONE」によりて命名されぬ。なき詩人の才を惜しみてなり。

禅堂の入口にて、この日の法要を記念して、ウエルチの詩を印刷し、「FOR THE RING OF BONE ZENDO OPENING THE MOUNTAIN SEPTEMBER 40082」と記したブロオドシイトを配布してゐる。

骨の輪　　ルウ　ウエルチ

わたしは視る
わたし自身
骨の輪のひとつであり
すべての骨の透明な流れの中に在る

そして誓願する
いつも　その透明な流れに
対して開いた存在でありたい
透明な流れがどこまでも及ぶまで

すると聴こえる
“RING OF BONE”　ここでは
輪は即ち
鈴に異らず

落慶した禅堂は、小さな寺ほどあり、白木造りにて、日本スタイルを基本に、いくらかアメリカンスタイルをとり入れ、すつきりした建造物なり。家屋と自然の区別の全くないキツトキツトデイジの人生スタイルにて心地よし、ついと廻廊に腰を下ろしてのんびりしたい雰囲気である。鹿が近づく。

このがつちりした禅堂は、多数の人の奉仕によつて、わずか三週間で完成した。禅堂の前に庭あり、漢字で「花蟲園」と記してあり。

梵鐘あり。直径五十センチぐらひか。形、デザインともすつきり。これはガスボンベを切つて造り、彩色したもの。

開山式は、鎌倉より招かれた山田耕雲老師を導師として行はれる。

シエラ　ネヴアダの深閑たる大樹林に法螺貝響き、法要始まる。白人の僧侶の列に、ひとりだけ変つた黒衣の人がゐて、あとで、カトリツクの修道士デイヴイツドと知る。

集ふ善男善女二百数十人。子どもたちもゐる。人々の表情柔和で平和的。仏教的なやさしさと平和を求めるアメリカ人が次第に多くなつて来てゐるのではなからうか。

仏教がインドから中国へ韓国へ日本へ、さらにハワイへ、そして合衆国へ拡大して行くのは当然のことかも知れない。ゲイリイ言ふ——帝国は西へ、仏教は東へ、どうしてか？経文は漢文発音のものと英訳のものと二種類あり。考へてみれば、仏典は本来、インド—ヨロピアン語であつた。

開山式終了後、アレン　ギンズバアグの小屋の野外食堂（野外台所、ガス冷蔵庫、がつちりしたいくつかのテエブルがあり、キャンプ場の雰囲気）にて、祝の馳走を食べる。いろいろの料理が沢山あり、おいしい食事であつた。やはり精進料理なり。

琉球大学の山里勝巳さんに会ふ。山里さんは加州大デイヴイスに留学中、ゲイリイの著書と資料のほとんどがデイヴイスの図書館に集められてゐる。

会食のあと、再び禅堂にて、デイヴ　バレツトのストオリイテリングほかの法楽ありしも、小生残念ながら、小生らの小屋に帰り仮眠する。

9　6月

朝食後、山田老師夫妻、ゲイリイ、マサ、金関先生、小生ら、コヒイを（金関先生と二人だけだが）飲みながら、おしやべり。ゲイリイ家の野外食堂の横に、かなり大きな人造池あり。メダカに似た魚が無数にゐる。モスキトフイシユと呼ぶ。その名の通り、ボウフラをことごとく食べてしまふ。州がこの魚を溜池などに放つことを奨めてゐる。ゲイリイ、この魚のひとつがひをもらひ受けたところ、やがてこのやうに多数になつた。さらにこの中のひと夫婦を友人に分けたところ、そこでも大いに数がふえた。環境に強い魚で、かなり水温があがつても平気である。ゲイリイ言ふ——日本でも飼ふといいよ。

野外台所の汲上井戸に鹿が水を飲みに来る。人間が水を汲みに行つてもちよつとやそつとでは逃げてくれない。水桶に涎を垂らしてゐる。

キツトキツトデイジは、雨が少いので、冬のほかはほとんど、野外食堂で食事をする。屋内と屋外（自然）との区別が全くない人生スタイルである。

午後、開山式の終つた後もキツトキツトデイジに残つてゐる十数人、車に分乗、約三十分山中に入つて、大工、レニイ　ブラケツトの家を訪れる。

レニイは、東京で宮大工の修業をして来た人で、帰国後、この地で大工を業としてゐる。小さな体育館ほどの製材所がある。東京では、神田明神の楼門の建立にもたづさはつた。

レニイの自宅は、おどろくべき立派な数寄屋造りで日本ではもはや考へられぬ大きな材が思ひきりよく使つてある。レニイ、各々の材の産地と長短を日本語で説明する。レニイ言ふ——北米大陸にはまだまだ良材の産地ありと予想される。もつと調査したい。ともかく日本よりよほど好条件である。合衆国でも、もつと日本建築をとり入れることを考へるべきと説く。

レニイも未来のアメリカを考へてゐる一人なのであつた。

茶室に英《はなぶさ》一蝶の寒山拾得あり、トシコ夫人、これはレニイが東寺の市で掘り出したものと話す。

エイトキン老師の“A ZEN WAVE—Basho's Haiku & Zen”“Taking the path of Zen”の二冊を署名していただく。

9 7 火

きのふ、なん人かの人びとが帰つて、今朝はすつかり静かになる。

朝食後、金関先生、ゲイリイにインタヴュなさる。深閑たる大樹林のなか、二人の低い声だけが響いてゐる（金関先生のこの旅行中のインタヴュのいくつかは「アメリカは語る」〈講談社現代新書〉にある）。

小生らは、自分たちの小屋に帰る。小生らの小屋は池の彼方、「Barn-Do」と呼ばれてゐる。納屋兼禅堂の意なり。骨輪禅堂建立以前の仮りの禅堂でありしなり。

キツトキツトデイジは、現在では、太陽発電によつて、ほとんど電気に不足することない。太陽の、熱でなく光によつて発電するので、冬期にもかなり発電可能である。しかし、バツテリを数多く要するので、さしあたつては費用がかかつたが、長期的には費用がかかり過ぎることはないではなからうか。太陽発電の板は約二平方メエトルなり。キツトキツトデイジの住民たちはなかり前からオイルを使用しない。

昼食後、ゲイリイ、「正法庵」、「溝庵」を案内してくれる。

「Barn-Do」の裏の丘を登る。やがて、シエラ　ネヴアダの大樹林のなかに忽然として日本の古い草庵に出会ふ。これは、ジム　ベエカア老師が、京都大原の廃庵をゆづり受け、コンテナで運び、さらに、日本から大工さん一家を招いて、完全に復元した庵である。大工さんは心をこめて復元した。つつましやかな様式はどの時代のものなのか？「正法庵」とは旧名のままである。

「正法庵」から下り坂をたどる。坂は南に面してゐる。大樹林がとぎれて、高さ二メエトルぐらひのマンザニイタの叢林となる。ゆるやかな坂をなほも下る。やがて岩場になり、崖の、底知れぬ広大な谷間を見下ろすところに、いとも小さい「溝庵」がある。いかにも手作りの小屋で、まさに方丈。これがゲイリイの仕事場のひとつである。

峨々たる岩の崖は、日本の風景に通ふ。はるかな谷間のかなた、シエラ　ネヴアダの山並みも、ここからは、どことなく稜線やはらかく、日本の山並みを巨大にした借景をなしてゐる。

ゲイリイは、夏には、どちらかと言へば、労働（ゲイリイの詩と労働は深くつながつてゐる）と、パブリツクの活動が多く、冬に詩文を書き読書をすることが多い。

なぜ「溝庵」なのか。谷が急に深まる手前を真横に、がつちりしたデイツチが、かなたから、はるか向かふへ延びてゐる。これ、往年の砂金流しの跡なり、今は苔むして空しく横たはる。

夕食はオワカレパアテイ。圧倒的な夕焼けのなかなり。高いポンダロオサパインの梢がピンク色に染まつてゐる。金関先生の句

シエラネヴアダ鹿と水飲む日暮かな

9　8　水

マサ、昨夜軒に吊すのを忘れた鉢の花を、案の定ラクンに食べられたと苦笑。ここでは、花の鉢は、夜は軒か柱に吊さないと、確実にラクンに花を食べられる。

猫が一匹ゐる。名はイダイザ、インデイアン語で湖の意。

ゲイリイの客間にカモノハシの標本あり、テエブルの上に、オオストラリアの大型の写真集がなん冊かある。

ゲイリイ、去年訪問したオオストラリアの話をする。

「オオストラリアの詩人たちは、オオストラリアはアジアなり、日本やインドネシアの文化との交流が大切であると強調してゐるよ。」

ゲイリイ、"The Real Work—Interviews & Talks 1964〜1979" に署名してくれる。

昼頃、金関先生と小生ら、ゲイリイの車に乗せてもらひ、キツトキツトデイジに別れを告げる。

林の中の入口の、小さい木の表札は、マサが作つたもので、詩集「亀の島」の挿絵にある亀が画いてある。母屋の屋根の突端にも、陶製の同じ亀があつた。ゲイリイの家紋か。ノオス　サン　フアン（キツトキツトデイジから最も近い、わずか数軒の小集落）まで約三十分。

ゲイリイ、去年、マサの父の沖縄の実家を訪問した。沖縄には、現在も大家族制が残つてゐて、マサの親類縁者がおほよそ四百人。五日間は毎日酔つぱらつてゐたよ。と笑ふ。ネヴアダ　シテイで車を降り、四人で昼食をとる。緑濃き小さなガアデンレストラン。食後、町を散歩。

かなり大きく落着いた書店あり。本の山のなかに猫がぐつすり眠つてゐる。ヨウコ、書店の婦人に猫の名を問ふに、「ツナミ」と答ふ。「もしや日本語か？」、「イエス、Tidalwave なり。」

ウエエレエ訳「論語」、パウンド訳「詩経」、ルウ　ウエルチ詩集、植物図鑑、地図を買ふ。

ネヴアダ　シテイは古いアメリカンスタイルの、しつとり奇麗な町。歴史的建築の標示のある建物があちこちにある。かつて、ネヴアダ　シテイは金鉱の所有者の町、グラスヴアレは、その労働者の町であつた。

グラスヴアレにて、金関先生と小生ら、ゲイリイと抱き合ひ別れを惜しみ再会を約す。夕刻、霧深きＳＦ着。

キツトキツトデイジを訪れるまでは、小生ひそかに恐れてゐた——ニユヨオク、サンフランシスコなどの多くの人びとは、高度産業社会のなかでの現実的利益を求めて動いてゐる。この大都市、巨大工業文明の進行のなかで、ゲイリイたちの山中奥深い未来ライフ（エコロジカルの、仏教的平和の、クロス　カルチユアルの）が、はたしてどの程度の存在の意味を持つてゐるのであらふか。

今、キツトキツトデイジからサンフランシスコに帰り来たりての小生の気持ち——キツトキツトデイジは、環太平洋において屹立してゐるなり。

帰国したら、小生なりに、ゲイリイ　スナイダア論を書いてみたい。

9 9 木

金関先生と朝のコヒイを飲む。

先生、午前中は、シユメエカア出版社をたづね、午後、ロスアンジエルスへ向かはれる。日本での再会を約し、旅の無事を願つて別れを惜しむ。

フイシヤマンズ　ワアフを歩き、グロツトNo.9で昼食。

帰りのケエブルのタアンテエブルのところに、道化師がゐて、ケエブルを待つオノボリさんたちを、先着順に三列に整列させる。さて、列のなかからひとりのレデイを前に呼び出す。道化師、丸めたハンカチをレデイの胸元に入れるや、さつと引けば、中空にレデイのブラジアが舞ふ。

9 10 金

サンフランシスコ空港発午後三時。

9 11 土

羽田着午前一時（サンフランシスコ時）東京時は午後五時。

空港を出ると雨。久しぶりに、大粒のぼつたりした日本の雨。

アメリカ再訪

'92 8 12 水

ヨウコ、マアちやん、小生アメリカ再訪。ちやうど十年め。

機の窓より、荷風「あめりか物語」のタコマ富士、目近にあり。空港のあちこちの掲示に、「シイタツク空港」とあり、首をひねる。「シアトル—タコマ空港」の意なり。

午後二時シイタツク発。

午後三時ヴアンクウヴア着。

サフダに逢ふ。十年ぶりなり（マアちやんは数年前インドで奇遇してゐる）。

サフダのうちに迎へらる。ノオスヴアンクウヴア一丁目にて、神戸六甲の感じなり。ヌスラツト嬢に紹介さる。ヌスラツトはイングランドの小学校の先生。パキスタン女性なり。

8　13　木

UBCに行く。
サフダはUBC―立命館プログラムの言語学の先生。
とほうもなく巨大なキヤムパスにてあきれかへる。
ニトベ　メモリアル　ガアデンがある。北米中最もすばらしい日本庭園のひとつ。日本とアメリカの掛け橋たらんとした新渡戸稲造は、一九三三年、この地でなくなつた。
UBCボタニカル　ガアデンに行く。ヨウコ、サフダは植物が大好きなり。小生、歩き疲れ、あづまやで絵葉書数通書く。

8　14　金

Sea bus（港は、サフダのうちの斜め下で、歩いてすぐ）に乗船、ダウンタウンへ行く。
サフダのうちの対岸である。スイバスと都市バスは一枚のチケツトで乗れる。

ヴアンクウヴア銀座はGas Town。

スクエアにGassy Jack（法螺吹きジヤツク）の銅像あり。銅像には、ふんぞりかへりひげをはねあげたみつともないもの多きも、ギヤシの像は、彷徨ひ疲れたる有様にて、愛敬あり。

一八六七年、ギヤシが、妻と一匹の犬、数羽のにはとり、一樽のウイスキとともにバラアド入江（さつきシイバスで渡つたところ）より上陸したのがヴアンクウヴアの歴史の第一ぺエジであつた。

一八六四年（元治元年）、神戸村の浜に、勝海舟が海軍操練所を置いたのが、神戸のはじまりであつて、都市の年齢は、ヴアンクウヴアと三歳ちがい。

このほかにも、両都市は多くの点で酷似してゐる（中井久夫「神戸の光と影」「へるめす」第二号、岩波書店）。

チヤイナタウンに行き、昼食。

神戸よりはるかに広い活気のある街。市場の物産のホウフでめづらしい食物の多さには驚く。ヨウコ（顔も服装も）中国人に想はれ、なん度も中国語で語りかけられる。ヨウコ、ドリアン数顆買ふ（夜これをはじめて味はふ）。

チヤイナタウンの中央に、立派な広場、右に大きな美術館、左に中僑会館、正面は中山公園である。

出版公司がある。近くに中山大学校友会の表札がある。「対訳唐詩三百首」、「英漢辞典」を買ふ。店員疑ひ深く、チエツクだけでなく、パスポオトを見せてくれと言ふ。

8 15 土

サフダ、研究室に所要ありて、再びＵＢＣに行く。

ＳＵＢ（スチユデント　ユニオン　ビル）で昼食――日本の学食と比べ、はるかにメニユ多く、おいしく、高くない。パブ、バア、映画館は二つある。

近くのスパニツシユ　バンクス（はてしない海浜公園）をうろうろしてゐるうちに、人類学博物館が閉館になつてゐた。これはぜひ観たかつた。

夜、シイバスステイシヨンの「七つの海レストラン」（船上レストラン）で夕食。

8月16日

午前十時ヴァンクウヴァア発。

午後二時トロント着（東部時間では五時）。


トツコとマヘンドラに再会（去年の正月、両人、墓参のため日本に帰り、数日いつしよにすごした）。

マヘンドラは、現在、バアリントン市役所の建設部長。

バアリントンはオンタリオ湖の西のどんづまりに位置し、トロント、バアリントン、ナイアガラは、湖をかこんで、一辺約六十キロの正三角形をなすと思へばいい。

宍道湖の面積約八十平方キロ、オンタリオ湖は、約二万平方キロだから、約二百五十倍。それでも五大湖の中で一番小さい湖である。

すべてサイズの感覚が大違ひである。


マヘンドラのうちの敷地の広いのに驚く。入口から、芝生の丘の中を径が気持ちよくカアヴして玄関に達してゐる。

ここは四分の一エイカア（約九百坪）で、近所では一番狭い方、すぐ隣は九エイカア

（約一万八百坪）。

裏庭に小川が流れ水草が生えそろつてゐる。このあたりは落ちついた林にかこまれて、近所はどこに家があるのかわからない。いろいろな鳥が次々おとづれ、リス、チツプマンク（小さいリス）、バニイラビツトが走りまわつてゐる。

日本と比べて、同じ人間の住まひに思へば、あきれてしまふ。むざむざ樹を切つてはセメントをしき、駐車場を作る。街路樹の頭を切り枝をはらふ（落葉を嫌ふのである。そのくせジユウス缶をいたるところに投げすてる）。土地を売る時は、百坪のところは半分づつ二人に売る。国土が狭いのはもとよりとしても、やはり人間がすることである。国土計画、都市計画（よほどにが手のやうだが）を、まじめに考えて実行すべきである。

8月17

トツコの運転で、カナデイアン　ギヤラリに行く。

北へ車で約三十分、はてしない林のまつただなかに、広い庭園、大きな美術館がある。いかにもカナデイアンスタイルの、がつちり高い石組の上にログハウス風の建築である。おびただしい絵は、すべてカナダの初期の作品ばかりで、モダンの作品がない。

カナデイアンインデイアンの作品は古いものほど迫力がある。これらは芸術作品ではなくて宗教そのものである。

8　18　火

マヘンドラの運転で、ナイアガラへ行く。

ウエスとテイト（ヨウコの南高の時の友人）と待合はす。ウエスは、トロントからさらに車で約一時間のピイタアスボロオからやつて来る。テイトはインデイアナポリスからだから、車で何時間か見当がつかない。

再会うれしく、丘の上で、みんなでピクニツク、トツコのオニギリを食べる。

「ナイアガラ」とはインデイアン語で「水の雷」とはウエスの教養。

ナイアガラはカナダ側から眺めるのであつた。アメリカ側からはよく見えないので、遊覧船に乗る。意外に滝の近くまで行く。全員レインコオトを着てゐる。

大きな土産物店がある。絵葉書をえらびつつ、ナイアガラの夜景のすばらしいことを知る――バフアロオの地点で、エリイ湖は急に狭ばまり、グランドアイランドを挟んで二本の河のやうになつて、滝になり落下する。両岸と島の灯火を映しながら夜の大量の水が落下する。

8 19 水

けふは、どこにも行かないでうちで休養。
煙草が切れて買ひに出る、もちろん車で。
テラスで、広い庭を眺めながら昼食。
飛来する小鳥たちのリストを作る——

カアディナル
ブルウジエイ
Oriole（コウライウグヒスの一種）
ロビン
山鳩
梟
Red wing black bird
White breasted nuthatch

なかでもブルウジエイは、ひときはいばつてゐて、敏捷で、ほかの鳥たちを追ひはらふ。トロントブルウジエイズはアメリカンリイグの強力チイム。

8 20 木

鉄道でトロントへ行く。大型で、中二階をいれれば三階の客車。実にのんびりしたスピイドで、ひようしぬけする。

トロント駅で、ウエス、テイトと待合はす（テイトはウエスのうちに泊つてゐる）。チヤイナタウンで昼食。

駅にひきかへし、ＣＮタワア（カナデイアン　ナシヨナル　タワア。世界一高い建造物）へ行く。十年前、登りたくて登れなかつた。今度こそ登らんとするに、夏休みの親子連れ、列をなしてゐる。顔を見合はせ止めにする。タワアの下に、ブルウジエイズのドオムがある（東京ドオムと比べて、こちらは屋根が開く。二十分かかる）。ホテルが付属してゐて、窓から観戦する。

街角のテラスでコヒイを飲む。はじめてなり。日本でもあちこちで見かけるやうになつたが、まだ落ち着かない感じがある。人生感覚の違ひである。

ワアルド　ビグエスト　ブツクストアに行く（ややオヴアで、紀伊國屋ぐらい）。

エドナ　ミレの詩集、フアリンゲテイの詩集を買ふ。世界中どこでも詩集は手にとりにくい。

8　21　金

トロントからデトロイトへ一時間弱。

デトロイトからデイトンへ約四十分。

デトロイト空港で、イトコのヒデちやんヨシコ夫妻と待合はせ、しばらく近況を語りあふ。

デトロイトタイガアスのキヤプを買ふ。例年最下位である。

デイトン空港でトシオに迎へらる。

トシオのうちに行き、マヤ（小六）、タロオ（小四）に会ふ。小学生なのに英語が上手ですね、みんな笑ふ。

ママはボニイタ。

トシオはヨウコの高校のクラスメイト。

一九七〇年に渡米したから、ヨウコも二十二年ぶりの再会。

トシオは、三年前までは、ボストンでジヤズピアノをひいてゐた。

現在は、MPHクレイン　インコオポレイテツドの国際開発のデイレクタをしてゐる。

早い話、ミツドウエストに何百と数多い日本の大中小企業とのコオデイネエタとして引つぱり凧の存在。

「この年になつてサラリマンになるとは夢にも思はなかつたよ」

さて、楽しい夕食をはじめようとする時、近所に住む日本某大企業の副社長さんより電話（この副社長、英語が読めても、ひとこともしやべらうとしない）

「トシオ、ピツツアを食べたいから注文してくれ」

「イイカゲンニシナサイ！」

8 22 土

デトロイトから、エリイ湖の西端をまたいで、ほぼ真南に約三百キロ、オハイオの州都コロンバス、さらに、ほぼ真西に約百キロの地点がデイトン。

デイトンから、さらに南へ約七十キロ行くと、シンシナテイ――一八六七年、満十九歳のラフカデイオ　ハアンは、渡米して、ニユヨオク経由、シンシナテイにとどまる。やがて、「シンシナテイ　インクワイアラ」の記者になり、七十七年秋、二十七歳の時、ニユオリンズに移つた。ハアンは寒さがにが手であつた。

デイトンの人口は約二十万。

アメリカ、カナダの多くの都市は、近郊にいくつかの落ち着いた住宅地を有する。トシオの小さいけどやさしいうちは、そのやうな郊外のOakwoodにある。

デイトンは、ライト兄弟（兄ウイルバア、弟オオヴイル）の出身地。航空工業、自動車工業の立地であり、合衆国最大の空軍基地がある。冷戦時は、最初の核攻撃の不安があつた。

キヤリロン　パアクのライト兄弟の自転車店に行く。往時のままに復元した建物である。兄弟が作つた自転車が数多く展示してある。すばらしく芸術的！　自転車芸術家渡辺一考に見せてやりたい。

基地内の、おどろくべき巨大なエアフオスミユズイアムに行く。

レオナルド　ダ　ヴインチから人工衛星、湾岸戦争のF117まで、おびただしい展示。

もちろんライト兄弟の最初のフライングマシンがある。

ミユズイアムシヨツプで買つたトツド&フイスク「ライト兄弟」（マイアミ　グラフイク　サアヴイス）に記すところ——

「一九〇三年十二月十七日、人間によつて、空気より重いマシンが飛んだ最初の日、この日は四回飛んだ。第一回は、午前十時三十五分、弟のオオヴイルが、十二秒間、百二十フイト（約三百六十メエトル）、七〜八マイルの速さで飛んだ。」

この日から人類の新らしい歴史が始まる。


ミユズイアムに映画館がある。

「To Fly」、「Flyers」、「夢は生きてゐる」の三本立て。

「夢は生きてゐる」を観る。

夏休みの親子連れで満員。おどろくほど巨大なスクリン。前から三列目にゐたが鮮明。スペエスシヤトルのドキユメントである。宇宙飛行士の視点から映してあつて、体が浮き上がつて遊泳する迫力あり。あまりの臨場感に子供たちが一斉にキヤと叫ぶ。

8 23 日

オオクウツドから真南に約十三キロ、ウエインスヴイルに行く。

小さいきれいな町——大通り（町の長さはせいぜい七、八百メエトルほどか）の両側に、整然と、しやれたアンチツクの店が並んでゐる。アンチツク　キヤピタル　オヴ　ミツドウエストと表示してある。

ヨウコ、夢中になつて掘り出し物を探してゐる。

帰りに牧場に立ち寄る。親子連れでにぎはつてゐる。

牧場の有名アイスクリイムを食べる。売店は親子連れでぎつしりである。

夕方デイトン発。

ニユアアク着、八時。

古田夫妻に再会。五年ぶり。

オランダ　トンネル（ハドソン河の下をくぐつてゐる）を通つて、ミサオさんのオフィスに着く。二番街すぐそばの五十一丁目。ここに五日間住むことができる。

古田さんの新詩集「鷹鼻モンテフエルトロ」（ST. Andrews press 1989）をいただく。

鷹鼻フエデリゴ　ダ　モンテフエルトロ侯爵は、イタリア中部ウルビノの領主で、ルネサンス文化を保護した人。

ピエロ　デラ　フランチエスカが、この鷹鼻モンテフエルトロを真横から描いてゐる。これは、二つ折りの衝立（diptych）の右側の絵で、左側には、かれの最初の妻、バツテイスタ　スフオルツアが向き合つて、やはり真横から描かれてゐる。実は、フエデリゴの鷹鼻は、生まれつきのものではなく、馬上試合の事故により陥没したのであつた。

古田さんのこの詩集は、モンテフエルトロ侯爵だけを主題としたものではないやうに思はれる。すべて、今日の時点で作られた詩であるが、しかし、イタリア、スペインで作られた詩が多い。小生のごとく無学で、ひつきりなしに辞書に頼る者はカンタンには読み通せない。ここでは、小生にやや読みやすかつた一篇を訳してみたい――

蟬を飲む

雪が降つてゐる
チヤイナタウン
チヤイニイズ　ハアブ　ドクタのところへ行つた
貝にあたつてアレジになりました
これを飲みなさい　三日たてばOKです
これはなんと　とんだこと
あやしげなる　きみようなる　むずむずするしろもの
これは蟬が脱いだ皮です
ええ？　これを飲むんですか？
くろいにがい蟬皮ジユウスを三日間
ほんとですか？
ヤア！　あなたの病気にとてもよく効く
どうもありがたう……
この瞬間
オナカは気球ほどふくらむ

うごめく昆虫の大群
かさかさしたうなり声のカン高いコオラス
少年の日のすべてよみがへる
夏休みの日々
林のなかの蟬とり
松脂《やに》をぬつた竹の枝をふりまはし
まはるバタアの融ける太陽
頭の上の蟬の声……
チヤイニイズ　ドクタの声
あなたの顔色はすつかり
ＯＫですよ
これはどうもありがたう
街に出た

雪が降りつづいてゐる

8月24日

十年前の八十二年、はじめてニユヨオクを訪れた折に、セントラル　パアクに行かなかつたのが、今日までずつと残念に想はれてゐた。

木を見て森を見失はないために、まづ摩天楼に登る。白い高いビルの列が、くつきり長方形に森をかこんでゐる。

楼上のあちこちに恋びとたちが、フエンスに肘をついて肩を組みあひ、キスしてゐる。小生らもまねをする。

つぎに、パアクをすこしだけ散歩する。なにしろあまりにも広大だから。

池では、犬が自発的に水泳してゐる。一匹だけではない。

マアちやんの親友、ユウコ　マコト夫妻が、ダコタ　ハウスの隣に住んでゐて、これからたづねる。

パアク　ウエスト七十二丁目の出口には、ウエブスタの銅像が立ち、ジヨン　レノンメモリアルがある。

マコト夫妻のアパアトメントハウスは、ウオオクアツプ（エレヴエタがない。つまり古い様式）の建て物。うちに入ると、白い厚い壁の居ごこちいい住ひである。ウエスタンの合理性と日本のくつろぎがとけあつてゐる。電機、ガス、水道のメエタがないのですべてこみで家賃八〇〇ドル（約十万円弱）。

一年までなくとも、せめて三ケ月ほどでも、ニユヨオクに住んでみたい。

隣のダコタは人も知る最高級のアパアトメントハウス（「ニユヨオク読本II」のなかの、青山　南「ダコタの百年」にくはしい）。

ポランスキイ「ロオズマリの赤ちやん」の建て物は、ダコタで撮影された。

ジヨン　レノン　オノ　ヨオコ夫妻、バアンスタイン、スタインウエイ、音楽家の居住者が多かつたのだが、現在はどうか。

チヤイコフスキイがかつてダコタ　ハウスをおとずれてゐる。楽符出版者シヤアマアに招待され、九階建て高級ハウス全体がシヤアマア家と思ひこんで驚いた。

一八九一年五月五日、満五十一歳のチヤイコフスキイは、カアネギイホオルの柿落《こけら》しに、指揮者として招待された。「戴冠式行進曲」（だれの曲だらう？　また、そのほかの曲は？）を指揮した。

「わたしはここではロシアにおけるよりも重要人物です」と述べた。

翌年春、「くるみ割人形」完成。

次ぎの九十三年夏、交響曲「パセテイツク」を完成。この年の十月二十五日（ロシア暦）、満五十三歳で死去した。

日本の庭園は、宮廷、大名、寺社などのものがほとんどである。

セントラルパアクは市民が作つたものである。このデモクラテイツクな雰囲気をしみじみ感じる。この公園に敬意を表したい。

発展する都市にはオプンスペエスが必要であるとの先見の明の持ち主は、ウイリアムブライアントであつた。かれがセントラルパアクのアイデイアを表明したのは、一八五〇年、ワシントン　アアヴイング、ジヨジ　バンクロフトがすぐさま賛意を表明、協力した。

ブライアントの要望にこたへて、ニユヨオク市は一八五六年、土地を購入、デイザインを公募した。

フレデリツク　オルムステツドと友人カルヴアト　ヴオクスの協力のデイザインが採用された。

オルムステツドが造園主任になつて一八五七年に工事がはじめられた。いく多の労苦（六十一年〜六十五年は南北戦争であつた）をのりこえて、一応工事終了、オプンしたのは一八七六年であつた。

8　25　火

国連ホテルに、ミサオさんの活け花を観に行く。ミサオさんはここの活け花の先生である。

活け花の背後に、放射状多面の鏡があつて、活け花の万華鏡になつてゐる。あちこちにある鏡の形態の違ひによつて、万華鏡は微妙に変化してゐる。

豪華レストランで、コヒイをちそうになる。

国連本部を見学する。

四つのビルが連結してゐる——

○　Secretariat Buil　（事務局ビル）これが一番大きく、三十九階。

○　General Assembly Buil　（本会議ビル）

○ Conference Buil　（会議場ビル）安全保障理事会、経済社会理事会などが開かれる。

○ Hammarskjold Library

夕方、佐藤紘彰さんと待ち合はせ。六番街四十九丁目パスタ　ラヴアズ。「ヒロを待つ」と述べると、たちまちニコニコしてサアヴイスしてくれる。佐藤さんなかなかの顔である。

佐藤さんの本を、小生知るかぎりリストアップしておこう——

○ One Hundred Frogs from Renga to Haiku in English（Weatherhill, 1983）

○ An Anthology of Japanese Poetry（Columbia University Press, 1986）——これは、Burton Watson との共訳。

○ A Future of Ice（North Point Press, 1989）——これは、宮沢賢治の英訳詩集（賢治好きのゲイリ　スナイダが、この訳書を高く評価してゐる）。

○　英語俳句（サイマル出版、一九八七）

さらに、萩原朔太郎、吉岡　実、富岡多恵子、高橋睦郎、吉増剛造の英訳詩集があるが、これらはすでに手に入りにくい。

バアボン二杯で、いい気持ちになつたところで、佐藤さんと初対面の挨拶、さらに三杯目を入れてもらふ。

詩集「That First Time」（ST. Andrews Press, 1988）、エッセイ「マンハッタン文学漫歩」（ジエトロ、一九九二）を、いただく。

この夜は、佐藤さんはとても嫌ひなホウではないらしく、かなり飲んで、小生どのやうにして帰つたのかわからない。

8　26　水

「That First Time」をひらいて、巻頭の詩を、辞書を引きながら自分の日本語にしてみる――

夕日のセントラルパアク

ペントハウスのあたり
紅葉はビルの髪飾り
頬を上気
薄紅
ゆつくりほどける
水のなかの髪

むかふの水際
犬なん匹
水に跳込む
なん度でも
疲れを知らぬ
茂みのなか

芝生のうへ
空
モスグリインの涙みなぎる
モスリンの女の子の頭
すぐそば
半月
星
かがやきます

空がこんなにくつきりするとは

アンチヤンのひと群
ガアルフレンド
スリムなもも
小径を出て

がらんどうの街
ちらばる

自由の女神に会ひに行く。

マンハツタン島の南端バツテリパアクから船でリバテイ島へ行く。一番西のランデイング　ピアから乗船する。かなりの人数が、幅五六人で長蛇の列をなしてゐる。心配するほどでなく、やがて乗船すると、ゆつたりした船室であつた。約十五分、のどかな船旅。近づくほどに女神が威厳をます。クリアな威厳である。

自由の女神の絵葉書

ニユヨオク
キヤツプをかむる人はめづらしく
キヤパアのニツクネエム
自由の女神に会ひに行きました
日本うはべは自由

なかみは不自由
プライヴアシなく
パブリツクもない
三秒の遅刻
殺されかねない*
賽銭箱ないのでした
あなたの生まれてくる赤ちやん
自由の女神守つてくださるやう
自由の戦士になる！
デイアレスト　フレンド　チイジズ　ミイ
あとでアミイの志願票
送つてあげるよ

*神戸高塚高校事件　一九九〇年

自由の女神の作者は、フランスのフレデリツク　オギユスト　バルソロデイ。かれの母をモデルにしてゐる。枠組を構築したのは、ギユスタアヴ　エフエル。

アメリカ側の最大の推進者は、ジヨゼフ　ピユリツアであつた。

除幕式は、一八八六年十月二十八日であつた。

女神の台座の内壁に、フランスの女性詩人、エマ　ラザルスのソネツトがはめこまれてゐる――

大地から大地へ征服する
誉高いギリシヤの像とはことなり
明日に開かれた門　海辺にあり
力強い女神光をかかげてゐます
光は牢獄の中まで照らします
かの女の名は　追放された者たちの母
かの女の腕は　世界中の人びとよ来たれの信号
かの女の目は　双子の都市よ風の港で自由に結ばれよと告げてゐます
かの女の唇は叫んでゐます　古い土地よ
伝統の豪華を保つがよい

けど　わたしには与えて下さい　あなたによつて疲れた人を
貧しい人を　自由を切望する人を
あなたの土地であぶれた人を　拒否された人を　嵐にもまれた人を
送つて下さい　わたしは光をかかげ待つてゐます

エマ　ラザルスは一八四九年生まれ。魅力的女性の肖像のこつてゐる。一八八七年十一月十九日に、わづか三十七歳でなくなつた。
かの女は、自由の女神を視ることなく、台座の内壁に、かの女のソネツトがはめこまれるのを知ることなかつた。

この夜、佐藤さんのうちをたづねる。かれは外で友人たちと夕食をとつてゐて、ナンシイ夫人（かれは南子と呼んでゐる）に連れて行つてもらふ。

チエルシの古いレストランであつた。

「このあたり、詩人や作家が住んでゐたことで知られてゐます」と南子夫人の説明——

J・B・イエツ、O・ヘンリ、シヤウツド　アンダスン、近くは、ジヤツク　ケルアツク。

この夜は、佐藤さんの書斎で、中上健次追悼会が催される。

昨夜、佐藤さんに招待されたのだが、小生にとつては中上作品をまだ読んだことなく、不キンシンなのだが、部屋の隅で酒を飲んでゐることにして、ことばに甘えた。

書斎には、三十人近い人びとが集まつてゐる。ヨオロツパ系と日本系が半々ぐらゐ。

小生片隅でひたすら酒を飲むのみ。

この夜また、どのやうにして帰つたのかわからない。

8　27　木

古田さんのうちをたづねる。

ニユヨオクから北へ約三十キロ、ホワイトプレンズ。テイピカルな郊外の住宅地。緑がゆたかで起伏に富む。

キイン先生の句にある「白野の桜」がおどろくほど大木になつてゐる。

古田さんはアチストにして詩人だから、さすがにしやれた住ひである。自作の絵が数点壁を飾つてゐる。他に様々の絵とオブジエがあちこちを飾つてゐる。

一室は日本風の部屋で、アメリカ風茶室である。あちこちが工夫をこらしあつて、おもしろい。

「北へ行けるところまでドライヴしませんか」とおつしやる。おつしやるが、古田さんの運転をミサオさんは全く信用してゐないから、ミサオさんがハンドルを握る。ハドソン河に出たり山に入つたりして、ウエスト　ポイントまで行く。ハドソン河は、北へ遡るほど約三十キロの間、河幅がおほいに拡がり、まるで海である。

ペプシコの彫刻庭園に立ち寄る。

見渡し尽くせぬ庭園のあちこちに、二十世紀の彫刻四十二作品が置かれてゐる。すべてを観て廻ることはとても無理、地図をたよりに、ミロの人物像とエルンストのカプリコオン（山羊座）を観に行く。

両者とも噴き出すほどおもしろい作品である。

夫妻に二番街まで送つていただき、みんなで、近くで夕食。

8　28　金

ケネディ発正午。

成田着二十九日午後二時。

訪遊釜山《ブサン》

'05　7　4　月

広島港よりフエリボオト銀河《ウンハ》乗船。

午後5時出発、チエコ、ヨシキ、ヨウコ、小生。

7　5　火

午前5時起床、熟睡。右舷に一灯、対馬ならん。やがて日の出。

この銀河《ウンハ》号、船室広く居ごこちいい。船内のレストラン、バア、テイルウム、散歩を楽しむ。近くこの航路廃止される。残念。

午前9時釜山港着。

東洋真珠《トンヤンヂンヂュ》金鎮姫《キムジンヒ》出迎えてくれる。

さつそくチヤガルチ市場をすこし歩く。博多のオバチヤンのコオナアあり。

カユレストランに入る。美味。

四十階段記念碑《サシプケダンキニヨンピ》に行く。これは6・25《ユギオ》（韓国戦争）の記念碑である。はなればなれになつた家族、恋びと、友人を求める貼札あまたありき。二次大戦浮浪児は共感胸つぶれる。

竹馬の友チヨガンは6・25《ユギオ》に戦死せり。いかに経済発展しやうと、時間がたたうと、戦争の傷癒えることなし。

開琴《ケエグム》の鎭姫居にたどりつく。

酒鯨《スルコレ》（朱慶《チユギヨン》）に再会。

楽しき夕食。ヨシキは酒鯖《スルコドウンオ》、小生は酒鰯《スルミヨルチ》なり。

7 6 水

酒鯨の車にて慶州《キヨンジユ》をめざす。

瞻星台《チヨムソンデ》（東アジア最古の天文台、七世紀初頭）のあたりで昼食。

崔《チエ》専務のレストランに行く。伝統スタイルのたてものにて、庭をたどり、庭をながめつつ食事する。参鶏湯《サムゲタン》、ビビンバ、チヂミなど。美味。

近くに慶州名物フアンナムパンの店あり、みやげにする。

天馬塚《チョンマチョン》に入る。

広びろたる公園のあちこちにまんまるい塚あまた。天馬塚最大にして、うちに入れば、発掘時のありさま復原しあり、塚のうちおどろくほど広き博物館なり。大きな勾玉数多くあり。

鵲あまたとびかひ、人を恐れず。

かささぎのわたせる橋におく霜の
白ろきをみれば夜ぞふけにける
大伴家持

「かささぎの渡せる橋」（京都ゴシヨに現存する）は、たなばた姫の橋である。あすは、まさに七夕なり。

慶州博物館に入る。

ミユズイアムシヨツプにてみやげ買ふ。

仏国寺《ブルグクサ》をめぐる。

良洞両班村《ヤンドンヤンバン》をめぐる。

７　７　木

釜山近代歴史博物館に入る。

釜山博物館に入る。「博物館物語（日本語版）」購入。

UNメモリアルは、6・25《ユギオ》（韓国戦争）における国連軍戦死者の墓なり。国々の国旗あまたひらめきてあり。

チヤガルチ市場、国際《ククチエ》市場《シジャン》をめぐる。扇子とキヤツプを買ふ。皆さんとても帰らうとせず、やむなく小生、喫茶店にて読書。「DIAMOND BELLY」豪華静寂、久方ぶりに満足す。

７　８　金

宝《ポン》水《ス》洞《ドン》（古書店街）に行く。

丘の中腹なり。いづこも同じ、古典まれにして高価なり。

わづかに「七言唐音」、「石北詩集　紫霞詩集（韓国名著大全集、大洋書籍、一九七五）」を購入。

石段をくだれば広い車道、向かひの喫茶店（ここも静か）が待合せ場所。

チヤアミングなるレデイ、ぽつり〳〵話す、小生韓国語だめ、レデイ日本語だめ、片こと英語にて談笑。

夕食後、ベランダのスモキングプレイスにて、釜山夜景を眺める。ヴアンクウヴア、釜山、神戸、いちじるしくあひ似てなつかしき夜景なり。都市の構造、文化、歴史、あひ似たるところ、独自なるところ、興味深し。

7 9 土

皆んなで寝ボウ。
楽しきブランチ。
帰りじたくしてでかける。
ヒヨンデデパアトにたちよる。
釜山港発午後5時、同じ銀河《ウンハ》号。
鎭姫朱慶手をふり別れがたし。われら国籍よりはるかに友愛を重んず。
釜山にはじめて着きし時すなはちなつかしさ覚えたり。視るもの聴くものなつかしさ覚ゆ。

わが国の言語、文化の成立において、上代韓国人のはたせし功績をまさしく知るべし。

奄美

'88　7　24日
夕方、ヨシキ、ガク、マアちゃん、ヨウコ、あや、小生、同行六人。マイクロバスにて出発。

7　25月
熊本で夜明け。午前十一時、鹿児島着。磯庭園で昼食。

集成館玄関左に、マキバブラッシュ（Callistemon rigidus R.Br.）あり。オオストラリアの樹なり。

午後五時、あけぼの丸乗船。

7 26 火

予定より一時間早く、午前五時、名瀬港着。すぐに山羊島のシイサイドホテルに行く。港の入口なり。港の入江の入口のほぼ真ん中に、立神（タチガミ）あり。ニライカナイよりおとづれる神々が立ち寄る尖つた岩である。立神と入江と名瀬市を結ぶ直線上に、ウガンヤマ（拝山）がある。立神―浜―里《シマ》―神山と直線上に位置するのが、奄美の基本的構造である。

やがて午前十時ごろ、斎藤夫妻、メグ嬢、甑島より到着。田中一村展へ行く。名瀬市からバスで約一時間、あやまる岬突端の笠利町歴史民族資料館にて――

一村作品の実物に対面すれば、最大の作品の迫力がある。奄美移住後の作品がほんたうの一村の作品であることがよくわかる。この天才は、日本画壇の古いしきたりの中では生きられなかつたが、一村と奄美の出会ひは、絶対的であつたことがわかる。かれの文章またいい。落款の篆刻、帯止、根付などの彫刻またすばらしい。既製の団扇の絵に、「仿謝蕪村」とあり「春林茆屋」と題したものなどあり。奄美移住以前の作品にもどこかにユウモアとやさしさがある。作品総目録がほしい。

資料館を出るとスコオルに見舞はる。すぐにもとのままに晴れる。岬を下りて泳ぐ。一同、珊瑚礁にて泳ぐのははじめて。すばらしい海ではあるが、夢想してゐたエギゾチツクなのどかなものとはならなかつた。足が痛く、足鰭を要する。リイフの近くで泳ぐのは危険であつた。波がリイフに一時にうち寄せうち返し、渦を巻き、また、リイフに打ちつけられれば、全身傷だらけになるのであつた。砂浜にリイフの小断片がおびただしい。数片拾ふ。

奄美の植生は、ハイビスカス、ブウゲンビリア、デイゴ、時計草などの花々多きこともとより、山々は、一見本州の山の様なれど、よく視れば、うるうるして異つた感じなり。ソテツ、アダン、グワバ、ガジユマロなどの群生あちこちにある。全山が照葉樹のところめづらしからず。

あふれる日光のなかで花々はゆつたり咲きほこつてゐる。蝶や蜂がまたゆつたり口づけしてゐる。この時、植物が全身で快感に震へてゐる。幹のなかを快感が走つてゐる。われわれ人間の快感とどのやうに違ふものか。

7 27 水

名瀬市有屋字朝戸の田中一村終焉の小屋をたづねる。丁重に保存してある。ほぼ生前のままに視える。粗末な小屋なれど、隅々が、さぞや一村が愛したと思はれる小屋の有様なり。裏の二坪ほどの畠も一村生前を偲ばれるタロイモなど植えてあり。一村はヴエジテリアンであつた。一村が生涯を終えたのは、一九七七年（昭五十二）九月十一日、六十九歳であつた。生前は一度も個展を開く機会にめぐまれなかつた。

名瀬市大熊《デックマ》の港の上に、トネヤ（神屋）がある。この島のすべての里《シマ》に存在してゐた聖なる場所や建物は、急激に廃絶したり、変質しつつあるなかで、このトネヤの建物は、古い姿をかなりとどめてゐる。正面の網戸を開き、内部をうかがふ。祭祀をなす用意のままに思はれる。ミキを供へるタカボン（膳）が脇にある。

この大熊のトネヤについては、島尾敏雄の文を引用しなければならない。一九五〇年代後半に書かれた文章である。

「幕末のころまでに、『ユカリッチのなかのノロ』という本来のかたちは、ほとんどくずれ去ってしまったようだ。そして多くの場合そのままノロ職は他にうけつがれないで廃絶した。それらの家々には、ノロの服装や装身具、祭器などが用法不明のまま、無用の長物としてとりのこされた。しかし特殊な場合だけ、ノロ職は目立たぬ家にひそかに伝えられて今日に生きのこった。九学会連合奄美共同調査の際に広く紹介された大熊のノロがその一つだ。ノロのことは島のなかででも、ほとんど忘却されかかつていて、九学会の研究によってはじめてそのようなことのあるのを知ったという島の若い世代も少なくなかった。現在の大熊のノロは、太月《タツキ》夏子という少女だ。なお先々代まではノロであった者が分っているがその先は不明だ。みな長寿であったので先々代のカネマツを見たものはもう村落には生きていない。先代のマンチヨは夏子の祖母に当るという。昔はノロは必ず童貞でなければならない場合もあったが、今は村をはなれさえしなければ結婚をしても差支えない。ノロのほかに二人のウッカンと十五人のイガミがいて、すべて婦人だ。ノロもウッカンもイガミも司祭であるばかりでなく、それを超えたカミでもあると考えられているように見うけられる。あるいは『よりしろ』である意味がはいっているのかもしれない。ノロの住居には神棚があるが、そのなかにどんな神がまつられているかについて、彼女たちにははっきりした自覚はない。あるときはジョゴの神であり、あるときは『大島にあるだけのすべての神』だ。大熊のノロの祭は旧の六月、七月、十一月の三回あるといわれ、部落の人たちは、カトリック教徒をのぞいてはすべて、天理教徒や生長の家誌友にしてもまた仏教寺院と交渉をもっているような家であっても、その祭に協力的であるという。(つまり祭に最も重要な供物であるミキをつくるための米を一合づつ提供、などのことをする。）……」（「名瀬だより」農山漁村文化協会・初出は一九五〇年代後半の「新日本文学」に連載）

このあとに、島尾敏雄は、大熊のオモリ（琉球のオモロのやうに記録されなかつた）を二章、文字化してゐる。

奄美図書館に行く。島尾敏雄が、一九五八年から七十五年まで十七年ほど、四十代五十代のほとんどをここに勤務してゐた。

楠田書店に行き、奄美の本を数冊買ふ。

近くの喫茶店「アラジン」で昼食。この店は、徳之島で栽培したブラジルコヒイを飲ませてくれる。残念ながらすでに品切れであつた。まだ収穫量が少ないのである。奄美にコヒイ園ができることを願ふ。

大和村国直《ソン》に行く。「鹿児島県の歴史散歩」（山川出版）に「国直集落は約三十戸で、奄美の典型的村落。集落の中心にアシヤゲ（神殿）、ミヤア（広場）があり、トネヤにはノロが住んでいる。「神の道」もよく保存され、キユラゴ（聖なる川）もある。」とあつて、是非訪れてみたかつた。

バスを降りると眼下に、碧い透明な海に面して、今まで日本では一度も見たことのない南国の緑に深々つつまれた、おちついた小集落である。昔ながらの珊瑚の垣にめぐらされてある。西脇順三郎の〈南方の奇麗な町〉とはかかる場所のことである。

人の影を見ず静まりかへつてゐる。家の内の人影に声をかけ尋ねるに全く要領を得ず。岡崎さんに尋ねてくれとのこと。

岡崎さんの話されたこと――

この家にトネヤがあつたが、このやうに今風の住居に改築した。ノロはゐなくなつた。マツリの時は、近所の人が数人集まつて形ばかりのことを、この部屋で行ふ。祭器はこれ（タカボンで、日月がくりぬいてある）だけである。「神の道」は、家の前を通る浜から山への道がそれである。神の道に添つて（山へ向かつて左側に）小川があり、すぐ近くの山からの岩清水であるが、キュラゴはこれではない。国直トンネル（二六〇米）を越え、徒歩で約三十分登つた山中にある川がそれである。アシヤゲは、現在ではよくわからない。ミヤアは、多分、公民館のあたりの広場（相撲の土俵がある）であると思ふ。なほ、岩清水の湧き出る所に、テラ（神社）があるが、これはアシヤゲとは別である。」

帰りに、岩清水の所に立寄ると、テラは、鳥居も小さな宮居も全面深い桃紅色に塗つてある。

帰りのバスの時間を見るに、バス停に時間表がない。日陰もなく茫然する。この茫然がまさに南島のけはひである。幸ひにも、かなたにガソリンスタンドがあり、トイレをかりる。

娘さんが一人で留守番してゐて、麦茶をすすめてくれる。名はハジメさん。電話で、名瀬方向へ走る車をさがしてくれる。電話のことばは、ほとんどわからない。――そこにゐるのは、おまへのいい人か？――なに言つてるの、知らないどこかのオヂサンですよ。このやうな会話に感じられる。ここでしばらく、ハジメさんの話をきく。

ハジメさんは、大和村戸円《トエン》に住んでゐる。

大和村は、東シナ海に北面して、長くて入りくんだ海岸線のすぐ上はすべて深い山々であつて、集落はすべて海岸に点在する。東は名瀬市に接し、西は宇検村《ソン》に接する。海添ひにつづら折の山道は東西約二十キロである。

国直は名瀬市のすぐ近く（バスで約三十分）であり、西端の集落は今里である。戸円はほぼ中間に位置する。戸円には、ノロの持つテルオオギなどの神道具がのこつてゐる。

奄美の伝統的宗教祭祀をよく保存してゐるのは、西端の今里である。立神、神道、川、神山、トネヤ、ミヤア、テラ、境などが、宗教的意味を今なほになつてゐる。いくつかの伝統的祭祀が行はれてゐる。「カミグチ」、「オガンダテ」などの詞章がいくつか祭祀のなかに現存してゐる。（帰宅してから、桜井　満編「大和村の年中行事」（白帝社・一九八五）をひらくに、ハジメさんの解説は的確であつた。）

やがて、名瀬に帰る里見さんの車に乗せてもらふ。

奄美最後の夜。ヨシキ、斎藤ドクタア、小生、屋仁川に酒を飲みに出る。なにひとつ情報なく、手さぐりで「紬」なる店に入る。親切なママさんが、奄美民謡の代表的歌ひ手のひとり、浜畑妙子さんの小料理屋へ案内してくれる。

奄美民謡三線《サンシン》のねを聴く。

ハレイ拝まん人《チユ》む拝で知りゆり
イチヌカランヨナマヌカランヨ

ハレイ命《イヌチ》ながめとればヨハレ
拝まん人《チユ》む拝で知りゆり

7 28 木

奄美空港から小さな飛行機で喜界ケ島に渡る。

俊寛僧都の墓をたづねる。墓の脇に、俊寛の等身大の坐像あり。

銅板に刻した撰文に曰く――この墓地附近は、昔から「坊主の前」という地名で呼ばれ、此の地に俊寛僧都の墓と伝えられる墓石があり、その下から人骨及び金具と木片が発見されました。町では昭和五十年十月、当時国立博物館の人類学部長、鈴木　尚先生に鑑定を依頼、その結果、人骨については現代人の形相ではなく、歴史時代人として相当の身分の高い人物の遺骨と推定、同時に発見された隅金具のついた木棺は、木曽地方に産するクロベ材と鑑定され、俊寛僧都の墓であることに自信を深めた。京都市にある平安博物館では、この人骨を原形とする等身大の座像を安置し、昭和六十年三月二十四日開眼供養が行なわれました。俊寛僧都は、治承元年（一一七七年）京都鹿ケ谷にて平清盛討伐謀議のかどで鬼界島に遠島、治承四年（一一八〇年）に赦免されることなく生涯を閉じている、本町でもこの地に眠る俊寛僧都の座像を安置し、後世に伝えるものであります。昭和六十一年八月二日　喜界町

すこしまとめれば――

一一七七（治承元）五月二十九日、多田行綱、鹿ケ谷謀議密告。
六月　成経、康頼、俊寛、流刑される。
一一七八（治承二）七月三日　中宮徳子皇子懐妊の特赦に成経、康頼の召換を決める。
一一七九（治承三）七月二十九日　重盛没（四十二歳）
九月　俊寛没（三十七歳）

俊寛は餓死したのではなからうか。

成経、康頼にしても、あやふいところであつた。

平　康頼は、帰還したその年に、「宝物集」をあらはしてゐる。どんなことを書いてゐるのであらうか。

喜界島は、現在でも凄寥としてゐる。

外界との連絡は、十九人乗りの小型機で、奄美空港との間に一日六便あるのと、船は、名瀬港との間を約三時間かけて一日一便あるだけである。気易く名瀬に出かけることなどできない話である。

喜界空港から約十五分で奄美空港に着く。滑走路に降り立つと、真つ正面に、喜界ケ島が厚いセンベイの形で近くに見える。

奄美空港玄関の真つ正面には、アマンデ（奄美嶽）が横たはつてゐる。

アマンデこそ、奄美大島の「島建て」の聖地である。

最初の神々、阿摩弥姑、志仁礼久の男女二神が天降つて、奄美の島づくりが行なはれた。アマンデの麓、節田と平の間に、奄美姑神社がある。小さな、奄美スタイルのカラフルな神社である。

おみやげに、「ミキ」を買ふ。もちろん、奄美の神々の召しものなのであるが、現在は一般に、牛乳パックと同じ入れものに入れて販売してゐる。味はアマガユに似て、アマガユよりスツキリしてゐる。

前記の「大和村の年中行事」に、「ミキ」の製法が報告されてゐる。

「――まず、大型の七厘に火を起こし、アンマンナベ（大鍋）に水を入れて沸かす。一方、カライモの皮をむいて擦り下ろす。臼に入れ、アデイムン（杵の一種）で突きながら混ぜる。こうしてできたものをナマガミという。ウスとアデイムンとはノロの家にないため、それらを持つている家までイガミ二名が出向いて作業を行つてくる。できあがつたナマガミをソケ（かご状の小ざる）に入れ、水を加えて揉みながらそのこし汁を取る。残りのカスは捨てる。一方、沸騰してきたアンマンナベの中に米の粉を入れ、メシゲ（へら）でモチ状になるまでよく練る。できたものをムルミという。ムルミができるとサンバラ（平らの大ざる）の上に広げ、浜の堤防の所まで持つて行き、風に当ててかきまわしながら冷ます。冷ました方が発酵し易くなるためという。こうして冷ましたムルミとナマガミのこし汁とを、ポリバケツに入れ、手でよく揉みながら混ぜる。そして、ポリバケツにふたをし、その上にバショウの葉をかぶせ、ノロの家の台所の隅に安置し、作業は終了する。このまま一昼夜置くと、ミキができ上る。なお、ミキはオムケとオホリの時だけ作る。」

午後九時、クインコラル号乗船。

7 29 金

午前九時鹿児島着。

午後一時鹿児島発。

7　30　土

午前二時松江着。

熊野

プロロオグ

夏休みどうしてゐますか。

今から熊野へ旅します。

最初に、和歌の浦の玉津島をたづねます。和歌の神衣通姫《そとほり》が祭神です。そこでこの旅では、和歌を作つてみるつもりです。

妹がため玉を拾ふと紀の国の
由良の岬にさまよふわれは

玉津島の玉石をもつて帰りますので、ペエパアウエイトにしてください。玉は心身を強くし、智恵才能を高めます。首飾、耳飾また同じ信仰です。

玉津島

たまくしげ玉津島根にたどり来ぬ
たまあふことのかたき世なれば

玉津島の夢を二回視てゐます。境内の同じ情景の夢で、前後のできごとは完全に忘れてゐますが、和歌の浦（まだ行つたことはなかつたのに）のやはらかい感じ、海のにほひの風、境内のひろびろした砂の感じ、松の姿など、まざまざ覚えてゐる。住吉をたづねたことがあります。住之江の情景がまざりあつてゐるのかも知れません。ですから、現実の玉津島がどんな情景なのか、怖い興味を持つてゐました。

現実の玉津島は、真ん前に鏡山があつて、そんなに広くはありません。鏡山の裏を半周して海岸に沿つた道路があつて、自動車がひつきりなしに走つてゐるが、境内は静かに蟬時雨が降つてゐます。小野の小町にちなむ平安風の濃い紅色のとても低く厚い塀があざやかです。

小町は衣通姫の生まれかはりで、こののちも、衣通姫の流れは現代まで連綿してゐる。

ここは拝殿だけで神殿はありません。玉津島自体が神で、昔は海に浮かぶ島であつた。ここで玉津宝（真珠《またま》）を得た。「………奥つ海石《いくり》に　鰒珠《アハビダマ》　さはに潜《かづ》き出………」（赤人）、「………潜き採るとふ　鰒珠　五百箇《いほち》もがも………」（家持）、昔はアコヤ貝ではなくアハビから真珠を得た。かうして、「玉得《たまう》」が「給ふ」になつた。

いにしへより「御《み》頸《くび》珠の玉《たま》の緒をゆらにとりゆらかして」（古事記上つ巻）魂を強くした。同時に、玉のふれ合ふ音に聴き入つて魂のやすらぎを得るのです。

　玉響《たまゆら》に昨《きのふ》の夕べ見しものを
　　今《けふ》の朝《あした》に恋ふべきものか（万葉巻十一）

「たまゆらに見る」は「魂をふれあつてやすらかに愛する」の意味で、「たまゆらの露も涙も」などの「はかない」の意味は、中世になつてからのことです。

玉津島、鏡山にならんで、妹背の山があります。妹背の山は、現在も海に浮かびますが、すぐ近くで、石の「不老橋」を渡ります。

おくれゐて恋ひつつあらずは紀の国の
　妹背の山にあらましものを（万葉巻四笠の金村）

石橋をひきかへすと、橋の前方に、芭蕉の句碑があります。

行く春にわかの浦にて追付たり

四十三歳の芭蕉は、一六八七年（貞享四）十月二十五日、「笈の小文」の旅に出ます。翌元禄元年八月下旬江戸帰着まで、東海道、美濃、伊勢、伊賀、大和、吉野、京、近江、大阪、高野山、和歌浦、須磨、明石など行ったり来たり、行く先々で歌仙を巻いてゐる。

句碑の前をひつきりなしに車が右往左往します。和歌の浦は、のびやかな行く春がふさはしい。

道成寺

道をたづねて、広い水田のかなたに明るい赤松の丘があらはれます。こんないい丘ははじめてです。「道成寺花のほかには松ばかり」と謡ひますが、とても明るくカラフルで静かな寺です。白拍子花子があらはれいでて舞ひだしてもちつとも不思議ではないのです。

まだ暮れぬ日高の寺に着きにけり
　昔を今にもゆるかげろふ

あざやかな朱の仁王門をくぐつて境内に入ると、ぱつと明るく広く、草木やさしく、寺社にありがちの威圧がありません。

堂塔は小作りで女性風の感じがします。

本堂は一三七八年（天授四）の建て物で、いくたびか営繕された時々の木材が丁寧なやさしい感じを持つてゐます。本堂の前後には、細長い静かな池があつて、緑色に透んだ水に水蓮が浮かんでゐます。

向かふの書院は、元禄四年の建立で、デリケエトな女性的なめづらしいスタイルをしてゐます。

三重の塔また上品な姿です。

塔の前に、鐘巻之跡と安珍塚があります。

能「道成寺」は、大釣鐘の作り物、鬼女の急ノ舞、曲折に富んだ謡と囃子、おもしろい舞台なのです。

「……、さてかのをんなは山伏を、逃すまじとて追つかくる、折節日高川の水以つての外に増さりしかば、川の上下《かみしも》をかなたこなたへ走り回りしが、一念の毒蛇となつて、川をやすやすと泳ぎ越しこの寺に来たり、ここかしこ尋ねしが」、地面におろされた鐘を怪しみ「龍頭《づ》を銜《くは》へ七纒ひ纒ひ、炎をいだし尾をもつて叩けば、鐘はすなはち湯となつて終《つひ》に山伏を取り終んぬ」

情熱において外国の女性に決して劣りません。

本尊千手観音など多くの仏像と「道成寺縁起絵巻二巻」などの美術は、現代の耐火建築に移されてゐます。ここで、和尚の「道成寺縁起絵巻」の絵とき説経をききました。

この「道成寺縁起絵巻」は、説経のたびにすこしづつ いたむので、何度かあらたに描きなほしてあるのでした。最も古い作は、十五世紀か十六世紀と推定されてゐます。絵はのどかなスタイルで、草木がもつとも好ましくゑがかれてゐます。清姫は最高に魅力的な面影でなければ残念です。

現代の清姫像がいくつか（絵と彫刻）ありましたが、やはり最高の女性でなければ不満です。

能「道成寺」前ジテ白拍子花子（清姫の化身）の木像が好ましい。

小林古径の清姫はかはいい。

村上華岳の清姫が観たい。

安珍清姫は、天上界で結ばれてゐるのです。天人になつた安珍清姫の木像が小さな厨子に入れてありました。かなり古くなつてゐますが、いつ頃の作でせう。しげしげみつめて、清姫のおもざしが好ましいのに安心しました。

道成寺の気持ちのいい石段をおりて、日高川を渡ります。

清姫の一念の蛇泳ぎ越す
　日高川の波今もまぶしき
鐘溶かしわが身を溶かし火の蛇の
　飛んでぞ入りぬ日高川の波

南方熊楠記念館

海沿いにホテルの林立する白浜の町並を過ぎて、番所崎の尖端をめざします。道に人通りがすくなくなり、前に薄黄色の小さい門があつてガアドマンがゐます。たづねると、ここは京大臨海実験所で、熊楠記念館は、左折してさらに狭い道を岬の尖端に登つて行く。あたりは急に植物が多くなり、うつ蒼として岬全体が森に包まれてゐます。しかも、めづらしい南国や異国の大樹が多い。南方熊楠になにらかのつながりある草木を植えた植物園なのでせう。

車は、狭い急傾斜で急曲りの径を登つて岬の頂に着きます。がつちりした石垣と石畳のある場所です。すつきりした記念館静かに、エキゾチツクな森にこんもり包まれてゐます。

大科学者で大文人の南方熊楠は、門外漢には荷の重すぎる存在です。けど、ここに来てみたかつたし、来てよかつた。

記念館の展示のなかでただひとつ、熊楠のボウ大な科学コレクシヨンのうち、もしかしたら、人によつてはあまり気にとめないかもしれないもの、鈴石、石の中に石があつて、音がするのです。どんな音がするのでせうか？　残念ながら手にとることはできない。

記念館の屋上に立つて海を眺めます。厚つぼつたい海の風につつまれ、紀伊水道が太平洋にぶつかるあたり。

紀の国の岬のはてのわたのはら
ゆくへも知らに遠ざかる波

岬をおりて、京大臨海実験所の水族館へ行きます。ガアドマンが、
「残念ですが、閉館の時間です」
時計をみると四時五十分。
「どんな水族館ですか？」

「いや、長いこと勤めてゐますが、一度も観たことないんです。開館の時は勤務時間ですし、休みの時は閉館なもんですから。」

この夜は、田辺の小さいホテルに泊まります。丘を半分けづりとつて建ててあつて、一、二、三階はマアケツト、四階駐車場、五階フロント、六、七階がホテル。マアケツト閉店十分前にあわてておりて夕食を買います。ほとんどが五割引になる時刻で、こんな便利なホテルがいい。

しかも、晩酌を楽しんでゐますと、そのうち、窓の正面（明るいうちは、対岸の白浜の岬や島々が眺められた田辺湾）に、大きな花火が揚がるではありませんか（あとできいたら白浜祭でした）。

想ひがけない特別席で、しかもゆつたり盃を手に花火見物です。

けど、花火をみていると、やがてしんみりしてしまひます。すべて消えゆく存在の一刹那のはなやぎときらめくよろこび。To be or no to be？いつまでも存在できるつもりの強欲の迷妄。強欲と強欲の醜悪で苦難の修羅場をつきすすむよりも、消える方をえらびます。

熊野本宮

「蟻の熊野詣」（「仁勢物語」）は昔は大変な難路で、この熊野古道は現在もかなり保存されてゐます。

五つのコオスがあります。

大《おほ》辺《へ》路《じ》
中《なか》辺路
小《こ》辺路
伊勢路
北山路

中辺路（もちろん新しい路）を通ります。つまり田辺市から東へ、紀伊半島をほぼ真横に、山中をへめぐり、能野をめざす。山々あくまで深く、水清く豊かです。

車ですので、まだ昼のうちに、本宮前に着きます。

くろぐろした社です。

祭神は、伊邪那岐、伊邪那美にはじまつて十四柱、摂社の神々さらに多く、結局は八百万の神々。

もとの信仰は、御食野神《みけのかみ》つまり穀神と考へられてゐます。さらには、熊野川の水の神への信仰と考へられてゐます。出雲の熊野大社と同じ信仰です。熊野と出雲がどんなつながりがあつたのか、現在はまだよく解つてはゐませんけど、興味深いところです。

明治二十二年の夏、熊野川が大洪水になり、本来の熊野本宮は、貴重な資料もろとも流出し、同二十四年に、現在の丘の上に転移した。

本来の本宮のあつた場所は、現在でも大斎原《おほゆのはら》と呼ばれてゐるところで、熊野川、音無川、岩田川が合流するあたりの、大洪水以前は、とても長い清らかな砂州の川中島でした。現在では陸つづきになつて、現本宮の向かつて右、やつと車の通れる石畳を約五百メエトル行くと、急にこんもりした杜に入ります。小高いところには、現在でも社祠《やしろ》が二つだけは残してあります。

大洪水以前の大斎原の、とりまく山川の姿、本来の本宮のたたずまひを、こまかく書きこんだ絵図が残つてゐます。このやうに、周囲を水にかこまれてゐるのは、水垣で、どんな権力者であろうとも、水の中を歩いて渡らねばならなかつた。どの神社にもあるミタラシは水垣のかはりなのです。

京都の賀茂神社は賀茂川と高野川にかこまれ、奈良の三輪神社は、もとは「水輪」で、三輪川と巻向川にかこまれ、ともに、水垣なのです。もちろん水の神です。

熊野は山々果てしれずたたなはり、水澄んで、したがつて砂州がおどろくほど清らかです。手にとつて、日本にもまだ、こんな清らかな水と砂があることにほつとします。

「熊野」の「熊」は、いろいろに解釈されてゐますけど、つまるところは「神」の意味と思つてまちがひない。「熊野」の国は「牟妻《むろ》の国」とも呼ばれてゐますが、これは、「神がおりてくる杜《もり》」の意味と考へられています。

水の神、穀物の神への信仰に、はやくから、葛城山の一言主神《ひとことぬしのかみ》、役小角《えんのをづぬ》にはじまる修験道が融合し、さらに仏教が融合して総合的になり、熊野権現信仰になつた。

本宮——家津美御子神は阿弥陀如来（未来救済仏）
新宮——速玉神は薬師如来（過去救済仏）
那智——夫須美神は千手観音（現在救済仏）

「オカラスさん（牛王《ご》宝印）」をもらつて帰ります。ちよつとキミのわるいデザインです。出発前に、「修験道辞典」（東京堂）をひいてみました。「牛王は牛肝の中から得られる高貴薬で、元来医療に用ひられた。牛王加持は、薬としての牛王が薬師信仰と結びついて、密教の修法となつたと考へられる」、護符としての牛王宝印は、「新しい年の健康と豊作を祈る悔過《けか》法のあと、本尊の分霊として信者に授ける」、「東大寺、薬師寺、中尊寺、大峯山寺、大山寺など各地に歓請された熊野神社で配布された」、「伯耆の大山寺版は、金剛杵を形どつた文字で「牛王宝印大山寺」と書かれてゐる」。

念のため、社務所で、どうしてここのカラスが三本足なのか、たづねてみました。熊野烏は現実の烏ではなく、神の使だからなのでした。

この日は、熊野の湯にひたります。熊野の湯は霊験あらたかで、死体が生きかへるためしもある。おかげですこし若がへります。

くれなづむ熊野の湯にゐてしみじみと
はるかな旅にひぐらしの声

花窟《はなのいはや》

すこし早起きして、熊野川沿ひに河口の新宮までくだり、さらに熊野大橋を渡つて三重県南牟婁郡に入り、熊野灘の砂丘沿ひほぼ一直線に北上、花窟《はなのいはや》をめざします。

大きな紀伊半島は、いたるところ岬々が複雑に入り組んだ地勢なのに、熊野川河口から北へ三重県熊野市まで約三十キロ、めづらしく真つ直ぐの砂浜、七里ミ浜です。海が荒れた日にこの国道42号を走つた人の話では、車がたえまなしに波しぶきをかぶつて、あとでていねいに洗車しないと、車がだめになる。幸ひにけふもまたまつたくの晴天で、静かな熊野灘が拡がつてゐます。やがて花窟に着きます。

七里ミ浜に、高さ七十メエトルぐらいの岸壁が突き出し、海に向かつて花窟があります。砂浜に小さな鳥居があるだけの、この花窟こそが、海のなかから甦る太陽を最初に迎へる、花の大地母神なのです。熊野灘のヴイナスです。

「日本書紀」に「伊奘冉尊《いざなみ》、火の神を生む時に、灼かれて神退去《かむさ》りましぬ。故《かれ》、紀伊の国の熊野の有馬の村に葬《はふ》りまつる。土俗《くにひと》、この神の魂《みたま》を祭るには、花の時に亦《また》花を以ちて祭る。又、鼓《つづみ》、吹《ふえ》、幡《は》旗《た》を用《も》て、歌ひ舞ひて祭る。」

今も春と秋の祭に、時の花を持つ娘たちが、いにしへぶりの舞をまふのです。甦える太陽と甦える花とともに、海のかなたから死者の魂が帰つて来ます。かうして甦えつた死者の魂が、農作物の豊穣をもたらすのです。これこそが、山と川と海からなる熊野信仰空間における、根源の信仰である。

花窟《はなのいはや》は、熊野灘からふりかへると、さらにほのかにほふ。これこそ、海から帰り来る死者の魂がたどり着く目じるしで、依りどころなのです。

熊野灘からふりかへる時、花窟のほかに、帰り来る魂の目じるしが、いくつかあります——熊野川河口の神奈備《かんなび》山、新宮市の神倉山の「神倉」、そして、勝浦の那智の瀧です。

神倉

新宮の人はだれしも、この神倉山の神倉をふり仰いで育ちます。それほどくつきりありありしてゐます。真下は新宮高校のグラウンドです。

「倉」も「鞍」も同じで、「坐るところ」の意味で、神が来たつて坐るところです。速玉大社を「新宮」と呼ぶのは、この神倉がもとの信仰だからと考へられてゐます。

阿須賀《あすが》神社

熊野川河口に、神奈備山があります。ここでも拝殿だけで神殿はなく、山が神です。

秦の始皇帝の命令で、蓬莱山の不老不死の妙薬を求めた徐福が、ここに漂着したと伝へられてゐて、この神奈備《かんなび》の山を、「蓬莱山」と呼びならはしてゐますけど、本来、熊野川の河口は、黄泉の国と現《うつ》し世との通ひ路で、神奈備山は、死者の魂がたどり着く目じるしと信じてゐた。

新宮

ここには、三《み》熊野のうちで、最も多くの、古い資料と美術が伝へられてゐます。

平安貴族の豪華な生活用品が多く、どれもこれも国宝だらけで、熊野桧扇《ひあふぎ》（それぞれに優雅な絵あり）が沢山（扇を数へる言葉を知らない）。蒔絵の化粧品入れ、女の守り袋、女のはきもの、組紐、挿頭華《かざし》、蒔絵の衣架《いかう》、……国宝の銀針、国宝の衿《ふすま》があります。

佐藤春夫記念館

新宮に隣接して、文京区関口町にあつた佐藤春夫旧宅を移築し、つい二年前にできた記念館です。

南ヨオロツパ風の塀のひとところがアアチ型に高まつてできた門を入ります。特に大きくはない、東京の平均的大きさの家ですが、めつたになくいい家です。庭もまた。ヨオロツパ趣味と中国趣味と日本風がうまく調和されて、佐藤春夫の詩文の好みを、建築に移しかへてゐる。

日本のロマンチシズムがモダニズムに変はつて行く時代の感覚がこらされてゐて、そこがおもしろい。大正時代はこんな時代であつただらう（この家ができたのは大正十五年の翌年つまり昭和二年（一九二七）。

設計者は大石七分、もちろん詩人と綿密な打合せがあつたこと十分に想像されます。

佐藤春夫は大正のダンデイ詩人で、大胆なおしやれがきまつてゐたことでよく知られてゐます。美術への愛好ただならず、詩集の装幀、自から描いた油絵、身のまはりの愛用品、文房具など、ユイニクな、おもしろいものです。

ボクの学生時代（もちろん戦後です）、身元保証人になつて下さつた先輩の宅を、折々たづねてをりましたが、この方の書斎に、佐藤春夫全集、詩集、原稿があつて、そのたびに手にとつたことを想ひ出します――詩集なるもの、普通の書籍とまつたくちがつて、この世ならぬなんとすばらしいものだらう。今もこの時の詩集の紙のにほひを覚えてゐる。

記念館は現在、佐藤春夫の初恋の女性、中村俊子展です。
俊子は、一八九一年（明二十四）生まれ、春夫の一つ年上です。
俊子の写真を数葉視ました。「殉情詩集」の女性はこの人であつたのか。図録を買つて帰ります。
春夫は生涯、「明眸皓歯」の語句を読むたびに、この人のことに想つてゐる。

身をうたかたとおもふとも
うたかたならじわが思ひ。
げにいやしかるわれながら

うれひは清し　君ゆゑに。

人によつては、初恋を、さも幼稚なことにして小馬鹿にした調子で語ることがあります。内心反対します。この世に生まれ出て最初にあこがれる女性は、深い意味を持つてゐるはずです。

神倉天狗

堀口大学が佐藤春夫とはじめて出遇つたのは、一九一〇年、新詩社において、与謝野鉄幹の紹介によるところでした。大学、春夫、同年の十七歳の時。

大学は、この終生の親友の初対面の印象を、「骨つぽい、烏天狗のやうに尖つた感じの大変鋭い人」と語つてゐます。

「烏天狗」はふるさと伯耆大山寺の天狗です。新宮の天狗は「神倉天狗」ですから、春夫が似てゐるのは、当然、「神倉天狗」の方です。しかも、「神倉」の直下に新宮高校がありますので、旧制中学生春夫は、日に日に「神倉」をふり仰いでゐた。

それに、「烏天狗」の方は、いくぶん間抜けなところがあつて、春夫先生の才気換発たるところと似てはゐません。

「烏天狗」はへぼ将棋をいたく好み、毎夜僧坊をたたき、将棋をいどみますが、一局も勝てない。もう一局もう一局せがんで、僧は眠れなくなり、わざと負けてやるとよろこんで帰るのです。

「神倉天狗」の方は、「神倉聖」とも呼ばれる霊力を持った天狗なのです。

浮島の森

「いつの時代《ときよ》なりけん、紀の国三輪が崎に、大宅《おほや》の竹助という人在りけり」――上田秋成「雨月物語」巻之四「蛇性の婬」の冒頭です。

竹助には、三人の子がゐて、長男は「素朴《すなお》にてよく生産《なりはひ》を治」め、長女は石榴市《つばいち》に嫁に行つてゐます。ところが次男豊雄は、「生長《ひととなり》優しく、常に都風《みやび》たる事をのみ好みて、過活《わたらひ》心《ごころ》」がありません。父は心配して考へます。「家財《たから》をわかちたりとも即《やがて》人の物となさん」、養子に出しても苦情をきくやうになつてはいやである。いつそのこと「ただなすままに生《おひ》し立て、博士にもなれかし、法師にもなれかし」、で生きてゐるかぎりは長男のやつかい者にしておかうと、しひてやかましくは言はずにゐます。この豊雄、新宮の神奴《かんづこ》安倍弓麿を学問の師として通つてゐます。

ある日のこと、飛鳥の神秀倉《かんほぐら》（さつきの神奈備山のことです）のあたりで、急に雨がはげしくなり、漁師の家に雨宿りします。やがて、「廿《はたち》にたらぬ女の、顔容《かほかたち》、髪のかかりいと艶《にほ》ひやかに」、「此世の人とも思はれぬ」女がつと入つて、また雨宿りします。豊雄は近寄るほどにいよいよ魅せられ、心が空に帰ります。女は、「新宮の辺《あたり》にて県《あがた》の真女児《まなご》が家はと尋ね給はれ」と述べて帰ります。

豊雄は、この夜の暁の夢に、真女児の家を尋ねて行きます。門も家も大きく、ゆかしい住まひぶりです。真女児にやさしくもてなされて、「うれしき酔ひごこちに、つひに枕をともにしてかたるとおもへば夜明けて夢さめぬ。うつつならましかばと思ふ心に」朝食も忘れて新宮へ、真女児をさがしに行きます。さして広くもない新宮の、どこへ行つても、誰にきいても雲をつかむ話です。

午頃、東の方から童女があらはれ、真女児の家に案内します。

おどろくべきことに、夢のうちの家に露たがはぬ。

真女児に愛をうちあけられ、かへつて生活力のない豊雄はおぢけづきます。愛のしるしに真女児から金銀の太刀を受けて、明日の宵あらためて、親をすかし外泊の許可を得てからと、約束をし、この夜は、眠れぬ夜を明かします。

早起きのまじめな長男が、ふと豊雄の枕元をのぞくと、消え残つた灯火に金銀の太刀がきらめいてゐます。やがて大さわぎになり、太刀は、近頃盗難つづきの新宮宝《みたから》蔵《ぐら》の宝剣と判明し、豊雄は捕へられます。

武士たちが、豊雄を引き立てて、真女児の家へ向かふと、門の柱朽ち、軒の瓦ほとんど砕け落ち、人住むとは思はれません。豊雄はただあきれにあきれものも言へません。

内はさらに荒れまさり、格子戸をひらけば、「腥《なまぐさ》き風さつと吹き送り」、さすがの武士たちも恐れまどひ、しりごみしてゐます。巨勢《こせ》の熊檮《くまがし》なる剛の者が、後につづけと叫んで進みますと、塵の一寸ばかり積つたなかに、古き几帳をめぐらし、花やかな

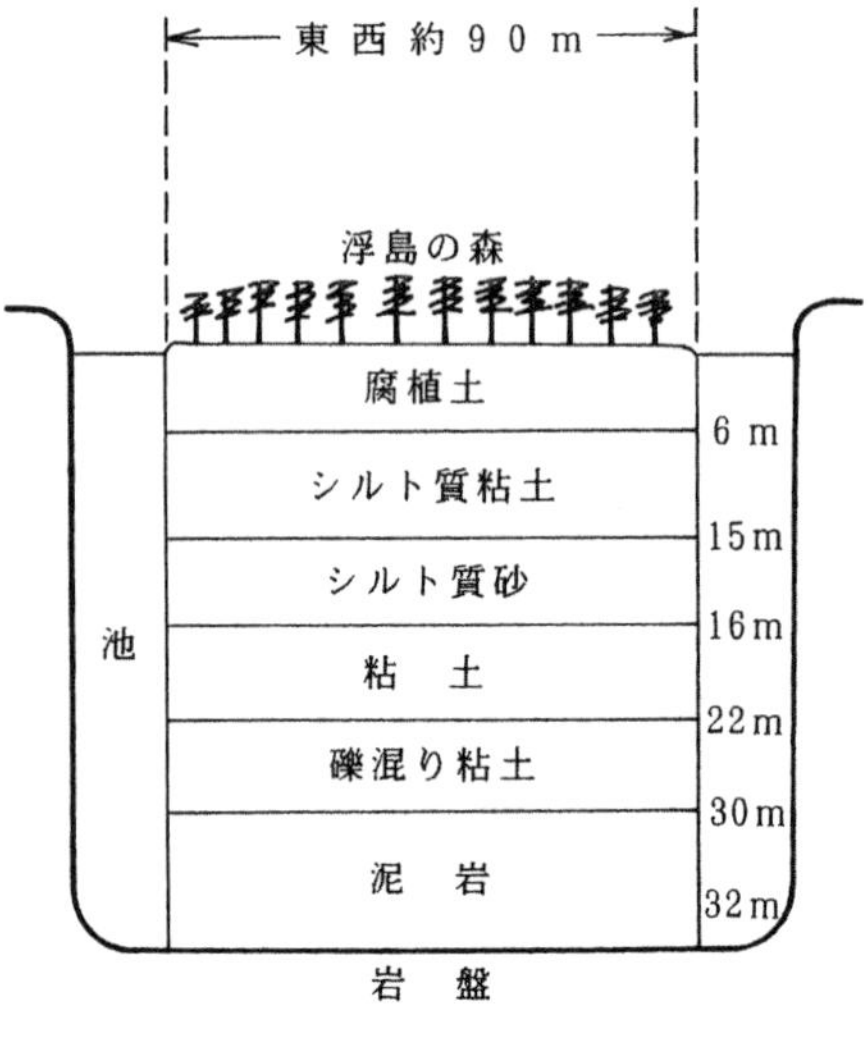

女がひとり、静かに座つてゐます。「国の守《かみ》の召しつるぞ、急ぎまいれ」女は返事もしません。

やをら近づき捕へんとするや、天地を裂く雷が落ち、武士たちは目くらみ倒れます。

女は影も形もありません。


豊雄はそのまま病ひに伏せり、石榴市の姉のもとに身を寄せるのですが……


浮島の森は、新宮市のほぼ中心に、こんもり無気味に静もつてゐます。

こんなに怪奇小説にぴつたりの場所は、ほかに知りません。しかも、浮島はほんとうの浮き島なのでした。

水位があがれば、それとともに島もあがります。強風にあふられては移動もします。内部に「蛇の穴」があります。美少女「オイノ」が父親の視てゐる前で大蛇に飲み込まれたと言ひ伝へます。

かなり大きな樹木が茂つて暗く、あまり幹が太くなると樹木は倒れて腐れます。古い倒木が至るところに交叉してゐて気味悪いです。

稲妻形の狭くぐらぐらする橋を通ります。不意に大きな黒揚羽が顔をかすめます。

那智　青岸渡寺

補陀落や岸打つ浪は三熊野《みくまの》の
那智のみ山に響く瀧津瀬（西国三十三ケ所第一番御詠歌）

那智の瀧のしぶきを全身にあびました。

この滝は、流れて補陀落《ふだらく》（サンスクリットのPotalaka観音の浄土）に通じてゐると信ぜられ、生命の甦りの水です。

かうしてふたたび若がへりの機会を得ました。

補陀落《ふだらく》山寺

那智山を、那智川沿ひにおりて、浜の宮に出ます。

浜辺に近く、補陀落山寺があります。

裏山に、平の維盛《これもり》の墓があります。

この平家小松の長男は、富士川の合戦の総大将として水鳥の飛ぶ音に驚ろいて戦はずして敗走、以来連戦連敗の、代表的な平家の公達《きんだち》です。

都落ちに際しては、妻子との別れがつらくて、一門の人びとにひどく遅れます。五人の弟たちが、たまりかねて馬を乗り入れ、こんなに遅れてはどうなることか、と声々に申し上げると、維盛は馬に打ち乗つて出るのですが、なほもひつかへし、弓のはずで御簾《みす》をざつとかきあげ、「是御覧ぜよ、おのおの。をさなき者共があまりにしたひ候を」と言葉つまつて泣きます。

維盛はこの日より、妻子の泣声が耳から離れる時がありません。

維盛の妻子恋ひしさは、口で言はなくても、人びとに感づかれてゐます。池の大納言頼盛につづいて、頼朝に内通するかも知れないと、疑はれてゐて、もとをただせば平家の氏の上《かみ》たるべき維盛は、一門のうちで信頼されず、居ごこち悪しく、つひに屋島の陣で敵前逃亡して、高野山にかくれます。ここで出家をするのですが、髪をおろす前に、恋しい妻子に一度だけ逢ひたいと涙をながします。

さて、維盛は、供の者と山伏姿になつて、高野を下り和歌山へ出て、小生の通つたほぼ同じ道をたどり熊野へ向かひます。途中、どこで源氏に捕はれるであらうか、びくびくし、また、かつて平家に従つてゐた武士たちも、見て見ぬふりをします。

熊野にしても、とつくに、これまでの平家支持から源氏支持に変つてゐた。やがて壇の浦で平家を滅ぼす最強戦力は、熊野水軍なのです。

一一八四年（寿永三）三月二十八日、維盛は、この浜の宮から小舟に乗つて熊野灘に浮かびます。死を決した今も、妻子への想ひが絶ち切れず、死をみとるためにつきそつて来た瀧口入道に告白します「あはれ人の身に妻子といふものをばもつまじかりけるものかな」

入道は、涙をふきながら鐘をうちならして往生をすすめます。

維盛は思ひきつて入水します。

丹敷戸畔命《にしきとべのみこと》

この補陀落山寺また、現在も神仏混交で、本堂横に熊野三所神社があります。神社の片隅に、

丹敷戸畔命《にしきとべのみこと》

とだけ刻んだ、高さ一メエトル足らずの細長い碑があります。

「書紀」に、神武天皇が、南九州より北上して各地で原住民を攻め破つて進軍し、和歌山の名草邑《むら》では「名草戸畔《とべ》」を誅し、熊野丹敷《にしき》の浦では「丹敷戸畔」を誅す、とだけあります。ここのところでは、ほかのところにある悪戦苦闘の記事がありませんから、ほとんど抵抗しないのに殺されたかもしれません。

「戸畔」は「戸女」で、素朴な原住民の人生の中心になる女性であつたのです。

優勝劣敗弱肉強食は動物の宿命で、人間の歴史また底に流れるところ強者の勝利です。しかし、勝者の文明と人生が、はたして、敗者の人生よりも優れてゐるやいなや？　弥生文化は縄文文化よりもすべての点でまさつてゐたのかどうか？　ローマの文化は本当にカルタゴの文化にまさるものであつたのか？

アメリカンネイテブの文化が、アメリカ現代文明に比べて、すべてとるにたりないほど劣つたものであるのかどうか？　アメリカ人自身、かなり疑問に思つてゐる人が、すくなくありません。

この夜は、勝浦の宿に泊まります。

勝浦港はおどろくほど広い天然の良港で、細長い半島と太い半島と島々にかこまれてゐます。入江の出口に中之島があつて、温泉が湧き、真珠の養殖場があります。サンマのにぎり鮓をはじめて食べます――美味！

この夜は何度もめざめ、結局眠れず、廊下に出て椅子にゐます。

夜もすがらほの白らみつつ那智の瀧
　ねがひもあはれも深き三《み》熊野

エピロオグ

つひに潮の岬に至ります
ここが旅のをはりです
草原をまつすぐ下りて行きます
国のはて
人の世のはて

もう生きてをれなかつたら
夕陽を眺めて死なう
どんな遠くへ行つても
夕陽のなかにまぼろし

歌枕の駅

たち縫はぬ絹にしあれど
旅人のまづきてみるや
布引の滝　*
駅を貫いて
生田川になる
桜並樹
神戸の詩人たちに会ふ
花ふぶき
前のタクシさらに巻きあげる

六甲の緑におほはれ
駅の両側
深いトンネル
茅渟《ちぬ》の海きらめく
子どもの頃
かたいものツルツルしたものを好んでゐた
いまは
やはらかいものぬれたものを好んでゐる
まゆをかすめ
雲の通過

電車の窓
女は氷の夢
愛する女を　ひとりづつ
電車の窓に並べてみる
女は永遠にとほざかる

男の恋びとへにやへにやしてゐる
女の恋びとはどつしりしてゐる
しつかりしてよお
そんなこといつたつて

＊賀茂季鷹。天明期の京都の歌人、狂歌師。

吉備

風まぢり霙降る朝
伯耆を発つ
吹雪舞ふ
山並を越す
吉備のくに
日ざしあふれる
まがねふく細谷川
くにたま
樹々のそよぎにひそむ
くにたまのまなこ

怨みではない
うたがひのまなこ
にはつとりつと立ち止まり
あたりを見まはし首かしげ
けたたましく呼ばふ
くにぐに荒れてゐる
くにたま久しくあなどられてゐる
吉備のくにの銘酒すべて
集められ展示してある
他国もならふべし
長い廻廊をのぼつたり下つたり
オ釜殿のぞく
オ告げのなごりたちのぼる
吉備の中山をくだり
喫茶店を探がす
薄茶の喫茶店

近くに栄西禅師の墓ゴザイます
吉備のくにはら
小さい村はづれ
大きな茶碗の墓

厳島

春ばる
厳島
トリヰ　ダン　ラ　メエル
ノオブタイ　ダン　ラ　メエル
あら不思議や
西国にて亡びし
平家の一門
おのおの浮み出でたるぞや
そもそもこれは
平の知盛幽霊なり

なほ怨霊
慕ひ来たる
追つ払ひイノリのけ
引く汐にゆられ流れて
跡白波とぞなりにける
テンジンシヤ　ダン　ラ　メエル
ここは連歌会所
宗祇の蚊帳にはじまり
連歌俳諧数々巻かれる
源の頼政寄進の
釣り灯籠
細長い松の砂浜の尖端
清盛神社
清盛茶店

甘がゆあります

橋を渡る
水族館
獺寝そべり
くちづけす

サヌキからイヨへ

'99霜月、友ら久方ぶりに集ひ、ワゴンにうち乗りて旅立つ。まつ暗の午前六時うきうきとイサム　ノグチ　ガアデン　ミュズイアムをめざす。やがて陽昇れば紅葉まつさかりなり。

ミュズイアムは今年五月開園、往復葉書による予約と時間設定を要す。まさに午前十時に着く。石の国牟礼町の山の手にありて、このあたりの野山、林、小川、石橋、庭、住居、作業蔵、展示蔵（もと米蔵）、すべてがランドスケエプミュズイアムなり。

喫茶室なきが玉に瑕なり。

東へ進み、志度寺にたどりつく。

六二五年（推古三十三）創建、藤原不比等、房前父子増改築せしとぞ。房前の母、名もなき海女の墓あり。能「海女」あり。

平賀源内先生の墓。

源内先生少年時代の俳諧の師渡辺桃源の文塚。

天狗少年源内の句

霞にてこして落すや峰の瀧
井の中をはなれ兼たる蛙かな

平賀源内遺品館を観る。

源内十二歳に描きし「オミキ天神」の一軸あり。オミキをそなへれば天神の顔赤くなるおもしろきカラクリ絵なり。

エレキテルの木箱あり。源内焼「万国円皿」あり。

左隣は源内旧居ありし日のまま。奥には源内記念薬草園。さらに左に小倉右一郎作平賀源内像あり。碑文は杉田玄白筆墓碑銘の一文を刻す。

風来山人平賀源内はルイス　キヤロル、ジエイムス　ジヨイスの先輩たるなり。

秋田の阿仁金鉱伝承館に源内遺品、秩父に源内旧居あり。


屋島にて讃岐うどんの昼食。

食前に案の定、チエコとヨシキの屋島の合戦（先年壇の浦を往復せしとき二度の合戦ありき）。平家怨霊のたたりぞかし。


ひたすら大洲《おほず》をめざす。

日暮研屋《とぎや》に着く。

うちそろひ晩酌を楽しむ。窓の下はるかなる肱川の水、夜霧たえだえにあらはれわたる網代木おぼめきたり。鵜舟眠る。

食後ガク対トラの名人戦を観戦す。勝敗は記さず。


大洲旧市街の歴史的街並は江戸明治の姿をよく保存して心安まる街並なり。

肱川をへだて、戦後経済大国の街並のピカピカさわがしくあわただしくなりゆくのみにて、心の安らぎは毛頭存在せず。「日和下駄」対「文明の吠声《ハイ》」なり。

臥龍山荘をおとづれる。

この山に初めて居をかまへしは大坂夏の陣のあばれ者渡部勘兵衛、勘兵衛失脚後、大洲城主の別荘、明治になり、河内寅次郎、京都の名工延べ九千人をまねき、十数年を掛けて造りあげしいほりなり。

京のわび数奇に対する臥龍の花数奇なり。

大洲高校内の中江藤樹旧居跡をたづぬ。跡地に藩校至徳堂を再建しあり。校内藤棚多し。米子市西町交差点中江藤樹生誕記念碑にいとちひさき藤棚あり。

大洲高校と、鳥取西高は共に旧城内にありて、雰囲気、臭さいちじるしく共通せり。不徳の輩は長居するべからず。

内子町にたどりつく。歴史的建築のどつしり豊かなり。内子座の堂々たるところ修理復元のりつぱなるところ金丸座に並ぶ。

上芳我《かみはが》邸木蠟資料館にはひる。どつしりせる建物の極めて芸術的たるに感嘆す。建築は芸術なりとは理解せしつもりにてはありしかど、ここに至り、建築即ち芸術たることを実感す。

入口の土間に縦一間横半間の防火用水をうめこみ蓋してそのむねをしるせり。さらに感嘆するは広き生産施設の即ち庭園たるところなり。これこそは文化文明の理想状態にあらずや。

町並をゆつくりあゆむ。よほど豊かなる伝統の町ならん。町民の心ばえに敬意を表さん。町政の方針にいはく「人間の活動の場を大切にして表面の近代化を追及せず地域の資産を守り育てる」と。

みやげものや「創玄」の奥は茶店なり。即ちいこふ。

松山に着く。まさにテイタイム。

子規記念館に入る。のぼさんがのぼおるのユニフオムにバツトをたづさえて立つ写真あり。二階の喫茶室にて坊ちやん珈琲をすすりつくろぐ。

それぞれにミユズイアムショツプにて本、絵葉書などを買ふ。ミユズイアムショツプには書店にてはオメにかかれぬ本あり。

景浦　勉「伊予俳諧史」（伊予史談会刊）を開けば、伊予はすでに貞門談林の頃より俳諧盛んなりしところなり。さらに、化政期小林一茶の二度の伊予滞在ありて伊予俳壇にぎはひぬ。天保、幕末に多くの俳人ありき。

白鷺荘にはねをやすむ。

食堂にて、旅のおはりの晩酌なればややはしやぎすごす。隣の若きふたりの、男の方「静かにしたまへ」テエブルをたたく。ヨシキいかる。トラまたしづかにいかる。愚生のみは悪しきはこちら方こそと思ふ。パブリツクを知らざるものプライヴアシイを知らず。日本人の最大の欠点たりと愚生かねがね思へり。ここにおいて、ヨシキとトラ対愚生の論争はじまる。これ白鷺事件なり。日本人は集団になれば大声をはりあげわがまま傍若無人にふるまひ、ひとりの時はひたすら卑屈になり自己主張せず。かの若き男ひとりにて八人に対して自己主張する立派ならずや。

道後の朝、坊ちやん湯にひたる。

今治めざし帰途につく。

港町大浜の「浜勝」にて予想だになき豪華なる活魚料理を楽しむ。

来年はいづこへ行かん、賢治先生のイイハトオヴへ行かんとするならば早めに準備いたすべし。

八幡浜へ高橋新吉詩碑へ挨拶いたしたくあれど、二日の旅程にてはかなはぬことなり。

四国の古書店一度ものぞかざりしこと残念なり。これまた二日の旅程にてはかなはぬことなりき。

島並大橋は橋の部分より島の部分長きにはあらずや。
日暮れてふるさと着。

東京の詩人たちの隠岐

東京の詩人たち五人、入沢康夫、井川博年、鈴木一民、八木忠栄、八木幹夫。愚生、たよりない案内人。

隠岐は流人の島、「百人一首」をひもとけば、うち十人が流人、うち三人、大伴家持、小野篁、後鳥羽が隠岐である。家持は死後に遺骨が流罪になつた。

われわれたづねるのは、すでに初冬で、風向き次第では流人のうめきを味はふところであつた。

海士島の金光山は、篁も後鳥羽も山頂に立つて都をのぞんだ。東の麓豊田に、「小野篁流謫之地」の大きな碑がある。島後の都万《つま》村に、篁の恋びと阿古那がいたと伝えられ、今もかはいい地蔵がある。篁は二年ほどで許され帰京した。

金光山の西の麓が後鳥羽の終焉の地、ここで「後鳥羽院御口伝」を書いた。この時代の俊成、定家の歌論とともに読むにあたいする。丸谷才一「後鳥羽院」（日本詩人選10）は、大岡信「紀貫之」（同7）、安東次男「与謝蕪村」（同18）などとともに、いかにも戦後の古典批評であつて、古典を現代につなぐものである。

後鳥羽の遺跡に、「資料館」が新設されてゐて、入館した。後鳥羽十代のをり、みづから鍛えた「菊作りの刀」がある。「錦のミ旗」、「菊のゴ紋章」はこれからはじまる。

西ノ島では、港の近くにエレガントなレストランあり、三色旗ひるがへつてゐる。アワビやサザエのカレエライスがすこぶるおいしい。店の名は「コンセユ」（目付島）。

帰りはのどかな海、隠岐の島影遠のくと島根半島の山並と断崖が近づく。

境港から直通バスで松江へ、へるん先生に敬意を表して大橋館に旅装を解く。

井川さんの案内する出雲蕎麦とてもいい。店はしもた屋のまま、日常空間の畳にすはる。これが本当の出雲蕎麦。

井川博年出生地見学、前にしじみ舟がずらり並んでゐる。折り鶴幼稚園跡見学、入沢康夫、井川博年は、この幼稚園の同窓生である。

翌日、東京の詩人たち五人と松江の詩人たちの交流昼食会。さらに、熱海から新藤涼子さん、大阪から三井葉子さん加はつてくださる（ふたりは松江をおとづれるのははじめて）。たよりない案内人は、つひにだらしない酔つぱらひになつた。

隠岐の恋びとたち

この小島、一方からは、二等辺三角形の定規の形、また一方からは、不等辺の定規の形している。明緑色の小島、まぶしいサファイアの波に縁どられている。

この島に何度も泳ぎに来た。海の一方向からは、ほとんど垂直の崖の頂に、小さな碑、あざやかに屹立している。ここから投身した昔の恋びとたちを供養している。

不意にこの恋びとたちのこと気になつて、急いで本を出してみた。本のどこにも書いていない。「隠岐島誌」にもない。十冊ほどの隠岐の本のどれにも書いてない。どの本で読んだのであろうか。それとも、宿の女から聴いたのであろうか。島に送つてくれた船頭から聴いたのであろうか。

宿の老女主人に、恋びとたちのことを尋ねてみた。「そんな話は一度も聴いたことはありません」――恋びとたちが、想違いであれば、この想違いはどこから来たものであろうか。

やつと碑にのぼりついた。どこにいたのか海鳥がすさまじい勢で飛去つた。想つたより小さい碑。ここだけは風が音をたてている。文字らしきものなし。ひどい風化。崖側はあぶなくて見られない。手をまわしてみる。こちらにも文字はなさそう。いつかはこの碑も恋びとたちのあとを追つて投身するであろう。

磯まで降りて、碑のほとりにサングラスを忘れて来たのに気づいた。昔の娘が現代のサングラスをかけてみたいと思つたのか。

今年も隠岐路丸の船客になつた。三時間のつれづれ、缶ビイルを片手に舷に出てみた、眼下に飛魚を見るため。かの女たちの飛立つ時、翅から雫がこぼれる。巧みに方向をかえることもある。すこし先の舷に、ひと組の恋びとたちが倚りそつている。飛魚を見ては、男に笑いかけている。女はあの忘れたトンボのサングラスをかけている。

奥出雲

佐比売山《さヒメやま》

鬼の舌震へ行く。予想をこえてすばらしいところ。ほんたうの名は「恋山《したひやま》」である。およそこの旅、奥出雲を近いところゆゑにかるく考へてゐた。

水清らかに、樹木やさしく紅葉してゐる。巨岩いくへにも重なつて続く。桟道がいくつも連なり、下は渓流である。鋭くそそり立つ山あつて、片側は一面のなめらかな大石でなりたつてゐる。かかる大きな石は、はじめて視る。

「出雲風土記」に「古老《ふるおきな》の伝へていへらく、和爾《わに》、阿伊の村に坐《ま》す神、玉日女命《たまひめのみこと》を恋《した》ひて上り到りき。その時、玉日女命、石を以ちて川を塞《さ》へましければ、え会はずして恋《した》へりき。故《かれ》、恋山《したひやま》と伝ふ。」

玉日女命は石の女神である。

糸原記念館を観る。

食堂で昼餉。

可部屋集成館を観る。

ここの紅葉真紅にまぶし（今年の紅葉は、台風の直撃と雹のためよろしからず、ここにしてはじめて、紅葉の透明にうるはし）。

可部屋こと桜井家は塙《ばん》団右衛門の子孫である。

吉田村郷土資料館を観る。

菅谷《すがや》たたら集落へ行く。ここは、田部豪族の最大のたたら集落であつたところで、現存するたたらの唯一の総合的遺構である。

溶鉱炉のある高殿《たかどの》は正方形百坪、外も内もがつしりと、高く広い、建物が延焼しないやうに、太く高い柱は、板でかこつてあり、延焼した際には、板をはがして水をかけるのであつた。

ふり仰ぐに一種の威厳あり。

ほかに、池（高殿から銑鉄をとり出して冷やす）、折鋼場（これも高くて大きな建物。ここも当時のままに巨大な装置を残す。高殿、池、折鋼場は一直線上）。元小屋（これも広い建物で、往時のままに諸事務所である）、大炭小屋、米長倉、長屋、そのほかのこまやかな遺構が、谷間の街道沿ひに、ゆつたり配置されてある。

湯の上《うへ》に着く。

斐の川の上流のほとりに、ただ一軒のみの湯の宿。

「出雲風土記」に「川のほとりに薬湯あり。ひとたび浴《ゆあみ》すれば、則ち身体《みぬち》穆平《やはら》ぎ、再び濯《すす》げば、則ち万《よろず》の病消除《い》ゆ。男も女《をみな》も、老いたるも少《わか》きも、夜昼息《や》まず、駱駅《つら》なり往来《かよ》ひて、験《しるし》を得ずといふことなし。故《かれ》、俗人号《くにひとなづ》けて薬湯と云ふ。」

石垣石段ゆかしく、玄関右に、ここちよいあづまやがある。夏ならば、ここで浴後斐の川の涼風に吹かれてみたい。

いとも小さい宿は、いくたびも水のわざはひにあつたため、つつましやかな住ひであるが、部屋も庭も隅々に心こもつてゐる。かかる気持ちよい宿はじめて知る。

三瓶山へ行く。

大山に比べて、なだらかな平原が拡がつてゐる。

妹背の山、歌垣の山であつて、ほんたうの名は「佐比売山《さヒメやま》」である。


三瓶自然館に入る。

伊達鳥類コレクシヨン。

地底劇場。

食堂で昼餉。


ヒメのが池をめぐる。

高原の池である。五千年前頃にできた池であつて、地底は腐植質など大いに累積して、水深わづか約一メエトル。

池の中に小さき浮島がある。この小さき浮島は、両岸よりロオプで結びつけてあつて（どう結んだのであらう？）、小生の非力を持つてしても、動かすことができるのである。

夏ならば、かきつばたの紫と白がなん千も花開くのである。八ツ橋を渡る。

三瓶山の麓に、物部神社がある。祭神は宇摩志麻遅命《うましまぢのみこと》―「まぢなひ」の神である。天理の石上《いそのかみ》神宮の祭神は、布都御魂《ふつのみたま》―「魂振り」の神である。八十《やそ》の物部は、全国各地に居住してゐた。物部の「モノ」は「もの神」であつて、大物主の命を斎《いつ》く一族であつた。「もののふ」は、物霊の威力を身に付けて敵を呪詛する人物のことで、ここから物部は戦争の一族になつた。

石見銀山へ行く。

ここも古き良き家屋街並がよく保存されてゐる。南北に全長約二・八キロの狭い谷間の町である。もつとも狭い所は、まさに山にはさまれ、わづかに銀山川と狭い山径のみ。水きよらかに紅葉やさしい。

「銀山旧記」に「慶長の頃より寛永年中の大盛、士家の人数二十万人、一日米数を費すこと千五百俵余、車馬の往来昼夜をいとはず、家は家の上に建て、軒は軒の下に連なり…五穀の類は言ふに及ばず和漢の珍宝に至るまで多く集まり来たる事恐らく今日本内此の銀山に勝るまじ。……」

ここでは囚人を入鉱させることはなかつた。

「銀山の千人後家」の諺が伝はつてゐて、当時事故多くあつたであらう。大きな寺が今に多くある。

南北の入口にはもちろん番所があつたので、北の蔵山寺口番所跡あたりには、当時は居酒屋、煮売屋などが軒を連ねて、夜毎、弦歌にほのめいたと伝へられる。そばに、首切場がある。

死刑囚の墓がある。一基に刻んで

「備後国神石郡産名二十《はたち》山弥四郎」、「天明第四甲辰歳四十一齢四月七日朝卯刻死刑刀下含微笑歌曰たれもきけ酒とばくちにほだされて大事のいのちとりやかへさぬ」

和歌俳諧の楽しみはあつたが、劇場・遊里は存在してゐなかつたのであらうか？　銀山と大田市の境界には、「女郎屋」、「風呂屋」の地名が残つてゐる。

鳥髪《とりかみ》の山

一書《あるふみ》に云はく、本《もと》の名は天叢雲《あまのむらくものつるぎ》剣。蓋《けだ》し大蛇《をろち》居る上に常に雲気《くも》有り。故以《かれも》て名づくるか。

日本書紀巻第一

秋の一日、「山陰詩人」の遠足、斐の川の源流をきはめた。

地図を開くと、出雲の最奥地、伯耆との国ざかひに、鳥髪の山がある。十キロほど南西に比婆の山がある。すぐ近くに、出雲、伯耆、吉備の三国山がある。

鳥髪の山、海抜一、一四二m、比婆の山、一、二五〇m、三国山、一、〇〇四m、比較的なだらかな中国地方では奥出雲のあたりが、最も高い地帯である。

山陰地方は、北海道に次いで、人間の少ない地方で、山陰詩人も、松江に三人、米子に三人、大社に一人、安来に一人、あの町に一人であつて、われわれ二台の車で、中間点をたどつては、詩人たちを乗せながら行く。遅刻する詩人が必ずゐて、「あいつ、本当に来るのかなあ」と、気をもむことになる。車で行くほかには、きはめて交通不便な鳥髪の山なのである。

山峡の道をくねくねたどり、二時間ほど行くと、やや広々とした横田に着く。斐の川は、車のすぐ右手を、のどかな村の小川になつて光つてゐる。

斐の川の向ふの丘に、小さな高校があつて、女生徒がちらちらヴアレボオルかなにかしてゐる声がとどいてくる。

「このあたり美人が多いでせう」

「さあ、どうでせう」

「車を止めて櫛名田姫の子孫におめにかかりたいですね」

「……」

車は止まらなかつた。今も残念である。

やがて高原になり、このあたりでは、しばらく家一軒人つ子ひとりみあたらない。

斐乃上荘に車が止まる。シントウ　シユライン　スタイルのこざつぱりした建物である。

「ここは町立の福祉センタアでして、五時に閉館します。宿泊はできないのです」

「横田まで引きかえせば、旅館がありますか？」

「いや、ないですね。では、そろそろ登りかけませうか」

林を過ぎて、あちこちに薄のゆれる丘に出る。信州に似てゐる。「鳥髪山登山口」の標示あり。このあたりの砂利道に点々黒いものがちらばつてゐる。

「これはなんですか？」

「たたらの残渣です。軽い方は鉄滓《のろ》、重いのは銑《づく》です。」

みな一斉に拾ひはじめる。拳より大きいものもある。

ここから直ちに山径になる。荒々しい岩を、山頂近くまで敷き連ねて径になしてある。したがつて登りやすくはない。すぐ左手を、斐の川はせせらぎになつてたぎちくだる。

閉口しつつ登ること約三十分、つひに斐の川のみなもとにたどり着く。斐の川は、重畳する巨岩の奥深いあたりから一条の瀧になつて落ちる。聖なる水を、みなそれぞれ両手に受けて喉をうるほす。あたりは気味悪い杉の大木におほはれ、昼なほ暗い。もし大地震あつて巨岩張り裂ければ、その時こそかの八俣の大蛇《をろち》が再び立ち現れるであらう。

ここからは、巨岩をとりまく細い桟道をつたひ、やがて山頂に出る。天叢雲剣の記念碑がそびえてゐる。およそ五メエトルほどの高さ。

「これが雷に打たれまして、なんどもこはれました」

「いくら出雲人がのんびりしてゐても避雷針をつければすむことなのに」

「……」

帰りは空腹のため気ぜはしく、斐乃上荘にたどりつく。部屋のなかさへも空気澄切つて、酒が身ぬ内にしみとほる。「斐の川の清流と仁多米に育まれた奥出雲の銘酒簸上正宗」。またたく間に五時になり、大蛇《をろち》にはなれず人間のまま再び車に乗る。やがて、真正面に、ものすごい夕焼け。これおろちのまなこぞ。

初冬になつて、深夜、雪起しの雷にめざめた。真つ暗の部屋に雷光きらめき、やがて天地を震はす雷動……

火柱になりくだける天叢雲剣の記念碑。やはり避雷針はなくもがなであつた。

ヒメのが池の絵葉書

佐比売山
はるかな高原
古池あります
浮島あります
ロオプひっぱる
だれでも動かせます
かきつばたの紫と白　数知れず
八ツ橋渡ります
業平の折句の歌をまねすれば
たちまち恥をかきつばたかな
＊

ヒメ逃れる　男にとつて
かなりみじめ
古老《ふるおきな》伝へて言へらく
長者ケ原の
長者の娘を
山賊が慕つたのでした
長者は恐れて
娘を与えたのです
恋する若者　山賊の群に
戦ひをいどみました
ひとりに多勢
若者は討たれたのです
娘は悲しみのあまり池に身を投じました
かきつばたの紫はよみがへつた娘の魂です
かきつばたの白はよみがへつた若者の魂です
霧の夜

池の底
娘すすり泣きます

＊松永貞徳（一五七一〈元亀二〉―一六五三〈承応二〉）

さヒメ

民草は
さヒメ　を
一升どつくり三本のことに
おもつてしまつた
田の女神をウヤマつた
ふかぶかすいて
たつぷりこやし入れ
田んぼのさなか
さ蓆うち敷き
神職ノリトごと

花の女神をばするゑタテマツル
笛太鼓ありたけの鳴りものうちそろへ
田の遊びをばサヽゲマツル
村のわんぱくかき集め
竹の先にはりかた結び
花の女神をばつつきマヲシあげる
女神身をよぢらせタマヒ
笑ひに涙まじらせタモフ
さヒメ山
にほひそめたり花衣

あとがき

田舎の長屋育ち、敗戦の時代、詩にめざめ、詩をもとめ長いけはしい道六十年あまりできるかぎり努力してゐるが、詩にとどくことは人間に不可能である。詩に近づくだけである。

幸ひ、同人誌「たうろす」に加へてもらひ、田舎者は驚ろき、脳の空気を変へることができた。すこしでもいい詩を書くのには、読書と努力なくしては不可能であることを教へられた。「読書百遍」である。

solecism（グラマ破壊）このことは長い間納得できなかつた。かつては不作法に感じる人が多かつたが、しだいに平気になり感心する場あひが多くなる。

日本では、中世末、江戸期から、漢詩人、狂歌作者、俳人、座付作者、ソラシズムが平気になつた。ヨオロツパでも、ダダイスト、シュルレアリスト、ルイス　キヤロル、ジエムズ　ジヨイスしかり。

頭で納得してゐても、詩は脳の手作業であるから、実際に詩を書く場にあつて納得しなければならない。

詩と散文はグラマがまつたく違ふ。このことに思ひ当つたのも、最近である。詩の長所短所と散文の長所短所は、まつたく違ひ、一方の長所が他方の短所になることしばしばある。散文は単語のグラマで、詩はイメジのグラマでなければならない。（詩も散文も言語の世界であり、問題は広く深く、言ひつくせない）。

若い頃の詩を、はらはらしながらながめてみた。不要の語句、散文の無神経な混入、不要な説明、若い詩であつてもかはいさう、すべて削除した。表記においても、あらためてゐる。

二〇十五　春

渡部兼直

渡部兼直全詩集　2
二〇一五年五月一日発行
著　者　渡部兼直
発行者　涸沢純平
発行所　株式会社編集工房ノア
〒五三一—〇〇七一
大阪市北区中津三—一七—五
電話〇六（六三七三）三六四一
ＦＡＸ〇六（六三七三）三六四二
振替〇〇九四〇—七—三〇六四五七
組版　株式会社四国写研
印刷製本　亜細亜印刷株式会社
© 2015 Kanenao Watanabe
ISBN978-4-89271-227-2
不良本はお取り替えいたします